剧演的终章

マチネの終わりに

[日]平野启一郎/著

丁世理/译

浙江出版联合集团
浙江文艺出版社

Matinee no owarini by Keiichiro Hirano
Copyright ⓒ 2016 Keiichiro Hirano/Cork
All rights reserved.
Originally published in Japan by Mainichi Shimbun Publishing Inc..
Chinese (in simplified character only) translation rights reserved by
Zhejiang Literature&Art Publishing House under the license granted by
Keiichiro Hirano arranged through Cork, Inc. and Kodansha Beijing
Culture LTD..
本书中文简体字版版权，浙江文艺出版社独家所有。
版权合同登记号：图字：11-2017-55 号

图书在版编目（CIP）数据

剧演的终章 /（日）平野启一郎著；丁世理译. —杭州：浙江文艺出版社，2019.3
ISBN 978-7-5339-5490-1

Ⅰ.①剧… Ⅱ.①平… ②丁… Ⅲ.①长篇小说—日本—现代 Ⅳ.①I313.45

中国版本图书馆 CIP 数据核字（2018）第 275645 号

剧演的终章

作　　者：〔日〕平野启一郎
译　　者：丁世理
责任编辑：王盈盈
出版发行：浙江文艺出版社
地　　址：杭州市体育场路 347 号
网　　址：www.zjwycbs.cn
经　　销：浙江省新华书店集团有限公司
印　　刷：杭州富春印务有限公司
版　　次：2019 年 3 月第 1 版　2019 年 3 月第 1 次印刷
开　　本：880 毫米×1230 毫米　1/32
字　　数：262 千字
印　　张：11.875
插　　页：1
书　　号：ISBN 978-7-5339-5490-1
定　　价：48.00 元

版权所有　违者必究

（如有印、装质量问题，请寄承印单位调换）

目 录

引 言 /1

第一章 初次见面的那个长夜 /3

第二章 寂静与喧嚣 /27

第三章 "魂断威尼斯"综合征 /45

第四章 再会 /67

第五章 洋子的决断 /111

第六章 消失 /147

第七章 爱的魔法 /227

第八章 真相 /283

第九章 演奏会结束后 /345

主要参考文献 /371

引用文献 /373

后 记 /374

引　言

　　小说讲述的是莳野聪史与小峰洋子的故事。

　　他们各自都有生活原型，考虑到现实的影响，文中的姓名、单位、事件、日期都做了相应的调整。

　　倘若如实叙述，我本人必须在若干情景中登场，而实际在小说当中，并不存在这样的设定。

　　小说的目的不在于揭露两个人的隐私，故事情节也不完全基于现实。这样的小说，于读者而言，可能难以尽兴。然而应当看到，每个人都有属于自己的秘密。虚构情节既可以掩饰秘密，同样也可以揭露一些秘密。出于保护当事人的考虑，尤其是针对书中两个人感情生活的部分，我的初衷是跳出现实，力求刻画出两位虚构人物的真实。

　　他们两个人相遇之初，都处在人生行至半道而斜出正途的状态。虽然到了不惑之年，却都陷于一种敏感的不安中。他们充满希望同时也充斥喧嚣的日常生活，无论持续与否，都是那么百无聊赖。正如但丁《神曲》中写的那样：一直不明所以，蓦然回首，已然置身黑暗森林之中。

他们的感情，该如何定义？是该称为友情，还是视作爱情？他们之间一度保有高度的互信，这种互信既不痛苦也不快乐，有时甚至会发展成憎恶。但不管怎样，如果将这互信的缘由仅仅求诸肉体，又未免索然寡味。

两个人当中，我首先结识男方，尔后与女方也有联系。如此，才知晓了他们相亲相爱的奥秘。

他们的人生，光辉与孤寂同在，欢喜与悲哀共存。正因为如此，他们之间的心灵感应才让我觉得那么美好。我的感觉不一定准确，但是这种美好在当下确实难得一见，在过去更是未曾寻见。

我同情他们，有时也为之扼腕，然而心底更多的是羡慕。本来，我觉得他人的恋爱是无趣的，然而他们的恋爱确实不同寻常。数年来，我屡遭重创，于工作间隙琢磨两个人的恋情，得以从现实中获取了须臾的解放。

当然，我自己是绝不可能走上他们那样的人生道路的。至今我仍然经常换位思考，同样的情况下，如果是我，将会怎么做？

他们的人生，谜团众多，有的问题自始至终我都没能参透。各位读者倘若急于从中求得共鸣，未免会扫兴——毕竟即便如我，仍然感觉他们的世界很遥远。

长期以来，总想写写他们的故事。因为我觉得，着实有必要将二人的事迹成诸文字，晓于众人。

文末赘述：小文乃是小说脱稿后追加，因为后来增补，本无须赘言，然而如果不多此一举，内心颇为不快。

第一章　初次见面的那个长夜

1

蒔野聪史是一名古典吉他手。二〇〇六年,他三十八岁,恰逢出道二十周年。为了纪念这个特殊的年份,他先后在国内举办了三十五场公演,在国外则举办了五十一场。在众人的期待之中,是日,终于迎来了巡回公演的收官终场。

三得利大礼堂会场外,红叶正值一年中最绚烂的时节。夜幕降临之际,匝在树上的霓彩灯通电后发出香槟色的光,格外明亮。迎面吹来的寒风不时卷起地上的落叶,手握入场券的观众纷至沓来,丝毫不受天气影响,每个人心中都充溢着期待。

这天晚上的公演圆满成功,在相当长的一段时间内,屡屡成为人们茶余饭后的谈资。

压轴曲目是与新日本爱乐交响乐团[①]合奏的《阿兰胡埃斯协奏

[①] 新日本爱乐交响乐团,日本东京的一支管弦乐团,是日本交响乐团联盟的正式成员之一,创立于1972年,由小泽征尔担当桂冠荣誉指挥。

曲》（*Concierto de Aranjuez*），追加曲目环节演奏的是劳罗①的《委内瑞拉圆舞曲》（*Seis por derecho*）、苅野本人改编的《勃拉姆斯②间奏曲第二号A大调》（*Intermezzo in A major*）以及武满彻③改编的甲壳虫乐队歌曲《昨日》（*Yesterday*）。苅野平时喜欢用弗列塔吉他，此次演出用的却是斯摩曼吉他。

十八岁那年，当时还只是一介高中生的苅野参加巴黎国际吉他大赛并拔得头筹，一时间无限风光，自此音乐人生顺风顺水，并未经历太大的波折。二十年的吉他人生充分见证了他的才华，这种才华是老天赐给一位音乐人最宝贵的礼物。

他的演奏如行云流水，每每令人陶醉。"闻之，不容懈怠"——屡屡成为他的月旦评，字里行间既肯定了他的技艺，亦隐含了少许的无奈：因为他的演奏令人无法放松。

出道以来，他一直是个多面手，无论演奏哪个乐种的哪个曲目，总是那么娴熟，难免给人卖弄技艺的印象，另一方面，演奏中却总是呈现出思辨的神情，仿若正与强手对弈。

这天的公演，苅野对乐曲的理解透彻明晰，为其做出了全新的解释，观众在片刻的惊愕之后发出了由衷的赞叹。整场演出下来，细节活跃了整体，整体亦在每个细节中熠熠生辉。尤其是《阿兰胡埃斯协奏曲》的第三乐章，客观地讲，乐曲本身枯燥乏味，不论演奏技艺高

---

① 安东尼奥·劳罗（Antonio Lauro，1917—1986），委内瑞拉音乐人，被誉为20世纪南美洲最杰出的吉他作曲家之一。
② 约翰内斯·勃拉姆斯（Johannes Brahms，1833—1897），浪漫主义中期的德国作曲家。
③ 武满彻（たけみつ とおる，1930—1996），日本20世纪古典音乐作曲家。

低，通常都很难收到良好的效果。然而，苛野的演奏灵动跳跃，观众几乎可以看到一个个音符在乐谱上跳动。难怪某些评论家啧啧称奇，丝毫不掩饰心中的疑惑。

总之，他的演奏玲珑剔透，全然没有留下可以指摘的漏洞。

果然在追加曲目环节，观众不约而同地起身鼓掌。为了让自己的掌声传给苛野，每个人都挺直腰杆，竭力抬手向前。苛野此次的演奏，告诉我们一个事实：观众在音乐中受到的感动，与他们掌声的大小成正比。

每首乐曲演奏结束后，苛野都会礼节性地鞠躬答谢，且每次鞠躬，动作上都有细微的调整，看起来干练脱俗，洋溢着充实与陶醉的同时也不掩饰精神的疲惫。他的微笑透着一点羞涩，全然不同演奏时的严肃，带着以往在电视脱口秀节目中表现出来的洒脱之感。

公演结束后，出口大厅一片嘈杂。自喜不虚此行的观众都移步到此，听到前后左右的议论后，更加坚定了各自的看法。有独自一人的聆听者，抑制不住心中的喜悦，已经拿起手机开始发朋友圈，不经意间停下的脚步挡住了后续退场的观众，好不尴尬。

这天的演奏录音，不久刻印成了唱片，作为古典吉他专辑发售。其销量亦相当可观，后来还荣获日本录音金像大奖。

音乐杂志、新闻媒体以及电视节目都对此次公演做了相关报道，以至不谙音乐的一般民众也在不知不觉中对"苛野聪史"这个名字留下了较为深刻的印象。

比起当时的反响，这次演奏会的意义，于日后更加彰显。

因为，苛野的音乐人生在这之后，突然陷入了长期的静默中。

2

事后想来,有一件事应该能算得上这次长期静默的征兆。

当天公演结束后,与以往相比,更多的粉丝汇集到后台的休息室。莳野并没有马上出来与之见面,而是一个人在休息室里足足待了将近四十分钟。

由于他许久不现身,不明就里的工作人员甚至开始担心他会不会是一个人在房间里晕倒了。而木下音乐公司方面的经纪人三谷早苗,说什么也不肯把休息室的门打开。

三谷大概一年前开始做莳野的经纪人,最近刚刚迈过三十岁的门槛。她平时一心忙工作,并未在意年龄,待到有意识的时候,不免感慨岁月不饶人。她平常戴着一副黑框眼镜,圆脸上总是泛着红润,梳着栗色的波波头,不仔细观察,还以为是一个小女生呢,但其实性格倔强,从不服输。像她这样的职场女性,年长一点的男士要么觉得可爱而处处关照,要么觉得性格太强不愿靠近。总之,她棱角分明,给人非黑即白的印象。

莳野进休息室前叮嘱过三谷不要让任何人打搅他,三谷虽然不知道他要干什么,但还是照办,没有让前来拜会的粉丝靠近。

终于,莳野从里面出来了。他一边连声说"有劳大家久等了",一边插科打诨道:"刚才一路下来,着实累得不轻,眼看就要奔四十的人了,大不如前啊!"

上身一件黑外套,里面的白衬衫上镶着不起眼的星纹刺绣,下身一条苔绿色工装裤。莳野的头发理得很顺，一脸若无其事的神情笑迎等候许久的粉丝，也不知道是朝着谁在笑。

看到他一切正常，工作人员悬着的心终于放下，只是不经意间发现一个七百五十毫升的空矿泉水瓶被随意地丢弃在休息室里的地板上。后来工作人员闲聊时，无意间提及那个奇怪的空矿泉水瓶，好多人都不明所以。"总觉得哪里不太对劲！"但是又说不出个所以然来。

莳野在休息室里磨洋工似的待了四十分钟，大多数粉丝都等得不耐烦回去了，不过还是有几个人坚持到了最后。对这些忠实粉丝，莳野非常礼貌也很得体地一一打招呼。排在粉丝队伍最后面的是朱皮特唱片公司的是永庆子，站在她身旁有说有笑的长发美女则是她今晚的同伴。

是永与她的同伴还排在队伍后面时，莳野就已经开始关注她们了，准确地说不是她们，而是是永的同伴。时间再往前推，当他还在舞台之际，就已经注意到一楼嘉宾席上那位素未谋面的女士。在人群中发现是永后，他的视线自然地转向了毗邻的座位，当时看得不甚清晰，印象里是一位面色白净、面部娇小的女士。

现在她就站在队伍后面，乌黑亮泽的长发垂在略宽的肩膀上，挺拔的鼻梁勾勒出立体的线条，眼窝较浅，双眉弧度不大，两只大眼的眼角略微下垂，笑起来的时候如小顽童一般灿烂。细长白净的脖子上围着一条黑绿格子镶花披肩，下身穿着稍微做旧的修身牛仔裤，衬着腿型非常美好。

莳野完全被她吸引住了，一不小心观察过了度。轮到她与是永上前时，反倒有些局促，慌乱之下只得赶紧把目光转移到是永身上去。

一番赞赏与慰劳之后，是永终于开始做介绍。

"这位是小峰洋子小姐，目前是法国RFP通讯社的记者。"

洋子边握手边微笑着向莳野表示祝贺，听上去就像美国人在说"Congratulations"或者法国人在说"Felicitations"。她化着不同于一般日本女性甜美范的淡妆，名字虽叫日本气质十足的"洋子"，但从容貌看应该是混血儿。

"您追加的《勃拉姆斯间奏曲》，我非常喜欢。您的改编也很精彩。"

听到这番话，莳野高兴得合不拢嘴。在洋子之前还没有哪个粉丝称赞过他改编的《勃拉姆斯间奏曲》。比起《阿兰胡埃斯协奏曲》，他自己改编的《勃拉姆斯交响曲》才是今晚莳野唯一满意的演奏。

"哪里哪里，一个人演奏还是很费劲的。"

"真的很精彩，我听得都入迷了。"她的微笑毫无夸张奉承之意，手贴在胸口，用低沉的嗓音说道，"您的演奏把我带向了远方，仿佛有人牵着我的手朝着远方走去。"

莳野顺势伸出手来，一边做邀请状，一边笑着说："其实在舞台上的时候，我一直在吸引您的注意。"

突如其来的挑逗，令洋子着实有些意外。

看到场面有些尴尬，是永赶紧来打圆场："洋子，你可要注意，莳野是醉翁之意不在酒。他这么有才，又不是同性恋，这样的钻石王老五你可要小心啊。"

"你看，你这唱的是哪一出啊？庆子怎么老往那个方面想呢？"

"不光我这么想，大家都这么说。话说回来，你还是矜持一些为好。小洋已经订婚了,是她的大学同学,和你完全不是一个类型。人家是经济学家,还是个美国人。"

听是永这么一说,苛野赶紧把手缩了回去,仿佛在美术馆里情不自禁地伸手触摸仕女图时被工作人员喝止后那般狼狈。

"看来非常不凑巧啊。不过,庆子最后提到的美国人是怎么回事?"

苛野边说边瞅了一眼洋子的左手,她的无名指上戴着一枚铂金戒指。

苛野与是永两个熟人之间,你来我往,毫无忌讳。洋子一时半会不太方便插话,眼看苗头不对,也只好强行转移了话题。

"我原来一直非常喜欢古尔德的钢琴曲,看来今后应该多听听苛野先生的吉他。"

"古尔德弹得确实好,我也非常喜欢。您要是听他的曲子,肯定会觉得还是钢琴好听,还请这段时间忍痛割爱,千万不要去听啊。哈哈,玩笑,玩笑,古尔德是大才子,我哪里敢与他相比,只是不才与他有个共同之处。"

"共同之处?是都怕冷吗?"

"您说的还真是,可能也有这个相同点吧。不过最大的共同之处是,我也讨厌演出。"

"这么说来,您今晚是勉为其难地完成了一个'野蛮仪式'?"不知为何,洋子轻易地接受了他所说的,还特地与苛野对视了数秒。

瞬间的对视,让苛野觉得洋子不同寻常的目光既是在问询,又充满了理解与肯定。他惯有的客套笑容蓦地淡去,又觉得可能只是自己想多了,赶忙重新扯出一丝微笑。

手里扶着吉他包站在一旁的三谷早苗不知道"野蛮仪式"是古尔德的用语,对洋子的"出言不逊"显露出一丝不悦。是永敏锐地捕捉到了莳野的表情变化,担心他着恼,为了打开局面,赶紧将话题又转移到刚才对洋子的介绍上。

"洋子的令尊大人,正是你非常喜欢的电影——《幸福钱币》的导演。"

"欸,是那个大名鼎鼎的耶尔科·索里奇吗?"莳野吃惊地看向洋子。

"我母亲是日本人,是家父的继室。我刚长到懂事的时候,他们就离婚了。因此我几乎没有与父亲共同生活的记忆,不过我们父女之间一直有联系。"

"原来是这样啊!我迷上吉他就是因为令尊的《幸福钱币》这部电影,从小到大不知道看了多少遍……我真的非常仰慕他,由衷地仰慕!"

"感谢您的喜爱,先前就听说您非常欣赏家父的作品。实际上,我这回算是第二次听您演出了,当年您在巴黎国际吉他大赛上独占鳌头,我和母亲慕名前往聆听了您的演奏。从来没想过一个日本人能有这样的成就。如果没记错的话,您得奖后不久,就在法国首屈一指的普莱耶音乐厅举办了一场个人演出吧?"

"哎呀,还有这一层渊源啊!让您见笑了,非常荣幸……只是当时技艺不精,可能没达到您的预期。"

"哪里,哪里。您当时的演奏实在太精彩了,以致我都心生嫉妒了。一个比我还小两岁的日本高中生竟然能把父亲的电影主题曲演奏得那么传神，还博得满堂喝彩，叫我这个当女儿的情何以堪？可以说，当时对您是因妒生恨啊。"

洋子自嘲时，表情夸张，鼻梁上挤出几条浅浅的皱纹，牙齿洁白明亮，在苅野眼里活脱脱就像个孩子。

粉丝见面会快要结束了，两人却完全没有停下来的迹象。他们一点儿都不像初次见面，大有相见恨晚之意。

此时，刚才出去打电话的三谷回来催促大家赶紧收拾好东西去庆功。

洋子瞟了一眼手腕上的欧米茄手表："都已经这个点了呀，真是不好意思，占用您这么多时间。"说完就准备打道回府。

"要是方便的话，不知道您能不能赏脸来一下我们的庆功会，这样我们也好继续交流。"苅野抓住机会，顺势邀请。

是永不管三七二十一，抓起洋子的手腕就说："难得人家一片好意，我们去吧。"

洋子本来面有迟疑之色，经是永一撺掇，又看了看手表："如果不麻烦的话，我就恭敬不如从命了。"

于是大家搭乘多辆的士，奔向附近一家熟悉的西班牙餐馆。

时间已近晚上十一点。

3

昏暗的餐馆里除了三谷预约的位置，其他都坐满了夜客。

甫进店内，首先听到的就是西班牙弗拉明戈舞曲，紧接着看到收银台一侧的白壁上满是"某某到此一游"的签名。洋子解下外套，注意到墙壁上帕克·德·路西亚①的签名，此时店内播放的弗拉明戈正好是他的曲子。

面对面不太明显，从侧面来看，洋子确实有几分索里奇的神色。可能也是因为她看到路西亚的签名，想到了什么的缘故。

洋子察觉到莳野的视线，指了指路西亚的签名后便转身过来。来的时候她与莳野不是一辆车，算起来此时二人应该是第二次对视。洋子以前就比较擅长与艺术家打交道，加之刚才与莳野已经做了充分的交流，全无怯场之感，很自然地与大家打成了一片。看到这一幕，联想到刚才的交谈，莳野心中陡然涌起一股爱慕之情——"原来是索里奇的千金啊……看上去有些难以接近，很是知性端庄，但表情又可以说温婉可亲。然而……"

一行八人围着桌子坐定后，先用西班牙卡瓦酒干了杯，然后各种下酒菜次第端了上来，大家依次用公筷将下酒菜择到各自的小盘子里。

莳野还是那么能说会道，此时大家正在说摄影大家S的话题，他接过话茬，开始滔滔不绝地讲起京都巡回公演结束后在返程的新干线上偶遇S的往事。

---

① 帕克·德·路西亚（Paco de Lucía，1947—2014），西班牙弗拉明戈吉他手，20世纪以来弗拉明戈界的重要人物之一，以出色的演奏技巧及多产闻名，被称为"弗拉明戈吉他之神"。

"当时刚进车厢,就发现 S 正好坐在我前头的座位上。此人不太好相处,我一开始不想去打招呼,没想到目光对视了一下,这下就不好装作没看见了。于是,我硬着头皮过去打了声招呼,说'好久不见,我是莳野'。结果他一副睥睨之色,只是稍微瞅了我一眼而已。"

"他怎么这样啊?太过分了!"

"就是嘛,搞得我也很尴尬。一开始还以为他是不是把我给忘了,还特地说'我是吉他手莳野',可他还是一脸不屑的样子,搞得我一肚子气。"

"这事放谁身上都气。"

"不过我还是耐心地提醒他说:我们一块儿做过节目,当时谈得挺投机;之后在会津若松市偶遇,还一起去小酌了几杯。结果,你们猜对方怎么说,他竟然说'你是不是认错人了'!"

"是不是有什么原因啊,或者恰好赶上他心情不好?"

"也不是。对方那么一说,我又仔细打量了一番。果不其然,认错人了!"

"欸?"

"根本就不是 S。我也不知道怎么搞的,竟把他看成了 S,唉。"莳野愁眉苦脸的样子搞得大家哄堂大笑。

"当时真是洋相出大了,我都恨不得找个洞把自己藏起来。不光是对方莫名其妙,周围的人也都在看着呢。"

"那你怎么收的场?"

"我当时骑虎难下,索性顺势生气地说:既然这样,那就算了吧。"

"你竟然没有道歉?"

"哪还有心情道歉?转身回到自己的座位,我闭上眼睛就睡了。"

"睡了?!"

"装的。根本睡不着,自知理亏都不敢睁眼。就这样一路到了东京,一直闭着眼,白白浪费好几个小时。"

说到这里,莳野一声长叹,逗得大家又是一阵爆笑。他一边讲,一边留意洋子的反应,因此又与她眼神交汇了几次。洋子靠着椅背开怀大笑时,仍不忘将手轻轻握拳挡住嘴,她一边说着"太搞笑了",一边还用中指揩了一下睫毛上笑出来的泪水。看到自己的表现同样受到洋子的欢迎,莳野分外高兴。

莳野逗哏之时,坐在身边的三谷一直在给大家择菜。此时她一边把择好菜的盘子递给其他人,一边说:"莳野安安静静的时候是最光彩照人的,一张嘴说话,完全没有了之前在台上演奏时翩翩君子的样子。刚接手做经纪人的时候,我简直大跌眼镜。"

"可不是,像S那样无动于衷的人才是少数。"

"哎呀,不是说了是别人嘛。"眼色灵活的服务员插了一句,大家又是一阵欢腾。

坐在莳野对面的洋子自己动手,只把蔬菜沙拉盛到了自己的盘子里。

"洋子小姐只吃素吗?"

"倒也不是,只是偶尔以素食为主,这样身体轻快点。何况现在也过了晚饭的时间。"

听罢，苟野略感惊讶，对他来说"偶尔以素食为主"简直难以想象。他还是头一回遇上这样的人，不过，似乎也明白了洋子在安排自己生活方面是多么有主见。

"还有就是，我马上要去伊拉克了。"

"伊拉克？"

"是的，去年已经去了一次。啊，不好意思，一直没来得及把名片给您。"

洋子从一个金色的金属名片夹中取出一张名片递了过去，苟野伸手接过，紧接着问道："待多久呢？"

"先去六个星期，回来休两个星期，再重复一次，所以一共是四个月。"

"伊拉克的治安怎么样？前段时间看新闻说萨达姆被判了死刑。"

"美军进攻伊拉克以来，现在是最乱的。不过我去的地方没有问题，有专人常驻，安保设施也很完备。比起治安问题，更要紧的是那边吃不上新鲜的蔬菜，所以现在要多吃点。"

"原来是这样，那趁现在赶紧多吃点吧。"苟野的表情有些微妙，看到洋子笑了，亦附和着笑起来。

洋子收起笑容，抿了一小口葡萄酒："去巴格达前，还是想陶冶一下自己的情操，所以今晚跑过来听您的演出了。今晚真是幸运，大饱耳福。"

"等洋子小姐从伊拉克回来，还请一定再过来捧场。您现在住哪里？"

"巴黎。下次不管您在哪开，我都一定去。在伊拉克期间，就先听电子的吧。"

"提前和我打招呼，随时都给您预留座位。"三谷补充道，旋即递上了自己的名片。

"谢谢。"

"您在巴黎待了很多年吧？苅野也在巴黎住过一段时间。"

"真的吗？我从小在日内瓦长大，因为现在的工作才搬到巴黎去的。"

"您是哥伦比亚大学毕业的吧？"

洋子看向三谷，有些疑惑。

"刚才在出租车上的时候，我在维基百科上查了一下令尊的相关信息。"

"天哪，维基百科上还有这些？我原来在牛津大学修的文学，后来在哥伦比亚大学读的研究生。"

"您好厉害，读的都是名校。"

"哪里，哪里。山外有山，人外有人。我是单亲家庭，所以特别感激我的母亲，对父亲就不一样了，一心只想着争口气给他看。在父亲的履历里，母亲根本不存在，公开场合他从来不会提及。让我纳闷的是，我的信息却出现在他的维基百科条目里，也不知道那些网络写手从哪里获取的消息，真是不胜其烦。"洋子若无其事地说。

言者无意听者有心，身旁的人都不知道该怎么接话了。三谷灵机一动，把话题岔开："洋子小姐这么优秀，能讲几国外语啊？"

"主要是日语、法语、英语。大学的时候还学过德语，因为当时研究的是一战前后的德语作家里尔克①的文学。此外还看得懂拉丁语,罗马尼亚语多多少少也懂,但是不太能说。这么一算,还是挺有几门外语的。"

"太厉害了!"

"不过说实话,最想学会的是父亲的母语——克罗地亚语。小的时候,我不会讲英语,每次与父亲见面都没有办法沟通。母亲拿英语和父亲交流,那时不但父亲说的,连母亲说的我也听不懂了。自己到底是不是他们亲生的啊,有时候甚至憋屈得会哭起来。所以,后来我就非常用功地学英语。即使这样,对我和父亲来说,英语毕竟都不是母语……纵然懂几十种外语又如何呢,掌握不了父亲的母语,还是会觉得孤独。"

洋子讲述自身复杂身世之时,娓娓道来,丝毫也不伤感,甚至还带着笑容。

莳野听罢,敬佩不已,一边用叉子夹蛋卷,一边于脑海里勾勒她描述的父女相见的场景,眼前仿佛浮现出了一个只能无奈地对着父亲微笑的少女的形象。彼时的小洋子长得像谁,与现在一样长得像父亲?一直都与母亲生活的她,是否也察觉到了自己长得像眼前这个不认识的人?索里奇当然觉得女儿长得像自己,然而遗憾的是,两个人都没有办法告诉对方自己的发现。

莳野与洋子正好相反。他从小就被爱好吉他的父亲寄予厚望,从

---

① 莱纳·玛利亚·里尔克(Rainer Maria Rilke,1875—1926),生于布拉格的德语诗人,对19世纪末的诗歌体裁和风格以及欧洲颓废派文学都有深厚的影响。

幼儿园起，吉他成了父子间沟通的语言。与其说莳野在用吉他演奏音乐，不如说他在用吉他说话，活泼而生动。而随着他演奏技艺的进步，父亲逐渐跟不上儿子的表达了。

"我的英语也说得不好，唯一值得骄傲的就是博多①方言了。"三谷突然把话题转到了自己身上，洋子也就不好再深入地讲自己与父亲间的往事了。

"您是福冈人吗？"

"是的，土生土长的福冈人。"

"九州女子的倔强，深有体会啊！"莳野不失时机地调侃。

洋子接过三谷的话："我的母亲是长崎人。"

"您的母亲也是九州的啊？"三谷惊诧得提高了嗓门，声音之大，引得坐在桌子两头的人都不由侧头。

"是的。小的时候，每逢假期，我经常回姥姥家，暑假还经常到长崎的海边游泳。"

"顿时觉得好有亲近感，哈哈，大家都是日本人。"

"我也觉得自己像日本人，大家也都这么说。父亲那一支比较复杂，比起克罗地亚人，他们更认为自己是南斯拉夫人，上溯好几代的话，还有奥地利的血统。相比之下，母亲这一支就简单明了多了。小的时候，我学姥姥说话，自然地学会了长崎方言。因为有这层关系，我很喜欢日本的方言，以至于无论听到日本哪里的方言，都觉得亲切。女孩子说博多方言的话，特别有魅力，非常可爱，和长崎方言比

---

① 博多，今日本九州岛福冈市一带的古称。

较相近。"

"是吧！我也这么觉得。苻野，你看人洋子小姐也是这么说！话说回来，洋子小姐，您现在还会回长崎去看望姥姥吗？"

"姥姥前年去世了。"

"啊，对不起。"

"没事，姥姥去世的时候九十岁了，也算是寿尽天年。因为她年纪大了，长期生活在欧洲的母亲也不得不回国定居，差不多是十年前。不过姥姥的身体一直还可以，母亲倒也不用太费心照顾。她去世也不是因为生病，而是不小心摔倒所致。"

"太不幸了，现在的老人都挺健康的，就是怕摔。"

"确实。因为我完全没有见过爷爷奶奶，所以打小就和姥姥亲。姥姥在院子里摔倒的时候，非常不巧，头部撞到了地面上的大石头。小时候，我经常和表姐妹一起围着那块大石头过家家，在上面摆上南天竹红色的果实和绿色的叶子。想不到，正是那块石头，最后竟然要了姥姥的命。"

三谷一边给洋子盛刚端上来的西班牙海鲜饭，一边安慰说："毕竟是九十岁的高龄了，无论在哪里摔倒，后果都不轻。您也不要太自责，一切都是天意。"

"可事情偏偏那么巧，姥姥正好就摔倒在我小时候玩过家家的大石头上。"洋子接过三谷递过来的海鲜饭，郑重地说道。

三谷略有些窘迫："话是这么说……早知道这样，你们当然会做好预防工作，说到底还是天意啊。那块大石头的位置，是不是比较刁钻，容易发生危险啊？"

"您没有理解我的意思，我小时候竟然在日后夺走姥姥生命的那块大石头上天真无邪地玩过家家，我想说的只是这件事情本身。"

"照您这么说，对老人而言，这个世界岂不满是危险？我还是觉得您不必太自责。"

"我不是在自责，根本无从自责，不是这样的……"

洋子觉得自己词不达意，犹豫着是否应该用更简单的方式进一步解释。桌子另外半边的一群人，没怎么吃刚才端上来的西班牙海鲜饭，却一直在讨论东京哪家意大利餐馆最好。洋子稍微瞥了一眼他们，似乎在示意，接下来的话题是不是应该向他们靠拢。

莳野先给三谷和洋子斟上红葡萄酒，然后给自己也加满，慢条斯理地朝着三谷说："洋子小姐强调的应该是记忆吧。"

两个女人的目光顿时汇聚到莳野身上。

"洋子小姐的姥姥，摔倒在院子里的大石头上去世了。因此，那块大石头再也不是童年记忆里的那块大石头了。在她心里，两块大石头始终无法分开，这样一来，每当想到那块童年的大石头就势必会联想到自己姥姥的死，所以回忆也变得痛苦。"

莳野一改刚才的轻佻与风趣，安静地说道。洋子的内心顿时生出一股他乡遇故知的喜悦，发亮的眼睛一直紧紧地搜在莳野身上。

三谷没有领会其中的深意，反而更混乱了："可是，孩提时代的记忆毕竟与姥姥的过世无关，那个时候的大石头仅仅只是块大石头，小孩子不知道未来会发生什么，自然地在那里玩过家家而已。难道不是这样吗？"

"确实是这样。但是有了姥姥的不幸之后再去回想，难道心里不会五味杂陈吗？"

"嗯？还是不明白。洋子小姐，是这样的吗？"

"苛野先生的话，一针见血，让我豁然开朗。"

苛野稍微看了一眼洋子，又把头低了下去。

三谷依旧不得要领："到底是怎么回事啊？不好意思，你们的感受，我完全不能理解。"

"其实也没什么，小事一桩。应该道歉的是我，提了一个奇怪的话题。"

洋子终于发觉三谷喝醉了，正欲结束这个无休止的话题，苛野却仍然不依不饶。

"不，一点都不奇怪，音乐也是一样的。同一首曲子，从头听到尾，再回过头来看的时候，展现在你面前的是什么样的风景？贝多芬的日记里，有一句奇文是这样的：于夕阳黄昏之际目送一切。不知道德语原文是不是这么说的，洋子小姐精通德文，一定知道原文的具体含义，我班门弄斧，谈一谈自己的看法。听完整个乐章再回过头来看的时候，我们终于意识到，啊，这个主题下还隐藏着这样的含义啊。如此一来，我们对音乐主题的理解就超越了刚听到的时候。打个比方，没有看到整朵花的时候观察到的花蕾，与看到整朵花之后观察到的花蕾，虽然是同一个花蕾，但在我们的脑海里，它的形象已经发生变化了。因此，音乐不仅仅是面向未来直线前进，同时也在朝着过去不断回溯。如果不能体会到这一点，就很难感受到赋格音乐的形式美。"

苛野稍做停顿，又说："人们总是认为，能改变的只有未来。殊不知，未来一直在改变过去。可以说是未来改变了过去，也可以说是过去自然而然地变成了未来，过去其实就是这么敏感、易变。"

洋子用手按住飘下来的乌黑长发，听得极为入神，并不住地点头表示赞许："我们所处的现在这个瞬间也不例外，如果从未来回望，肯定会有人生如梦的感触……以后的某一天，我们到底会怎么回望今晚呢？难得大家这么高兴，希望以后再次想起的时候，也是愉悦的。"

洋子的一番感慨，莳野没有接话，只是表现出赞同的表情。这个人与自己完美契合，莳野感受到一种纯粹的喜悦，喜悦幻化成陶醉，在心底悄悄地舒展。在他的人生当中，这般默契并不多见。

三谷还是无法产生共鸣，只好借着越来越重的醉意，从三个人的交谈当中抽身出来，加入其他的交谈群体中。

莳野与洋子一对一，一直聊到餐馆打烊的深夜两点半。

洋子看了看桌上的烛光，又把话锋转回到最初的话题："刚才您说在新干线上认错了人，后来还是道歉了吧？"

莳野睁大了眼睛，再一次感受到了今晚无数次感受到的内心愉悦，笑着说道："在那种情况下，当然要给人家赔不是。不过说自己生气，才能把大家逗乐啊。"

"我猜也是。"

"您是怎么知道的？"

"我也不知道怎么就察觉到了，总之感觉应该是那样。"洋子笑着答道。

莳野也面带笑容，低下头犹豫了一会儿，又抬起头来："其实还有一件我没有讲的事，洋子小姐肯定也注意到了吧？"

洋子微微歪着头："什么事？"

今晚演奏的失误——莳野差点脱口而出，不过到嘴边的话还是咽了下去。今晚，本应该是寂寞失落的一晚，是难以度过的一晚，但洋子的出现，改变了一切。躲在休息室的时候，他完全没有想过今晚会过得如此舒心、平静。那么，现在又何必去破坏这美好的氛围？

他随即改变主意，遮遮掩掩地一笔带过："也不是什么重要的事。算了，就当我没说。"

"嗯？怎么回事？"

"也没什么，不足挂齿，不足挂齿。"

洋子似有所察，不过并不点破，表情上仍做不解之状。

时间越来越晚，两个人都看了几次手表，但心里想着就这样待一会儿、再待一会儿，只是故作镇定。终于，有人提出时间差不多了。三谷已经靠在椅子上睡着了。

"她是经纪人，一直忙里忙外，今晚估计累得不轻。也不知道我说的一些话，是不是让她不高兴了。"洋子像长者一般，关心地说道。

"没事的，她是个女强人，办事极其认真负责，我的演出亏得有她助阵。"

莳野和洋子相约今后要继续保持联系，然后随大家一同走出了店门。莳野先把洋子送上了车，隔着车窗，默默地凝视着洋子与司机说话时的侧脸。

正是这位索里奇导演之女，二十年来一直记着自己十八岁那年的演奏。

事后，他们各自都在设想，那晚是不是也可以就势一起迎接黎明？诚然，这种想法在当时极不现实，不过考虑到他们此后的关系，初次见面的漫长一夜的确意义非凡，尔后亦屡屡为两人回忆咀嚼。

分别之际依依不舍的对视，作为"敏感而易变"的回忆，留在了各自的心中。在不断向前的人生旅程中，但凡回首，总能看见这份记忆散发出寂静而孤独的光芒，光芒闪烁的背后充斥的却是宽广无垠的忘却！未来的人生道路之中，他们于感情跌宕之际，总会不约而同地回归今晚的夜阴，审视那抹寂静而孤独的光芒。

第二章　寂静与喧嚣

1

新年过后,二月寒冷的一天。

蒴野在三谷的陪同下,与是永在东京涩谷车站附近的一家咖啡馆长谈了两个小时。

去年年底以来,蒴野一直忙着给自己的新作《美好世界——美丽的美国歌谣》编曲、录制。他的宗旨是"用大家不熟悉的古典吉他旋律演奏出耳熟能详的名曲"。依据这个方针,他先后录制完成了四个曲目,包括西蒙和加芬克尔①的《恶水上的大桥》(*Bridge over Troubled Water*)以及史提夫·汪达②的《内在视觉》(*Innervisions*),无一例外都深受唱片公司员工的好评,连平时不听古典吉他的其他部门员工也在追捧。

此时的蒴野不但屡屡举办公演,还经常受邀参加广播电视节目,公众形象正逐步建立与完善。趁着这股劲头,唱片公司力求向市场推

---

① 西蒙和加芬克尔(Simon & Garfunkel),美国民谣摇滚音乐二重唱组合,由保罗·西蒙与亚特·加芬克尔组成,与披头士一样,都是20世纪60年代最流行的乐团之一。
② 史提夫·汪达(Stevie Wonder,1950—),美国歌手,作曲家,音乐制作人,社会活动家,盲人。擅长多种乐器,一位唱乐皆精的全能艺人。

送更多的流行歌曲，经纪公司则希望开拓莳野尚未涉足的北美市场，两者一拍即合，经莳野本人同意后达成合作意向。选择曲目之时，莳野挑的是西蒙和加芬克尔组合以及史提夫·汪达这样的流行音乐歌手。这一点让是永着实有些意外，不过既然选择了史提夫·汪达，她认为就应该挑选更知名的曲目，因为唱片公司设定的受众年龄略微偏高。这一点与西洋乐部门同事的意见也相同。

本来一切推进得都很顺利，然而这天莳野突然撂挑子，给出的理由仅仅是他厌倦了。

两个小时的谈话中，是永不断地做思想工作，可莳野说什么都不愿意继续干下去。力图说服其回心转意的过程中，是永甚至透露，倘若商谈无果，唱片公司的对口负责人十有八九要换人。起身离店时，她一脸严肃，简单示意后就径自离开了。

莳野走出店门，仰头望了望阴暗的天空，忽地想起适才寒暄之际，是永提到今天可能会下雪。前段时间已经春意盎然了，今早突然回寒，老天爷似乎把不知道藏在哪里的冷空气库存给搬了出来。

肚子有点饿。正好三谷说要去涩谷的文化中心与奥查德音乐厅的相关人员洽谈工作，于是莳野决定与她一同前往，在那边的咖啡馆吃点东西。

风很冷，没走多久，身体就冻僵了。

涩谷站的高架桥下，大卡车呼啸而过。出租车为方便乘客下车，在不该停的地方突然停下，后面等得不耐烦的车辆毫不客气地鸣笛催促。一时间夹杂着6音级和1音级的低和弦音，径直钻进耳膜深处。

苟野的脑子里反复回荡起罗贝塔·弗莱克[①]唱《轻歌销魂》(*Killing Me Softly with His Song*)时,犹如哈士奇一般沙哑低沉而又天真无邪的嗓音。该曲在即将编完之际被他晾到了一边,至今仍未完成。

苟野是路痴,又想抄近道,结果随意拐了一个弯后,反而不知道走到哪儿了。停在闾巷小道的斑马线前等着车辆通过,他抬起头来正要看这附近是哪里,一旁冷不丁地冒出一个声音:"我越想越觉得奇怪。"突然回头一看,原来三谷一直紧跟在身后——他几乎都快把她给忘了。

"不好意思,我瞎带的路。"

"不是,我是说刚才的事。音乐家都已经说不愿意干了,为什么唱片公司还不理解?有其他更想做的事情,又有什么办法?"

苟野一时半会儿不知该如何回答,只是盯着她的眼睛,眼看后面的行人就要撞上,赶紧将她一把拉到大楼入口边的空地上。情急之下抓住的胳膊,透过外套依然柔软,令苟野稍感尴尬。

三谷的口气中,一点儿都没有阿谀奉承的意思。她几乎是神情严肃地表达了对是永的不满,犹如对一个不守规矩突然插队的陌生人那般不客气。

"这次说到底是我不对。说好了要干,半路又说不干,该生气的是对方。"

"但你是天才嘛,受到全世界粉丝热爱的艺术家,为什么要拿普通人的标准来束缚你呢?"

[①] 罗贝塔·弗莱克(Roberta Flack),美国创作歌手,1937年生于北卡罗来纳州。

"别这么大声,怪不好意思的。"莳野适时地止住三谷,"要是真像你讲的那样,那我就什么都不愁了,实际上那是不可能的。我虽然有的时候夸夸其谈,本质上还是谦虚的。"

"我不同意你的观点。"

"人还是要讲点脸面,不能太放肆。我们俩谈这样的话题本来就有那么一点自吹自擂的意味。算了,天气也冷,我们还是赶紧走吧。"

说完后,莳野紧了紧外套的领子,故意做抖瑟状,以示天气寒冷。而三谷还是一脸茫然,每每不能领会莳野意图之时,她总是这样。

"是永眼里从来就只有自己,根本没有别人。一直以来我都有这种感觉。"

"嗯?你们俩不是一直关系不错吗?退一步说,即使真像你说的那样,也无可厚非,每个人多多少少都这样。"

"我觉得你就不一样,你思考的永远都是怎么创作出新的优秀的作品。"

莳野没有立即回答,稍事停顿后说:"你能这么想,我很高兴。不过说到底我还是为了自己。"

"不是这样的。"

"我不是在批评你,我只是说事实就是那样。"

"不对,不对。我作为粉丝,只想倾听你的好作品,从这个意义上来说,你的创作也是为了我。因此你每天思考的,其实是怎么满足众多粉丝的需求。就像现在一样,你在耐心听取我的意见。"

看到三谷不屈不挠的样子,莳野有些尴尬,就怕她又哭出来。过去的一年里，他自觉已经能够承受三谷有些奇特的反应，然而此次还是有些招架不住。匆匆路过的行人，都是一副看小情侣吵架的表情。

三谷的话虽然没有什么问题，但是身为经纪人，对莳野的情感如此纤细敏感，今后恐生事端。

莳野有些纳闷，心里暗自琢磨对方到底在想些什么。不过话说回来，三谷的率真确实让他感动。搞不清楚三谷的本意，归根结底或许还是因为对她不够了解吧，不管怎样，至少要体谅她的一片苦心。

"我明白你的好意，也非常感动，不过说到底都是商业行为。另外提醒一下，这样的话本不该从我嘴里说出来，因为你才是经纪人。"

听到莳野郑重的事务性的口吻，三谷稍微回归了理性，同时感觉自尊心受到了挑战。

"当然，我非常清楚地知道，我的工作就是营造一个良好的环境让你能够顺利地创作。我不是艺术家，不会不知天高地厚地去自我陶醉。我对自己的工作充分负责。"

"你能这么想就最好了。我们考虑问题要现实一点，因为我搞不定的事都全权委托给你——给你们公司了。"

"对，确实是这样。棘手的杂事，包在我们身上，你只要一门心思搞好音乐创作就行。如果这次你不出唱片，不去巡回公演，我们也很头疼，这意味着我们必须一个个去取消预约好的演出场地。这个损失可不是是永那边可以想象的。老实说，这次你的率性而为到底对不对，我心里也没底，不过我还是相信你。"

莳野似乎有什么要讲却又找不到合适的表达方式，只好点头作罢。咬着唇走出数步，三谷又在身后呼唤，被对方搅得心烦意乱的莳野有些不耐烦了:"又怎么了?"

"是去涩谷的文化中心吧?"

"明知故问!"

"方向错了,这边。"

苛野转过身来,朝着三谷手指的方向惊诧地看去,再回首看看原本要走的路,又想到内心莫名的纷乱,更觉得羞愧难当。他甚至不好意思正眼看三谷一下,只是兀自快速向前迈开了脚步。

2

次日一大早,唱片公司就给苛野打了一通电话,就今后的方针做了二次商讨。打电话的人已经由是永换成了她的上司冈岛。

大雪比前一天的预报来得稍晚,昨天半夜才开始。待到天亮,大街上已是银装素裹了。

电话挂断后,苛野拉开窗帘,慵懒地发现眼下已是二月。二〇〇七年,也只剩下十个月。当前的日子最多再重复三十年,自己也就差不多了吧。母亲死的时候六十多岁,父亲死的时候七十多岁,照这么看来,自己也难得长寿。想到剩下的三十年过一天就少一天,难免会觉得死亡绝非遥远,人生并不漫长。

苛野一手端着咖啡,坐在窗户边,呆呆地望着窗外。

依靠父亲死后留下来的一些遗产,加上自身积蓄,他凑足了首付,在代代木买了一栋四层的二手房,住家兼办公。一楼是车库,二楼供练习创作，三楼用作库房，四楼自己住。内部装修非常简单，多余的东西全部塞到了三楼的库房里。

家具都是在各地巡回公演时淘的各种古董和新潮货，相互搭配倒也别有一番情调。他喜欢法国品牌家具"写意空间"的托哥泡棉沙发，窗户边吹不到冷气的地方现在就摆着一个单人的，是暖心的橙色。

茚野的家临近代代木公园，从四楼窗户看出去，只有被雪覆盖住的十多米高的浓绿雪松。积雪在浓绿之间肆意攀爬，巧妙地占领了每一寸的领土。

灰白色的天空中，雪花带着节奏兀自飘落，却不发出一点儿声响。此情此景，令他顿时丧失了现实的时间感。

远处工地隐约飘来的作业声，调成强风模式的空调发出的嗡嗡杂音，改换坐姿时裤腿摩擦出的动静，似有若无的叹气声，唾液在牙齿缝隙中游动的声响。一直以来安静的国度，这一天略有些特别。

寂静。

茚野坐在窗前，再次感受到寂静的可贵。

音乐源自人类与寂静美的对决。音乐创作乃是人类于寂静美之外，以音为素材追求的另一种全新之美。

这句话出自芥川也寸志[①]著《音乐的基础》。通过这本书，少年时

[①] 芥川也寸志（あくたがわやすし，1925—1989），日本作曲家、指挥家，日本著名文豪芥川龙之介三子。

代的苟野第一次以概念性的语言理解了音乐。当时他与父亲一起读到这句话，长期以来将它作为定义音乐的话铭记于心，而今再度咀嚼，不免思索。

五十年前的东京，也是如此安静吗？那么，世界呢？

他在沉思，眼下自己是在与什么对决，寂静之美？恰恰相反，这几年自己一直在与寂静的对立面——喧嚣做对决。时光是如此美好，但自己宁可放弃这般美好的时光也要追求音乐的"全新之美"。当时他对此坚信不疑，并全身心地投入其中，因而演奏的吉他较之今日更加美妙。眼下不光是自己，当代的任何一位音乐家，任何一位观众，或许都已很难再忍耐眼前这般丰厚的寂静，至少不能长时间地、充分地沉浸其中了。

突然觉得嗓子干渴。去年三得利大礼堂公演结束后，苟野独自一人在休息室里昂起头来暴饮了一大瓶矿泉水。那时占据他内心的，是对前途的不安。

啊，一切都这么无趣。——苟野厌倦了一切，到头来，还是不得不承认这个事实。长期以来他隐有所感，只是一直在自我逃避罢了。昨天与三谷的一席话，让他再次直面这个事实，也正因为如此昨天才会感到心烦意乱。

"怎么万事万物都这么无趣。"他自言自语地重复道，仿佛喝了胆汁那般苦涩，再想到这句话将对自身带来的影响，他不禁打了个寒战。目前的状态，不正是一个音乐人陷入"低潮期"的表现吗？

目光移到左手指尖。苟野先是随意地舞动十指，随后凭空弹奏起了快旋律。手指很听话，完全按照他的意志在运动，但不久他就对左手丧失了兴趣。不管平日里手指如何恭顺灵活，一旦到了实际演奏，一切皆有可能改变。芥川也寸志的那句话，像魔咒一般突然闪现，手指随即发抖失控。肉体上的敏感与不成熟，之前他一直应对自如，也正因为如此，当下突如其来的变故令他格外无所适从。

他将左右两手交叉，相互揉挤，细心地感受手指本身。隔着指肉，指骨相互挤压，发出了清脆的响声。透过疼痛，他希望听到肉体的声音，体会到手指的整体感。很遗憾，他失败了。苛野再次紧握双手，欲做二次尝试，但突然感到一阵颓然，松开的双手耷拉着垂落到双膝上。

现代人与其说是在活着，毋宁说是在忍受无休止的喧嚣。不光是声音、影像、气味、味道，甚至是体感都喧嚣不已。所有的一切都在不断冲击着我们的五官，以求最大限度地占领我们的肉体和意识。即使这样，我们的社会仍不满足，不惜撕碎个人的时间感也要填鸭式地塞给每个人许多多余的东西，多一点，再多一点！我们怎么受得了？每个人都很疲劳。这难道不是历史上空前的决定性的变化？今后，人类将陷入疲劳的深渊，人类将成为疲劳本身。疲劳会成为人类有别于动物的特性吗？每个人都将被卷入机械、电脑的频率当中，五官暴露在喧嚣之中，不断被踩躏，每天都过得半死不活。那么痛苦，又那么努力。只有通过死亡这一条路才能最终解脱出来，获得永久的宁静。

——这正是多年以来，苛野在舞台上的心得。

对于古典吉他来说，弹奏者的意识能传达给每一个观众才是最重要的，有助于实现这个目的的音乐厅才是最理想的。只有这样的音乐厅，才能够拉近观众与吉他的距离，使观众觉得吉他与自己之间是特别且亲密的。而这样大小的音乐厅规模，也是苛野喜欢的。

观众多半是古典音乐迷或者长年的吉他爱好者，也有不少是因电视脱口秀节目及苛野翻唱的流行歌曲慕名前来的。每次演出，既有狂热的追星族，也有不少人只是想一睹"天才"的风采。

芥川也寸志所说的"与寂静美的对决"，其中一个依据就是演奏者站在舞台上的感觉。

在音乐之前，音乐厅是一个由四壁围成的守护寂静的空间。于寂静而言，这是一个难得的避难所，我们的社会乃至大自然当中，再也找不到第二个同样的地方。

过去的一年里，苛野总共与"寂静美"对决了八十六次。每一次他都努力感受对手冰冷的锋芒，而从第一个音开始，对手冷峻的刀锋就在不知不觉之间横亘于自己的胸前。

巡回公演期间，有一件事令他始终难以忘怀。

第一天排练之时，在调音的最后环节，他调试了一下五弦的开放A音。毫无征兆，肩膀上突然一阵战栗，并迅速向腰背扩散，到达十指尖，最后空留下一阵不祥的预感。

这似乎不像是演出前的紧张。从以往的经验来看，他不容易紧张。年轻的时候，在后台休息室里，看到将要一同登台的同僚紧张得惶惶不可终日，他都心生怜悯。相比之下自身的沉稳，极大地提升了他内心的优越感。那么，去年巡回公演期间感受到的莫名的噩兆到底是什么？为了弄清个中缘由，每次排练他都重复相同的动作。

空无一人的音乐厅内,开放 A 音释放之后,乐音渐次湮没于墙壁内侧。最后的余音与吉他琴身的振动一起,于耳边留下一阵余韵,仿佛来自一场不明所以的争斗。

所有的一切都竭力融入寂静中。一种苦痛的狂热,比闭目演奏时,更突然地袭上他的心头,仿佛金箔一样绚烂夺目。这时,肩膀上又一次感受到了那种战栗。

音乐向寂静——死亡之美发出挑战之时,不止是佛光普照的极乐瞬间吗?生命力!除了生存的喜悦,音乐还需要什么吗?然而,他力求升华的生命力,在如今喧嚣的日常生活中,已然奄奄一息。

午饭时,苛野只是简单地喝了点汤,吃了一些沙拉。练习吉他前,他先查看了一遍电子邮件,七封来信中并没有洋子的。

前几日,他在网络新闻上看到巴格达马尔基娜酒店发生自杀式爆炸,而洋子的工作单位——RFP 通讯社驻巴格达分社正好设在那家酒店。

在巴格达的洋子给苛野写过几封邮件。其中一封里还附着一张照片,是苛野之前发行的巴赫唱片,就放在她的闺房里。倘若只是听音乐,有音乐播放器就足够了,没想到洋子还特意带了一张唱片在身上。

马尔基娜酒店里有好几家国外媒体,RFP 通讯社则把整个七层都包了。新闻上说,自杀式爆炸发生在一楼大堂,当时正在一楼开会的伊拉克地方酋长以及警察、外国记者,共计三十余人或死或伤。

看到新闻后,苛野非常担心洋子的安危,立即发邮件问询了一番。次日，为保险起见，他又发了一通，结果都没有回信。之前但凡发邮件过去，不到一天肯定能收到回信，大抵都是在说"外面不太平，不能外出"之类的话。

对洋子安全的担忧，以及乐观的预测，交替浮现在他的脑海里，消耗着苅野的精力。眼下，心中的忧虑犹如一块压在胸间的大石，越来越沉重。

第三封邮件，其实他数次起笔，转念一想该说的话都已经在前两封信里说过了，即便再次重复，估计也与前两封一样石沉大海。几天后抑或是几周后，不是洋子，而是其他某个人打开她的电脑时，来自各方的问候肯定不计其数，自己又何必徒增一封无济于事的邮件呢？

纵使洋子能够安然无恙，想必现在也是手头混乱，根本没有闲工夫回邮件吧。而且，她要处理日常的工作，面对众多的问询邮件，自己的也未必能够优先处理。说到底，她的精神支柱应该是家人、老朋友，以及那位最重要的"美国未婚夫"。在他们二人的你来我往之间，自己的第三封邮件势必会自讨无趣。一旦想象洋子不胜其烦的表情，苅野陡然丧失了勇气。

剪不断，理还乱。今天他还是打开了草稿箱里保存的邮件，只写上"遥祝大安"之类的话，点击发送了。他不得不这么做，因为如今维系二人的，仅剩邮件而已。

正像初次见面时洋子说的那样，伊拉克的治安状况从二〇〇三年美军入侵以来，陷入了前所未有的混乱。二〇〇五年的议会选举直接将巴格达陷落后的纷争推向了内战的深渊,平民的伤亡急剧增加。洋子去伊拉克的前一年十月,月间死亡人数创下了历史新高,达到三千七百零九人。看到这个数字,苇野习惯性地用音乐厅可容纳人数去衡量。三得利大礼堂坐满的话是两千人,两千个位置上全部坐满死人,另外还有坐不下的一千七百多具尸体,想想都叫人不寒而栗。那是地狱。

苇野屡屡回想起洋子甜美的笑容,不知亲身遭遇恐怖分子之际,她会想到什么?或许连想这件事情本身都是奢望了吧。聪明如洋子,于突发的一瞬,又会如何看待自身的命运?

他不停地检索网络信息,看得越多,越不敢相信洋子置身于何等险恶的环境之中。

父亲说我是"魂断威尼斯①"综合征,这当然是他生造的词,意思是人到中老年后,突然对不断适应现实社会这一行为产生厌倦,为了返璞归真而采取飞蛾扑火一般自我毁灭的行动。我就是一只飞蛾(笑)。

父亲每每叮嘱我,一定要活着回来。我不能让父亲伤心,因此经常自我告诫每天都要注意安全。

苇野先生的挂念,不胜欣慰,非常感谢。

---

① 《魂断威尼斯》是德国小说家保尔·托马斯·曼(Paul Thomas Mann)发表于1912年的中篇小说,1971年被意大利现实主义大师鲁奇诺·维斯康蒂(Luchino Visconti)拍成同名电影,描写一位艺术家因为沉醉于追求青春与美,而不幸丧失性命。

莳野翻开一周前洋子回复的最后一封邮件，读了起来，读到"对不断适应现实社会这一行为产生厌倦"一处，忽地感觉对自己也适用。初次相见的那一晚，或许洋子就已经嗅到了同类的气息，在此基础上，向自己寻求共鸣。随即，他的脑子里闪现出另一个不祥的兆头——万一这封信是洋子的遗言呢？倘若果真如此，那这封信堪比老天爷的诅咒，势必永远笼罩自己的一生。

　　事实上，洋子的这封信明显地影响了他这几日的思维与行动。他打算恢复搁置的录制工作，不是之前在做的《美好世界——美丽的美国歌谣》，而是重新编排巴赫的曲目。这恐怕就是"返璞归真"的冲动吧，虽然还没有到自我毁灭的地步——又或者，只是本人还未察觉到正在走向灭亡而已？《魂断威尼斯》的主人公奥森巴哈通过意志上的努力，成功保持了艺术与生活的平衡，然而他邂逅了一位美少年达秋之后，就深深爱上这个俊美如希腊雕像的少年。为了追寻少年，他抛弃了一切，因而最终走向了自我毁灭。然而邂逅之初，他应该也未曾想到最后会是如此的结局。

　　莳野只看过维斯康蒂拍的同名电影，尚未读过托曼斯·曼的原著，就趁着这个机会订购了一本小说。

　　好想和洋子聊一聊《魂断威尼斯》，当然也可以是别的话题，任何话题都可以，只是由衷地希冀再次听到洋子的声音。下一次，一定要与洋子促膝长谈。除了洋子，他再也找不出第二个人，那般沉稳知性同时又甜美可爱。

　　"难道是我把初次见面的那一晚，想得过于美好了吗？她也是四十岁的人了，为什么要去伊拉克断送性命？"

竟然有同龄人以这样的方式结束生命！这个假设同时加剧了他对自身命运的迷惘。倘若假设成立，虽然四十岁尚属年轻，但毕竟也是一个完整的人生，不至于产生英年早逝、中道崩殂的不幸之感，他心痛归心痛，仍然觉得洋子不虚此生。

对一个只见过一面的人，是否称得上相识？他甚至不知道自己算不算洋子的朋友。然而，眼下对洋子的思念和亲近之感，的确是欲罢不能、欲语还休，并且愈来愈强烈了。

初次见面的那晚，洋子笑着问道："在新干线上认错了人，后来还是道歉了吧？"彼时的娇俏，令他至今难以忘怀。他甚至幻想，倘若洋子受到伤害，之后的人生不得不借他人之手才能生活，自己也会愿意充当那无微不至呵护的角色。对洋子，简直是着了魔。他连连摇头，总觉得哪里不妥。

为了尽早结束这漫无边际的胡思乱想，蒔野终于将手伸向了去年年底的公演录音唱片。

这张唱片，是永很早之前就寄过来了，她再三催促一定要确认，但他一直没能听一遍。

那次公演以来，盛赞的声音不绝于耳，他一开始完全不把这些恭维当一回事，最近却也开始想要相信大家的赞美之词。听一听，说不定能稳定一下情绪。

按下播放键后，他心弦紧绷，全神贯注地倾听着《阿兰胡埃斯协奏曲》。当天的场景恍如昨日一般，一一浮现出来。虽然个别地方还是难免要皱一皱眉头，不过总算是把曲子听完了。跳过之后观众鼓掌的部分，蒔野快进到了安可的部分。一共两个曲子，他只听完一个就暂停了，然后满脸郁色地来到沙发边，躺了下来。整场公演结束后的掌声、喝彩声，是再也没有心情去听了。

洋子夸赞的《勃拉姆斯间奏曲》还算差强人意，整体来看并没有自己想象的那么糟糕。因为第一次在公演中用斯摩曼吉他，虽然稍逊韵味，总算音质饱满，就像其他所有人能弹出的那样。

当代音乐家要求音乐既要有深度，又要有广度；既要保持为人传唱、经久不衰的韧性，又要突出不听则已、一听则俘获人心的闪光点；既要成为人类精神最高层级的救赎，又可满足人们喜新厌旧的转换；既要解放人类的灵魂，又要安慰人们的日常。将看似矛盾的方面同时兼顾，臻于完美，这就是莳野最近几年一直苦心钻研的难题。而在这一点上，他可以自信地宣告，自己比其他任何一个吉他手取得的成果都要丰盛。然而，他的内心深处却时刻被一种不可名状、深不见底的不安笼罩。

确实，他的演奏无可挑剔——不是没有缺点，只是找不到缺点而已。

去年的那场公演，莳野自觉除了一处瑕疵，其他都很完美。而他现在痛苦挣扎着想要找寻的，正是这一处！

看不到希望与前景。以往的历次演出，未等结束，下一个灵感就呼之欲出，但这种蓬勃生机他再也感受不到。不，有几次初露端倪的生机其实呈现在了眼前，他却只感到江郎才尽一般的幻灭。

一直以来，他都坚信自身的音乐生涯能够如芝麻开花那般节节攀升——很遗憾，攀登的是另一座与初衷相悖的毫无意义的艺术山峰。而这一点，身边的人应该也感受到了吧？

莳野感到了孤独，从沙发上站了起来。一方面，他不愿他人识破自己的孤独，另一方面又渴望得到别人的理解。成为音乐人以来，他还从未遇到过这般矛盾的心理。想到自己马上四十岁了，就自然地想起分别之际透过车窗窥探到的洋子的侧脸，心情异常沉重起来。

第三章 "魂断威尼斯"综合征

1

二月二十日下午,洋子采访了在马尔基娜酒店举行会谈的伊拉克地方酋长。该酒店系各国媒体及外交使节下榻的场所,伊拉克新政府的高官也时常光临,底格里斯河西岸美军管辖的国际区又近在咫尺,通常来说很安全。

在一楼大堂的采访结束后,洋子起身回七楼的办公室。此时进入大堂的三名男子引起了她的注意。

电梯里除了洋子没有别人。电梯门刚要合上之时,她瞥到适才进入大堂的其中一名男子环顾四周,好像在侦察什么似的。不过,也有可能是自己想多了。

电梯刚要升到七楼,一阵爆炸的冲击过后,电梯停了。在剧烈的摇晃中,洋子迅速紧紧倚靠住电梯内壁,以免摔伤。一片死寂过后,从脚下的深渊传来阵阵哀号、尖叫,整栋大楼陷入了一阵骚乱之中。警报声中夹杂着各国语言,几乎都是在说:"快逃!快逃!"

洋子很快明白过来,这是恐怖袭击。她努力想知道外面发生的一切,然而听到的只是混乱中人们的只言片语以及从疏散楼梯传来的逃生的脚步声。她甚至怀疑是不是武装分子企图攻占整个酒店,前一阵子这里才刚刚举行了一场防范武装分子进攻酒店的预演。运气不好的话极有可能会被武装分子劫持吧。想到这里，爆炸后的惊慌瞬间转化为焦虑与恐惧，她一边思考逃生通道的路线，一边给菲利普打电话。

"没事吧？洋子，没事吧？"

菲利普说这次是自杀式爆炸恐怖袭击，后续的恐怖分子没有掩杀过来。听了对方的安慰之后，洋子刚刚稍微宽心，突然电话中断，之后再也打不通了。

洋子坐在电梯的里角，倚靠着两边的电梯内壁。她两手遮面，双眸紧闭，不由逃到了另一边黑暗的世界中去，仿佛只有这样，才能稍稍地稳住自己。

她的内心在不断地祈祷。因为平时没有宗教信仰，此时浮现在脑海中的只有父亲与母亲，她不停地向父母呼救，同时也向不知名的位于更高位置的某种神秘力量求救。

好不容易安全离开，为什么又要回到伊拉克这个是非之地？洋子问自己。过去的记忆一股脑儿地涌现出来，自己也搞不清楚到底是为了什么。混乱之中，在东京与蒔野的谈话一闪而过。

人们总是认为，能改变的只有未来。殊不知，未来一直在改变过去。可以说是未来改变了过去，也可以说是过去自然而然地变成了未来，过去其实就是这么敏感、易变。

这句话放到现在这个场景，顿时显得残酷异常。自己再也见不到苛野了。想到这里，那晚的美好时光越发令人怀念与憧憬。

洋子取出采访用的记事本，开始记录目前的状况。为了让自己尽快安定下来，她选择用日语书写。写着写着，又总是不由回到刚才的疑问当中，为什么要回到伊拉克来？这个行为，一开始完全是基于自身的意志，但倘若结局是个悲剧，那自己应该是被冥冥之中更加必然的某种命运拉拽过来的吧。

未来，令人生惧。电梯门打开的那一刻，等待她的是菲利普，还是武装分子？不到最后一刻，谁也猜不到。

2

"洋子，没事吧？洋子？"

耳边的叫唤声，惊醒了洋子，窗外的风景逐渐映入她惺忪的双眸。

冬日的天空，黄沙弥漫，午后的阳光显得柔弱且无力。与日本银灰色的多云天不同，此时的巴格达，天空是沙尘的黄与蓝天的青混合后的颜色。远处，一道黑烟滚滚升腾。

洋子这才意识到自己身在巴格达，身在底格里斯河西岸的海法大街上的马尔基娜酒店。那天发生的自杀式爆炸，自己险些卷入其中，不过总算是没事——她在脑海中一遍又一遍告诉自己，若非如此，几乎不能在现实中独自站立。她要崩溃了。

刚才，远方不知何处仍传来爆炸的声音，估计是自杀式汽车爆炸吧。思绪立刻无意识地跑向了尸体散乱的爆炸现场，洋子狠狠拽住自己的手腕。所幸撕心裂肺的惨叫声，并没有越过空间的阻隔传到她的耳朵里。

酒店七楼的办公室里，RFP通讯社的六名派遣职员以及当地招聘的十几名员工正在办公。

估计有些人都没有注意到刚才的爆炸声；注意到的人当中有些根本都不抬头张望，依旧两眼盯着电脑屏幕；剩下的几个人被突如其来的爆炸声干扰了注意力，勉勉强强向窗户边瞅了瞅。只有洋子一个人，一直注视着窗外。

来到巴格达后，洋子第一次亲身体验到以往在地理课上学的所谓"沙漠气候"。原来并不知晓，到了之后才发现巴格达风真大。东京风大是因为摩天大楼太多阻碍了空气的正常流动，巴格达的风则完全不同，干燥的热风如海浪一般，肆意地席卷荒凉的无人地带。

大风就像环卫工人一样，非常娴熟地把每天爆炸扬起的黑烟打扫得干干净净。但刚才的自杀式爆炸或许是规模异常，滚滚浓烟许久都未散尽，仿佛有人将一壶死亡的黑墨水倒悬于天穹，不断向人世间泼洒。

"你还好吧？"

洋子转过身来抬头望了望，原来是菲利普来到了自己的办公桌边。他的脸上留下了一个大伤疤，栗色的胡须也没有刮。眼神透露了其用意，他过来是要看看洋子目前的精神状态如何。

"还好，谢谢。真的已经没什么问题了，怎么了？"

洋子微笑地答道。菲利普似乎没有要回到自己办公桌去的意思，她只好起身问:"喝杯咖啡?"

"好的,我去冲。一会儿在那边的会议室里,我们聊聊吧。"

"还是我来冲吧,也好转换一下心情。我一会儿端过去,你先过去。"

洋子来到窗户边的咖啡机前,一边等着咖啡机预热,一边俯视着脚下的大庭园。园内游泳池边上的椰子树,高大茂盛。

这里是典型的高级度假酒店的配置。从上面鸟瞰,游泳池由三个圆环组合成品字状,看得出来设计的时候很是费了一番脑筋。然而,池边的白色长椅因长期暴晒于太阳光下,已经不能使用了,整齐划一的瓷砖接缝处也长满了浓绿的杂草。

时间在这里仿佛成了一群脱离人类管控而野生化的牛羊。当年,这一带也是熙熙攘攘,人们一边享受着日光浴,一边喝着鸡尾酒,手上说不定还拿着一本侦探小说在看。

"对安保公司来说,以治安不佳为由,把大家活动的范围限定在酒店,是最省心省事的。治安确实堪忧,然而一味听由他们摆布,我们这边根本没办法开展工作。生活在这儿的人现在到底是怎样的心理状态,才是我们最缺乏的信息。要是不去接触外面的世界与他们面对面直接交流,光在办公室里分析政治状况,是不可能搞清楚的。"

驻巴格达分社的负责人——菲利普如是说道。

包括洋子在内,大多数的派遣职员既不是中东事务专家,也不是从事战争报导的专业人才,而是从各地分社临时抽调过来的短期派遣人员。菲利普不一样,他长期从事非洲争议地区的报导采访工作,自从美军二〇〇三年进攻伊拉克以来就被抽调过来,经验十分丰富,还亲眼见证了萨达姆铜像被推倒的历史性瞬间，经常被人请去讲解当时现场的各种细节。工作六周休息两周，这种还算有效的派遣方式也是由他导入的。

在这个酒店设办事处的他国媒体，有一些完全依靠在当地招聘人员去进行实地采访。萨达姆政权倒台后，眼下的伊拉克治安恶化到历史最低谷，这样做也确实是迫不得已。但是RFP通讯社的记者，在菲利普的领导下，抓住仅有的一些机会，一直亲自前往巴格达市内采访。洋子就有过几次紧张的采访经历。

话说回来，菲利普能这么做，当然也是得益于美军严密的警戒。

开车前往目的地的途中，总是可以看到车窗外堆积成山的瓦砾以及满是弹痕的墙壁。因为政府的行政服务职能大多无法履行，老百姓直接在大街上焚烧积累的生活垃圾。通过焚烧的气味，洋子努力去想象当地百姓的日常生活。

倘若能够自由地在大街上行走，随时随地与当地老百姓攀谈，不知道可以获得多少有价值的线索。然而不能，因为她没有办法分辨出混在一般老百姓日常生活当中的恐怖分子。他们与军人不同，没有穿制服。

听着不锈钢制的咖啡机冲咖啡的声音，洋子轻轻地嗅着淡淡的咖啡豆香。眼前的咖啡机是德国产的，机内的咖啡豆香轻易不会泄漏出来，这反而让她怀念起原来玻璃制的咖啡机，那样的咖啡机可以使香气溢满整个办公室。在巴格达，咖啡是非常珍贵的饮料。

抬头一看，发现窗户玻璃里有个人影，洋子不自觉地转过身来，做迎敌状。对方见此，吓了一跳，差点叫出了声。

洋子这才晃过神来，一边用右手抚胸平复心悸，一边笑着问道："贾莉拉，有什么事吗？"

"想麻烦你帮我看看照片。"

"哦，原来是这样，我看看吧……角度不太好。街道对面的绿色不拍进来的话，整体的感觉就出不来……这一块儿，稍微裁剪一下。"

"好的，明白了。我也跟摄影师打声招呼。"

贾莉拉是在本地招聘的员工，毕业于巴格达大学，立志要当一名录像师，目前主要协助照片与视频的编辑工作。办公室里只有洋子和贾莉拉两名女性，闲聊之时，经常一同谈论时装和电影。贾莉拉非常擅长模仿布兰妮·斯皮尔斯[①]，前几天翻唱布兰妮的歌曲《中你的毒》(Toxic)时，搞得整个办公室笑声不断。自从经历十天前酒店一楼的自杀式爆炸以后，洋子第一次笑得那么畅快。

贾莉拉待洋子如长姐，洋子的美貌以及理性的工作态度，都令她服膺不已。听说洋子的父亲是曾在戛纳电影节斩获大奖的著名导演后，她很感兴趣，虽未看过对方导演的电影，但既然是洋子的父亲，想必一定是一位了不得的导演。而身为一位了不起的导演的女儿，洋子自然也与众不同。贾莉拉陷在独特的推理循环中不可自拔，欣羡之情越发高涨。

洋子与菲利普在会议室里一边喝咖啡，一边闲聊。

"贾莉拉说你这次回国回得太早了，她怕是会寂寞啊。"

[①] 布兰妮·珍·斯皮尔斯（Britney Jean Spears，1981— ），世界著名美国女歌手，跨世纪流行天后。

"原来是这样。"洋子似乎把刚才的事想明白了,点了点头,"刚才泡咖啡的时候,她一直在身后盯着,把我吓一跳。"

"还有几天啊?"

"嗯?"

"离你回巴黎还有几天?"

"呃,还有两个星期?"

菲利普边抽烟,边皱眉:"哪有两个星期!今天是三月二日吧,马上就要到了。来这里的员工,满四个星期后,都很难再撑下去,不光是你。按照计划,休息两个星期后,也就是从四月一日开始,你应该进入下一周期的工作。我这边已经给总部打报告了,说你身体已经吃不消,所以你的伊拉克之行到此为止。今后的早餐,你再也不用吃这里难吃的英式蛋糕了。"

菲利普的语气中丝毫没有情感的起伏,洋子默默地听着。这样的结果也不意外,她一方面是无奈,另一方面是悬着的心终于放下。她接受了菲利普的安排。

"我永远都不会忘记这里英式奶油蛋糕的味道。"

"走之前把做法抄下来,这样想起来的时候可以自己做。"

"算了吧。说起来,我第一次结束一个轮回到巴黎的两周时间里,心理状态调节得不好。因为心心念念着巴格达这边的新闻,又一直在写稿子。回到这里后,我非常后悔没有在休假期间好好休息,接下来的六周,自己能否坚持下去呢?不巧这个时候,又遭遇自杀式爆炸……当时,我要是在大堂里多停留一分钟,必死无疑。只是一分钟。时至今日,我心中仍有恐惧,我现在真的还活着吗?连我自己也搞不清楚。"

"为什么偏偏是那个时刻就在那个地点，就像在战场上一样。我明白你说的。"

"老实说，当时在大堂采访时还剩最后一个问题，关于伊拉克今后的走向。不过对方在其他的问题上其实已经给出了答案，所以没有必要再深究，对方当时也准备走人了，结果我却缠着想让他正面回答。要不是我挽留，他可能就不会丧生。"

"无论你挽留与否，他应该都会在大堂里停留一会儿，因为随行的其他人还在。你只要相信自己的运气就好了，你注定不会在这里丧生的。"

洋子明白菲利普是在说好话，不过还是感到很欣慰，呼了一口气又说道："《赫尔曼与朵萝苔》（Hermann und Dorothea）里，因法国大革命而流离失所的一位老翁说：'当今社会，就像宗教历史以及一般历史书中流传的罕见时代一样。人们在日常生活的某一个节点同时遭遇好多事情，仿若在一天之内就可以经历数年。'我们现在就是这么一个状态，时间的感觉已经错乱了。"

"我自以为也算是战争报导的老手了，还是第一次在战地听人引用歌德的作品。"菲利普朝空中吐了一口烟，笑着说道。

"不好意思，我的书生气又犯了。"

"哪里，哪里，比起不知道歌德的傻女人，你有意思多了。"

"应该没有人会同意我的看法吧。"

"这要看从谁嘴里说出来，美女说的就不一样了。"

"看你说的，都没分寸了。"

"你不知道,有些女人老大不小的了,根本没有脑子,和那样的女人上床,第二天早上醒来只会觉得悲惨。不过言归正传,你回去后或许会有其他更适合你的归处吧。虽然说通过这三个月的观察,我还是深信,像你这样的人才更应该留下来把自己感受到的一切传达出去。你写的新闻稿,非常敏锐地捕捉到了伊拉克各个阶层的内心,历史背景也说明得很明晰。伊拉克人民对驻伊美军扩充既期待又反感的心理,你也分析得非常冷静、客观。总之,你非常优秀,是个不可多得的人才。"

洋子端着咖啡杯,目光向下,摇了摇头:"你这么说,我的自尊心倒是得到了很大满足,不过有点言过其实。我一直在思考,怎么把伊拉克的现状切实地传达给置身于欧洲安逸生活的人们,至今没有找到很好的办法。就以你说的驻伊美军扩充问题为例,这场战争一开始就是个错误,这是我们到目前为止的共识,然而事已至此,未来应该如何善后?我自己其实也并没能想透。"

"要是这么说的话,谁都找不到答案。现在所谓的反恐战争,其实质到底是战争,还是维稳呢?"

"老实说,即使再待一个周期,我估计也搞不清楚。你是个内心强大的人,我怎么历练也做不到。眼看着自己的同僚丧命,而且不止一个,同时自己也屡次与死亡擦肩而过,这样的情况下,你还能够保持身心健康。我确实做不到。"

"时间久了,死神估计都对我厌烦了。我自己不去迎接他,他是不会过来的。说的不只是在这里,即使回到巴黎也是一样。有时候听到令人绝望的消息,我当然也会心跳加速,心弦紧绷,但也就止于此，不会再深究了。有的时候，自我麻痹也是对自己有益的。"

"我的问题可能就是，这种自我麻痹做得不彻底……自己的身心都不健康，又怎么能够传达身处逆境之人的感受呢？我非常清楚这一点。但是，行将毁灭的身体，到底如何才能重新焕发生机？如果听之任之，可能会变得更糟糕，反过来如果事事在意，又只会收到相反的效果。"

"作为一名新闻记者，在处理情感问题上，你还不够成熟。但是作为个体的人来说，你很有良知。说起来，管理员工的身心健康问题也在我的工作范围之内，对你的问题，我也要负责任。你提前回去也好，网络心理咨询做了吗？"

"做了几次，谢谢你。"

"我的情况与你又不太一样，我做这些不仅仅是出于一种责任，更重要的是觉得这份工作适合自己。自己正在见证世界史上最关键的时刻，我对此兴奋不已。啊，对了，平时也难得有这样的机会，有个事儿想顺便问一下。"

"你说。"

"你就没有想过去拍电影？"

"完全没有。"洋子都未及细想，立即否定了，"一方面是没有那个天赋，另一方面是比起虚构的东西，我更喜欢现实的报导。"

"你之前说的'魂断威尼斯'综合征，是想弄明白新闻记者的本质，还是仅仅想要调整一下你们父女的关系？"

"什么叫作调整我们父女的关系，你具体指的是？"

"令尊索里奇拍的电影，画面虽然显示的是虚幻之美，其实骨子里还是直面现实的,所以才执导了像《幸福钱币》那种战争题材的经典影片。从这一点来说,你们父女倒是很像。估计你不喜欢被人这么说,但哪怕只是采访时给摄影师下拍照指令这个动作,都能看出虎父无犬子。所以我在想,你莫不是想走你父亲没有走的道路——也就是新闻报导,来超越自己的父亲。"

"不是这样的,不要过度解读。"

洋子苦笑着否认了菲利普的猜测,然而菲利普似乎对自己的推测颇有信心。

"我现在与父亲保持着适当的距离,维持着良好的关系。我非常尊重父亲的电影事业,就像大家一样,非常客观。我早已经不是小孩子,才不会因为得不到父亲的认可而苦闷。"

"正因为你到了现在这个年龄,所以才来到巴格达找寻自己的'达秋'啊。"

"得了吧,我的'达秋',谁啊?"

"每次从你的办公室前经过,都能听到《幸福钱币》的主题曲。"

"你说的这个啊。"洋子终于搞明白菲利普的意思,哈哈大笑起来,"你又误会了,我仅仅是在听音乐。我很喜欢演奏那个曲子的吉他手,他叫苅野聪史,听说过吗?"

"没听说过,我从来不听古典吉他。"

"没有一点品味的男人,没有哪个女的愿意与你同床共枕哟。"

菲利普没想到反被洋子取笑了一把,颇有些尴尬,笑着吐出一口烟圈。

"苅野聪史真的是一位难得的天才。来巴格达之前,我去听了他的公演,并且非常荣幸地认识了他本人。其实,他十八岁那年在巴黎国际吉他大赛获得头奖的时候,我就去普莱耶音乐厅听过一次他的演奏,极为震撼。他的禀赋简直让我们这种凡人绝望。那以后虽然没有一直关注他,但这次回东京,碰巧有个在唱片公司的朋友业务上与他有往来,就邀请我去听了他的演奏会。"

"年轻吗?"

"也不小了,比我小两岁。"洋子若有所思地看着窗外说道,"他就像上帝兴之所致时抛出的纸飞机,突然凭空出现,翱翔于高空,一直往上飞,往上飞,不管经过多久都不会坠落。他飞行的轨迹也是那么完美。"

"这样的话,最好不要让你的未婚夫听到。"

"为什么?"

"因为这明摆着告诉人家你移情别恋了。"

菲利普的取笑让洋子觉得轻薄而庸俗,不知不觉之中,却耳根一阵发烫。谁让他搞突然袭击呢,虽然说得不对,但是人总会尴尬狼狈的。洋子心里这般想着,嘴上却顶了回去:"我就是个粉丝而已,这就足够了。虽然和他一起聊天,确实很有意思……像他那样的天才,是不需要女人的。当然,身边肯定也不会缺各种女人的。"

"但你一定是个例外。"

"你是在奉承我?"

"当然也有奉承的成分。"

"谢谢。我这痴迷艺术家的基因肯定是遗传自我的母亲,毕竟是自己没有的才能。不过,我只远观不亵玩。理查德很爱我,我也很爱他。我们每天网络视频时，说的都是回去之后就结婚之类的话。"

3

洋子说着自己的身体吃不消，却在剩下的两周时间里，除了每天雷打不动的新闻报导外，还完成了三个专栏报导的新闻稿。菲利普着实有些惊异。

她尤其关心的是伊拉克政府的武器管理问题。伊拉克自海湾战争以来的二十年间，高度军事化，除了政府军，一般老百姓因征兵及民兵动员政策，也都熟悉武器操作。此外，大量的轻型火器流落民间。二〇〇三年五月，政府军与警察机构解散后，携带武器装备的四十万原政府军士兵丧失了生活来源，四百二十万的储备武器流入民间，导致治安急速恶化。洋子详细论证这一问题的时候，列举了南斯拉夫解体时的状况。在种族清洗的大背景下，当地武器走私泛滥，加之为防御苏联军事进攻，南斯拉夫政府实行全民皆兵使得各地成立了大量保安队，因此城市内到处都储备着常规武器。

这个专栏报道，最后在法国本土也引起了不小的反响。

一直到回巴黎前三天的深夜，洋子才把手头上所有的工作处理完毕。她暂时停下收拾行李的步伐，端着一杯咖啡走到阳台边上。

纵观几十年的人生，可以说，巴格达的夜晚是她遇见的最完美的寂静。

宵禁的时间已经提前到晚上七点。七点钟以后，大街上完全看不到人影，连汽车通过的声音都没有。因为是热带沙漠气候，这里亦没有夜间的虫鸣,只听见大风裹着黄沙肆意飞掠,偶尔从远处传来警车的鸣笛声。

有时,百无聊赖的外国记者会聚在一起开派对,喧闹之声不时传来。今晚也未曾听到。

恐怕在今后的人生中,再也不会如今晚这般全身心地沉浸在夜幕的寂静中了吧。这份寂静,也必将沉淀于自己的内心,进入到今后的日常生活中。

每当夜幕降临时,她总会想起黑暗覆盖下几乎化作废墟的城市。而在几个小时之后,它又会在朝阳的映射下出现。静默得令人窒息的黑暗深处,为暴力所劫持的人们依旧只能安安静静地营生。

倏忽间,洋子想起了与理查德的视频谈话。

当洋子告诉他此次伊拉克采访将是最后一次时,理查德高兴地从座椅上跳了起来,在一段时间内,视频画面上只能看到他雀跃的腰部。而后,他笑着提出了抗议:为什么没有早一点把这个好消息告诉我?

"我们提前结婚吧!蜜月就是最好的心理康复。我发给你的坎昆别墅的照片,看了吗?我朋友说可以随便住。加勒比海众多的度假胜地中,坎昆绝对是最棒的。晴空,碧海,平稳的波浪声!一定会治愈你那饱受沙漠与战争摧残的心灵。如果日光浴不过瘾,我们就回屋,我来拥抱你,我来温暖你。相信很快我们就会有孩子。啊!我们的孩子,想想都美得不行,太幸福了。我在这边每天都在担惊受怕,都要发狂了。现在就想抱着你,真恨不得跳出视频画面马上到你那边去。

不，应该说把你拽到我这边的文明世界里来。"

"亲爱的，照片我还没来得及看。"

"还没看吗？……我错了，一下太高兴，有点不着边际了。我太希望你能恢复到以前的样子了。"

"我明白，也很感动。"

理查德有些憋屈，继续说："我一直都最大限度地理解你，尊重你，但是有一件事希望你听我一句。你对自己太严苛了，无论是谁，都会觉得你已经十二分地尽到了本分。试想，你的同事会仅仅因为你没有去过伊拉克，就怀疑你作为一名新闻记者的资质吗？不，他们绝对不会。因为对新闻记者而言，那并不是必要条件。即便如此，你还是只身去了伊拉克，而且一直在思考自己在某些方面是否还可以做得更好。你不是高估了自己的能力，而是高估了人类能力的极限。说到底，人类作为一种生物，也只是在两条腿能够走到的范围内不断进化。而如今，地球整体同步联动，这种状况早已超越了任何一个个体所能达到的极限潜力。为了能够活下去，我们只能选择生活在最适宜的环境中。只有在这样的环境中，我们才能够祈祷幸福。难道不是这样吗？你并没有无视世界的不幸，相反，你主动地投身到了其中。这并不是每个人都能够做到的。但每个人的能力毕竟有限，接下来的事拜托其他人就行了。……"

洋子回到卧室躺了下来，开始思考自己为什么来到巴格达。

美军进攻伊拉克后，通讯社内请愿前往巴格达的人，出乎意料地多，以至不得不进行筛选。之后，包括RFP通讯社在内的多家外国媒体派往当地的记者相继遇难，即使能够安全回国的也都面临严重的心灵创伤后遗症。自然而然地，志愿过去的人就少了。

好不容易轮到洋子的时候，已经是二〇〇五年。

她圆满完成了任务回到法国，受到通讯社内上下一致的好评，然而仅仅一年之后，又递交了第二次的申请。同事们都非常惊讶，一方面是敬重她的勇气，另一方面又在暗地里嘲讽她的固执鲁莽。

彼时，萨达姆政权已经瓦解，伊拉克通过制宪议会选举产生了以贾法里[①]为首的过渡政府。洋子第一次赴任之时，正好赶上了新宪法的全民公投。尔后，伊拉克再次举行了议会选举，二〇〇六年五月，马利基[②]政权诞生。

然而，她实际看到的，又是什么？

小布什政府一再强调伊拉克的重建，而现实恰恰与之相反，战争在不断升级，谁都看不到伊拉克的未来在哪里。洋子在巴格达屡屡听到的，是"uncontrollable（失控）"这个单词。

在这种严峻的态势下，舆论界普遍认为扩充驻伊美军即可改善形势，而且，过去两周内平民的死亡人数确实降低了。然而，洋子报道这一消息的新闻却遭到了好友们的一致反对。他们一贯反对这场战争，因为这场战争从一开始，就建立在"伊拉克持有大规模杀伤性武器"这个谎言之上。

洋子认识到伊拉克目前的重建计划是头痛医头，脚痛医脚，缺乏一个长期的规划，只能解决一时的燃眉之急。她很担忧，但作为一名

[①] 易卜拉欣·贾法里（Ibrahim al-Jaafari，1947— ），伊拉克政治家，2005年5月至2006年4月任伊拉克过渡政府总理。
[②] 努里·卡迈勒·马利基（Nouri al-Maliki，1950— ），2006年至2014年任伊拉克总理。

新闻记者，正确的做法也仅仅只是如实报导而已。伊拉克普通老百姓的诉求到底是什么？每次报导，她都以南斯拉夫解体过程中，媒体煽动民族对立、操纵舆论的往事为戒。从这个意义上看，自己的父亲是南斯拉夫人这个事实，恐怕也是她志愿来到伊拉克的原因之一。

起初，她还打算在这连续待上两个周期，结果未等菲利普批复，心理咨询师就发话了。

"照这样下去，你本人就先'失控'了。目前你已经有PTSD（心理创伤）的迹象，不要忽视这个现实。以你目前的心理状况，仍然滞留在巴格达这件事本身就极为冒险。难道是因为日本人都太乐意奉献，都愿意'过劳死'吗？现在过度消耗，待到你身心俱损，将来的数年之内都无法工作时就晚了。"

此时此刻，洋子非常冷静地意识到：自己对第二次巴格达之行的期望过高了，反而导致了虎头蛇尾的结局。前路如何，她的心中亦是一片黯淡。身为一名新闻记者，今后该何去何从？毫无疑问，两次赴伊拉克采访的经历，将加速她在通讯社内的升迁。然而，这一切对现在的洋子来说，似乎并不那么重要。

那一天，倘若自己多问一个问题，肯定就已经在那场自杀式爆炸中毙命了。一个问题，就是生死的分水岭。——为什么，自己还活在这人世间呢？

倘若奥森巴哈没有死在威尼斯，而是平安地回国，一切又将会如何呢？他将一如既往地回归到工作室，每天以极大的热情投入到一成不变的工作中去？在这个过程中，他肯定又要想起在威尼斯海边邂逅的美少年达秋吧。一如他在到达威尼斯之前，屡屡渴望旅行，希望离开工作室那样,自然而又不可抗拒。

洋子略微起身,拿起枕头边的遥控器,打开唱片播放器。这是巴赫的第三无伴奏大提琴组曲,莳野二十七八岁时的作品。

前奏的开头部分以轻快高扬的5音级打头,之后音阶逐次下降。刚一听,洋子立即感到一道明亮且澄澈的光笔直地照进心田,顿时沉浸其中不能自拔。

因为莳野是用吉他弹的,所以原本的C大调改成了G大调。比起巴赫的原曲,这小小的变调给整个曲子带来的影响却是巨大的。

各个时代的大提琴名家、大家演奏此曲的唱片,过去她不知听过多少。比如卡萨尔斯[1]、罗斯特罗波维奇[2]、富尼埃[3]、麦斯基[4]等,不一而足。然而,真正喜欢上巴赫的这个曲子,完全是因为在巴格达这个死亡都市听到了莳野的吉他演奏。对现在的洋子来说,大提琴发出的音调过于雄浑厚实,无法完全接受。

巴赫的乐章原本就超脱于人们的喜怒哀乐,二十多岁才华横溢的莳野演奏起来,和谐,完美,令人愉悦。音乐毫无阻力地融进洋子的心中,不带一丝动摇。

她只想从世俗中的一切事务中摆脱出来,与音乐融为一体,进入

---

[1] 帕布罗·卡萨尔斯(Pablo Casals,1876—1973),西班牙大提琴家、作曲家、指挥家。
[2] 姆斯蒂斯拉夫·列奥波尔多维奇·罗斯特罗波维奇(Mstislav Leopoldovich Rostropovich,1927—2007),俄罗斯著名的大提琴演奏家、指挥家。
[3] 皮埃尔·富尼埃(Pierre Fournier 1906—1986),20世纪法国著名的大提琴家。
[4] 米沙·麦斯基(Mischa Maisky,1948—),生于苏联的著名大提琴演奏家。

时间与旋律完美结合的唯美空间。

那天晚上坐在对面的苛野的笑脸，浮现了出来。

那一晚，倘若自己不回家，而是要他陪自己到天亮，又将会是怎样的一番情景？想到那奔放的画面，她顿时心跳加速。来巴格达之前，自己原本只是想接受一下音乐的熏陶，倘若在此基础上，还可以与他共度良宵，那自己现在的人生又将会变成怎样的面貌？

洋子清醒而明确地意识到自己想见苛野。然而，对他发过来询问自己安危的三封邮件，至今仍未回复。

每次都想认真地回复，日复一日地却拖到了今天。不管怎样，至少应该报个平安，表达一下谢意，顺便也要让他知道，这段时间里他的音乐给了自己莫大的安慰。

除此以外，她隐隐地感觉到自己还有一股冲动，想写一些更进一步的东西。

菲利普说洋子是移情别恋。言者无意而听者有心，这句戏语正逐渐把她推向万劫不复之地。

洋子像婴儿一样蜷缩着身子，又想起了理查德的话。

回去后，自己会和他结婚吗，会生孩子吗——和理查德的孩子？如果是这样，毫无疑问，这将是自己人生新的开始。还有半年就四十一岁了，留给自己的时间不多了。这样一个残酷的现实，洋子终究不得不去面对。

第四章　再会

1

时间一晃已经到了三月末。按道理，洋子应该已经从伊拉克回到了法国，然而莳野仍然没有收到她的回信。此时，他不得不重新审视两个人之间的关系。

虽然还是担心洋子的安危，不过之前那种无论何时何地都令人消沉的不安，随着时间的推移，逐渐淡化了。

重读一直持续到上个月月底的往来邮件，莳野对自己超乎寻常的冲动感到莫大的羞愧。

有一次洋子在信中说："你的邮件很有意思，我读后忘记了身边的一切烦恼。"之后，他便特意在每一回的邮件里，嵌入一则精心挑选的笑话。效果立竿见影，洋子高兴地回复："我每每想把这些笑话讲给办公室的同事们听，结果总是自己先笑起来，大家经常抱怨说：'洋子，你想说什么呀？都被你搞蒙了。'"他的脑海里不禁浮现出了洋子的笑容，像美少年那般天真而又顽皮，不由得对着电脑屏幕也绽露了笑容。

但其实他并不知道，每天置身于凄惨的杀戮环境中的洋子是以怎样的心情面对他发过去的邮件。她可能只是出于礼貌才那么回复，也有可能确实开心过一段时间,不管怎样,至少在经历了自杀式爆炸后,她再也难以像原来那样有"修养"了。这一点,莳野多少也能猜到。

洋子应该没有再听自己的唱片了吧。身处内战状态的巴格达,谁还有闲情逸致去听古典吉他弹奏的巴赫?纵使去听,又有什么意义?莳野呆坐在工作室里,老是不自觉地去想这些,根本没有办法集中精力练习。原定五个小时的练习,就这样因为不断地开小差而时断时续。

莳野狠下心来决定打消非分之想,这反倒促使他醒悟——自己是真的爱上了洋子。这是将近一个半月的音信全无带来的最重要改变。遗憾的是,他并不知道自己在洋子心目中的地位也越来越重要,于是也只好无奈地承认,两个人终究还是有缘无分。

正在这关键时刻,洋子发来了一封久违的长信。

洋子的这封邮件长得惊人,以至电脑显示屏右侧的下拉滚动条缩得像米粒一样小。他从来没有收到过这般长的邮件,欣喜之余,急切而又不安地想知道,里面到底写了些什么。

读了十行之后,他就被洋子流畅的行文所吸引。虽然篇幅很长,但是没有一处是潦草下笔的,读起来,感觉像是一篇出色的备忘录。洋子果然文笔非凡,光从长度来看,他就预感到自己在洋子心中的分量还是不可小觑的。

邮件的开端,洋子首先表达了歉意。她说在遭遇自杀式爆炸后,收到莳野发过来的三封邮件,非常欣慰和高兴,一直以来都想着回信,却总是静不下心来。

  只有将一切整理成语言表达出来,才能完成自我的心理调整。然而,对自己讲解自身的问题实在是一件困难的事,所以我写了这封长信把自己的事说给你听。
  我一边写,一边回想起那一晚坐在对面的你。结果,笔头似有神助,想说的话很自然地就形诸文字。这或许是因为在巴格达期间我一直在听你的曲子的缘故。身处那个绝望的世界里,你的音乐一直是我精神的寄托。
  起初我并不打算将这封信发给你,只是设想你在读,我在写。写完之后,想法变了,还是希望你能够真真切切地读到我的心里话。

之后,洋子从险些卷入自杀式爆炸时的状况说起,极为客观地描述了之后自己情绪的波动。她坚韧而平和的笔调,深深地触动了莳野的内心。

  我当时如果多问一个问题,肯定是在劫难逃。以至于现在无论干什么,思绪总是不由自主要回到那个瞬间。
  为什么我当时能够逃过一劫,现在依然安安稳稳地活着?长这么大,我头一次感谢上苍,是上苍把时间等分,让每一秒钟都均匀地流动。而从前我只会觉得岁月不饶人,反而难以忍受给我带来过多安慰的时光。

> 时过境迁，眼下的我，充分享受着时光流逝带来的安全感。
> …………

再往后，洋子讲了伊拉克的悲惨现状以及对仍然生活在其中的伊拉克人民的怜悯。其后，她还讲了一下近况——回到法国后重新看了一遍父亲导演的《幸福钱币》，阅读了电影中提及的里尔克著《杜伊诺哀歌》（*Duineser Elegien*）。总之是请了两个星期的假休养了一下，现在又回归了巴黎的工作。

未婚夫的事、结婚的事，她只字未提。最后以非常平和的语气写道：如果你还是按照原计划六月份来欧洲，我们届时可以在巴黎再聚首，共畅谈。

六月三日是现代吉他之父——安德烈斯·塞戈维亚①逝世二十周年纪念日。马德里将举办纪念活动，苛野受邀参加。之后，他去母校——巴黎音乐师范学院授课一周，最后一天的周末，将与学生们一同在学校的大礼堂搞一个午后演奏会。之前给洋子的邮件里，苛野就邀请过她届时赏脸光临。

他没有告知洋子的是，演奏的末尾，他准备为她弹奏《幸福钱币》的主题曲。

看完洋子这封长长的来信，他火速写了回信：非常开心你能够平

---

① 安德烈斯·塞戈维亚（Andrés Segovia，1893—1987），生于西班牙，古典吉他演奏家，被广泛地认为是20世纪初期、中期最重要的古典吉他演奏家之一。

安回国，也非常荣幸能够收到这样一封长信，六月份计划不变，届时可以继续上次的话题，边吃边聊。

不到一天，洋子就回信了，上面只有一句：非常高兴。这一句话，就令蒔野感到幸福不已，激动万分。

现在的蒔野，对自己渴望得到洋子这一点，深信不疑。他的心里仿佛照进了明晃晃的光，光芒太过耀眼，反而使他不知如何是好。

说不定洋子对自己也有意思！每当在洋子的言语中找寻到这方面的蛛丝马迹时，蒔野就心绪难平。倘若这一切都是误会呢？一想到这种可能性，他就越发痛苦纠葛。为了冷静，他试图思考自己究竟配不配得上洋子，结果只起到了反作用。

恋爱使人谦虚。随着年龄的增长，人们逐渐远离恋爱，这并非是因为自身的热情枯竭，而是我们再也不像羞涩的青少年时代那样，去苦恼自己应该如何克服自身的缺陷，才能获得心仪之人的认可。

青少年时期，我们可能会觉得，自己并不那么漂亮抑或是不太活泼，所以才得不到对方的爱。然而随着时间的推移，这样的苦闷逐渐消失，因为我们可以轻松地从自身的工作或者兴趣爱好中找到慰藉。我们忘记了曾经为心仪之人，努力使自己成为配得上对方的白雪公主或白马王子时的热切。然而，若双方都不愿意取悦对方，那还能称得上是恋爱吗？

蒔野应该是在初次见面之时，就已经爱上洋子。那一晚的相识，无论怎么回想，都是这一个结论。如今，虽然两个人隔着千山万水，但他心中的仰慕之情超越时空，一如往日。

洋子在巴格达期间危险重重，确实不适宜谈论这些，蒔野只能压抑住内心，保持着朦胧的情思。但洋子现在回巴黎了，教他如何能平抑心中的爱意？他变得相当性急，急切地想知道对方的心意。

在巴黎与洋子重逢，那将是两个人首次的独处。到时候该说些什么，又该做些什么？想到这里，他的内心顿时又有些沉重。

他已经有一段时间没有恋爱了，对于现在那种轻佻的男女关系也失去了兴趣。洋子呢？她要是确实爱上了只见过两次面的自己，就必须推翻与未婚夫约定的婚礼。她已经四十岁了，这么做就意味着选择与自己结婚。

莳野第一次神情严肃地考虑结婚这件事，长期以来漠不关心的事情仿佛突然就被提上了议事日程。

下次见面时如果仅仅是重温老话题，那两个人最终也只能止步于"见过两次面的关系"——正常情况下，这样的可能性极大。

想到这里，他焦虑万分，赶紧调整了行程，将原本只是在巴黎转机的计划改成了在那里滞留几天。当然，行程突变的隐情不能如实地告知洋子，他只说自己在巴黎临时有些事要处理。任何一场恋爱，应该都会有一两个这样伪装的巧合。这种无伤大雅的谎言，也是对方多多少少能感知到的秘密。

洋子接到莳野调整行程的通知后，回复如下：

> 我当然非常乐意把五月底空出来，但是这样占用你两天时间，对工作没有影响吗？
> 不过这样的话，我们就可以连着见两次，可以聊的东西也更多，要不我们轮流花一天时间来讲讲各自的人生吧。（笑）

话说回来，一切以马德里的公事为重，不要勉强。如果实在不行，临时取消见面的约定，我也没关系的。

　　收到洋子的回信，莳野反复斟酌了两三遍。一方面安心于洋子答应提前见面，另一方面又觉得自己操之过急，有失稳重。

　　现实状况确实如洋子所说，莳野并不能肯定马德里的纪念活动之前，一定就有滞留巴黎的空闲时间。按计划，世界各地的名家大腕将汇聚一堂，到时候现场还会进行网络直播，大家都非常期待。

　　眼下，莳野感觉到自己的音乐人生正处在一个瓶颈时期，加上周边各种环境的变化，可谓是每况愈下。他中止了《美好世界》录音这件事，一传十，十传百，搞得众人皆知。截止到今年四月底，每次参加国内的共同演出，同行必会问其中的缘由。本来他觉得这完全是私事，并没什么大惊小怪的，结果经常被人询问，令他非常意外。

　　莳野二十岁之前的师父也来问了其中原因。师父姓祖父江，名诚一，生于战前，属于直接受到塞戈维亚指导的一代音乐人，在日本吉他界打开国门走向世界一途厥功甚伟。他很热心提携后进，在国内外拥有众多弟子。莳野经常对外宣称，自己谁都可以不服，唯独对师父不得不服。

　　高风亮节的祖父江师父是一个基督徒，但他弹奏的巴赫鲁特琴组曲被欧洲人认为是"带着禅意的巴赫"，广受好评。此外，他一点儿也不摆架子，弟子学成出师后，他绝对不会用命令的口吻对其招来呼去，这在业界传为美谈。目前，新一代的弟子在年龄上都已经是他的孙子辈了，其作风还是一如从前。

苛野还在上小学的时候，有一次父亲带着他去参加一个吉他表演会。师父听到他的表演后，惊呼他为"天才少年"。自此以后，苛野拜入祖父江门下，一直到他在巴黎国际吉他大赛上拿下第一名。因为苛野老家在冈山，一个人坐新干线来东京上吉他培训课的时候，师父经常招呼他留宿，师母也每次都准备丰盛的晚餐招待。苛野是独生子女，在师父家里与师父的两个孩子玩得也很和睦，三个人犹如亲兄弟一样感情深厚。

师父为人敦厚，但是对音乐人才的甄别极为严苛。在众多的弟子中，他对苛野尤其关心，为了把他培养出来，不知花费了多少心血。这在业界，又是每每传颂的佳话。

苛野作为一名吉他手在业界崭露头角后，听人说起师父总是在人前夸耀他，甚至在国外也是如此，他既惊讶又感恩。

"那个时候，祖父江大师有时会发牢骚，说每次给苛野上完课都沮丧不已，说自己花了几十年才好不容易参透的东西，他一个小毛孩怎么一下子就明白了呢？"

每次听到类似的话，苛野都只好笑着摆摆手。这不是谦虚，自己确实也没有那样的体会，搞得他不得不去回想，当年师父到底是以一种怎样的胸怀在指导自己啊？

当年，师父正好与现在的苛野差不多，四十岁左右。他开始在校外招学生也是那个时候。以前苛野对此觉得理所当然，等到自己到了这个年龄再回过头去看，发现很不可思议。师父那个时候正处在音乐人生非常充实紧张的时期，却仍然饶有兴致地指导晚辈，到底是为了什么？莳野幻想穿过时空的隧道，回到当年师父的立场，看着眼前的少年弹吉他的样子，听他弹奏的曲子。假设现如今，自己的眼前也出现了一个"天才少年"，会怎么做？这个少年，状似非常耐心地听取指导，却时不时地露出一丝炫耀的表情，仿佛在说自己比老师更有天赋。——傲慢之状，简直让人无法忍受！

说老实话，当年自己并不是什么天才，说不定也成不了才，那师父就会落得一个竹篮打水的结果。纵然如此，他还是一如既往地花时间、花心思去培养，那到底是一种怎样的心境？当然不排除这里面有经济方面的原因，但更进一步地说，师父当时是否也像自己目前一样，因为遇到了音乐人生的瓶颈而苦恼不已？

莳野时隔多日与恩师重逢，并一起登台演奏了费尔南多·索尔① 的《幻想曲》。演出结束回到后台休息室，师父没有点评此次师徒两人的合奏，反倒是问莳野为什么要中止《美好世界》的录音。

"自己也不知道为什么，总之是没有办法继续下去了。"莳野苦笑着挠挠头说道。

"你竟然也有这样的问题，真是难得一见。"师父与往日一般，平静而沉稳地说道。虽然说得含蓄，但明显可以听出来话里有话。随后他又略有些担心地说："如果是外部干扰，那也没有办法，倘若是自己内在的原因，就应该利用这段时间好好调整一下，反正已经中止

---

① 费尔南多·索尔（Fernando Sor，1778—1839），西班牙作曲家、吉他演奏家，被称为"吉他界的贝多芬"。

了。不过也不要操之过急，凡事慢慢来。——这些你肯定都想到了，我就是多嘴提醒一句。"

话已经说到这个份上了，莳野自然明白，师父通过刚才的演出已经看透了一切。

莳野但凡出新作品，都会给师父寄一张唱片。师父那里，每个月不知道有多少唱片寄过去让他点评，即便如此，只要是莳野寄过去的，他都一一听过，并且颇为郑重地手书一张明信片作为回礼。恩师如此严谨的作风，作为学生的莳野自知难望项背，不得不肃然起敬。只是不知道为什么，这几年恩师的回信来得总是有些迟，针对自己作品的评价也不甚明了，似乎有所顾虑。他这几年给出的评价再也不如往年那样全是尽情称赞了，字里行间可以读出的是努力体会的低姿态。这个变化正好出现在莳野为适应更多观众的要求，开始有意识去调整演奏风格之后。

莳野中止录音这件事，可以说只有师父一人将其与莳野在音乐上遇到的问题关联了起来。其他人在猜的，都是他受到了什么外部原因的干扰。而师父一开始提及外部原因，也是因为风闻大家的传言。对于其他人的臆测，莳野顺其自然，也不做辩解，只用这些猜测掩盖实情。

上次与唱片公司的冈岛会面时，意外获知英国总部决定将朱皮特出售给格雷博音乐公司。业界朋友碰面的时候，几乎都在说这件事。而碰巧此时发生了莳野中止录音这件事，大家虽然不明就里，不过总觉得与唱片公司将要被吞并一事有关。

和业界的其他古典吉他手一样，苅野并不从属于朱皮特公司。不过自打出道以来，他大部分的唱片都是通过朱皮特公司发售，从中得到的收益也比通过其他公司来得多。

据冈岛说，合并之事很早就开始在传，朱皮特公司的经营状况确实不好，随时都有被兼并的可能，但一般员工都没怎么当回事，这次说来就来，大部分人一时间还难以适应。

英国总部董事长的声明说，暂时不会解雇现有职工。大家的注意力都被"暂时"一词吸引，不被解雇只是暂时的。

唱片公司合并之后倘若裁员，不仅限于职工，旗下所属的艺人也会受影响。与苅野共同开演奏会的各位同仁担心，也正是出于这个原因。

冈岛在业界是出了名的"八卦"，日常挂在嘴边的都是国外交响乐团指挥家的人事内幕、乐团成员的牢骚、独奏者的穷困潦倒等等。如今反倒说自己公司被兼并这件事一时间难以适应，苅野毫不犹豫地回了一句："你这是千算万算没有算到自己头上啊。"虽是一句玩笑话，说出去以后，苅野立刻觉得有点过了。

谁知冈岛好像正等着苅野的这句话似的，马上又透露了一些内幕。

兼并的事在公司传开，正好是苅野在涩谷见是永那天的早上。之前冈岛已经从有关方面获得了相关的消息，当时公司内部恐怕也只有他一人知道。不过因为还没有正式对外公布，冈岛也没有十足的把握，所以不好对外宣扬，也就没有把消息透露给苅野。

苛野的唱片在古典乐业界，销量比较好。然而毕竟业界整体的业绩萧条，合并后格雷博音乐公司会怎么对待他尚且是个未知数。尤其是营业部，他们向来只重销售数量。即使现在的朱皮特，每每提及苛野唱片的首次发行数量时，总是争执不下。一部分人认定打不开销路，卖不了太多，冈岛为说服这些人真是费了很多精力。

虽然《美好世界》是多种音乐类型交叉的唱片，冈岛个人觉得倘若能够打开销路，不仅对苛野来说是好事，对古典乐部门员工的职业生涯也大有裨益。是永当初倒并不清楚冈岛的真实想法，只是单纯地从对苛野有利的立场考虑问题。谁料苛野突然说中止录音，搞得是永进退失据，后来她甚至都怀疑苛野是不是提前获知了公司要被兼并的消息。

冈岛别有深意的口吻，听得苛野心里极不舒服。他怀疑这些内幕的真伪。是永很早以前就在规划向市场推送流行乐的翻唱唱片，自己最后也同意了这一企划。确定唱片集的主题时，大家从一开始的电影音乐，改成了日本传统歌谣，最后又都否决了，最终经过自己与是永、三谷三方再三的斟酌，一致决定定位于"美丽的美国歌谣"。冈岛说的内幕显然与自己亲身经历的这些事不符，不可轻信。退一步讲，上述这些事，冈岛根本就没有参与过。

反过来说，即使冈岛说的确实是实情，唱片公司被兼并后，新公司会怎么对待自己，也是自己的事。冈岛这种自以为是的关心，苛野看着就不舒服。至于营业部是不是把自己当回事，那是他们的事，苛野也懒得管。冈岛这么扬扬自得地爆料，究竟有何目的？

二十年的吉他人生，到头来竟是这么个结局，苛野倍感无奈。

"我也是古典乐部门的老人了。如今走到这步田地,比谁都气愤。不能就这么算了,我还是想再搏一把,把古典乐振兴起来。为了实现这个目的,无论如何都要莳野先生鼎力相助。《美好世界》的事,你看能否再考虑考虑?"

冈岛终于亮了底牌,不过莳野未置可否。

其实格雷博音乐公司古典乐部门的负责人以前就经常给莳野做工作,希望他通过他们那边发录唱片。在从业历史方面,朱皮特要更胜一筹,可是从目前的发展规模上来看,格雷博音乐超过朱皮特一倍多。两家公司的相互竞争之势,一目了然。之前,莳野考虑到与朱皮特的长期友好合作,一直没有对格雷博音乐公司抛过来的橄榄枝动过心。

这回两家合并后,莳野自然就没有必要再顾忌两者之间的微妙关系了。

不过与冈岛共事,以后还是免了吧。以往接触得少,没有察觉,这次的交谈让他发觉冈岛的确是个人才,一个令人不由生厌的天才。于是,莳野也就苦笑着敷衍了过去。

冈岛并不死心,在莳野出发去巴黎之前,又约了一次。莳野推掉了,同时,通过三谷联系了格雷博音乐公司的负责人,约定从巴黎回国后双方见一面。

因为要增加在巴黎的逗留时间,莳野让三谷调整了去程。三谷一听,马上就猜到了原因,他是要与洋子见面。

身为经纪人,三谷时常伴随左右,但是莳野的私生活比较隐秘,她也不太知道实情,唯独事关洋子之时,非常容易猜到。

自打见过洋子后,莳野逢人就说自己有幸见到了大导演索里奇的女儿。其实索里奇仅仅是在电影界有名气,按说一般人应该是不知道的,但要说到《幸福钱币》的导演,音乐界的同仁都不约而同地起了兴趣。于是,莳野通常不及别人问到就急不可待地介绍起洋子来。

"她现在RFP通讯社上班。不光人长得漂亮,还会说法语、德语等好几门外语,先后就读于剑桥大学和哥伦比亚大学。总之,人长得好看,脑瓜子也好用。不仅如此,还很幽默,会关心人。"

"世上还有这样的人?"

"有的啊。大艺术家的父母,调教出来的孩子感性思维丰富,艺术造诣也高,她大学时研究的竟然是里尔克。"

三谷还是第一次见莳野这么直白且热烈地夸人。

客观地讲,这些也不全是溢美之词,洋子确实有那么优秀。不过"长得好看"这一点,三谷不敢苟同,要说起来,她最多算得上"面貌与众不同"。怎么个不同法,她也说不上来,或许说"好看"也不是不可以吧。唉,女同胞们肯定能理解这微妙的差异。

洋子固然优秀,三谷觉得与自己毕竟不是一类人。关于这一点,估计对方的感觉比自己还强烈。如果直接和她摊牌说破,她肯定又会以一副看破一切、理解对方的样子温柔地摇着头予以否认。

然而不久之后,莳野就不怎么在人前说洋子了,这倒不是说他已经对洋子丧失兴趣了。毋宁说相反,他对洋子的情感愈加深刻了,不愿意轻易地将自己的情思说给众人知道。

为什么三谷有这种感觉呢?洋子入住的巴格达市内酒店发生自杀

式爆炸事件之后，苛野一度非常惊慌。而一个多月之后，当他确认洋子一切平安后又表现得极其兴奋。这一前一后的变化充分说明了苛野的态度。

苛野平日里虽然很开朗，乐于与人逗笑，发自内心的笑容却难得一见。尤其是去年以来，有时即使正在与对方开着玩笑，顷刻间仿佛突然脱离了这个热闹的场所，独自去了远方的某个角落。

苛野在音乐上的烦恼，三谷略微有察觉，心里也暗暗担心。所以不管怎么样，眼下他脸上终于开始露出笑容，肯定是一件好事，也替他高兴。可是说到底，三谷也是一个女人，一个在不知不觉中已经被他吸引的女人。她很清楚自己的感情肯定是不会有结果的，只竭力去平息胸中的火苗。

苛野马上要与洋子在巴黎见面。——按照苛野的要求改签机票的过程中，三谷止不住地去想象他们两人烛光晚会的场景。顿时，心中有如刀绞，她完全不清楚自己为什么要为人作嫁衣。

"是为了和洋子小姐见面吧！"

三谷本想调侃着验证一下的，话出嘴边，竟然变成了近乎质问的口吻。

面对她的突然发难，毫无准备的苛野莫名其妙。局促之间，他只好敷衍说："也不全是，还有一些其他的安排。"

最近一段时间，这样的事情发生了好几次，苛野心中颇为不快。

去年的三谷完全不是这个样子。因为武断、固执搞得人啼笑皆非的情况不是没有，到厌恶的地步是一次都没有。相反地，在工作方面和合作方发生纠纷之际，她总是全力地庇护自己。

现在的三谷是知行不一，焦躁多虑，连她本人也很嫌憎自己目前的状态。

当初购票时，马德里主办方屡次告知三谷，因为买的是特惠机票所以不允许改签，苛野本人也是知悉的。即便如此，他还是提出要求："不管怎么样，还是再确认一下。实在不行，那我自己再想办法。"

"要是这样的话，买好了的机票也不要浪费，让我去行不行？全世界各地许多吉他手都会去参演，对我来说也是个很好的学习机会。"三谷装出矫揉的明快，半是真心地试探着问。

倘若换了以前，苛野很自然地会以为她在开玩笑，笑一笑也就过去了。但这一次他稍微考虑了一下，有些不知所措地说："乘机人能变更吗？如果公司允许的话，我倒是没什么意见。毕竟，对你来说确实也是个学习的机会。"

最后，苛野用自己的航空里程积分换了新机票。

按照合同，他在马德里需要演奏《D大调吉他协奏曲》（*Guitar Concerto in D major*），该曲是马里奥·卡斯泰尔沃-泰代斯科①专门献给塞戈维亚的作品。苛野在飞机上喝了些葡萄酒，有些微醺，一时间想到几个细节，于是拿出乐谱来确认了一下。

因为是第一次弹这个曲子，最近的一个月他一直集中心思练习。

---

① 马里奥·卡斯泰尔沃-泰代斯科（Mario Castelnuovo Tsdesco，1895—1968），生于意大利，是20世纪最富有创造性的作曲家之一，亦是最早对吉他产生兴趣的现代作曲家之一。

与马德里当地的交响乐团以前从未合作过,也不知效果如何。不过对于现在的自己来说,肯定要比一个人的独奏轻松得多。

上飞机时,莳野随身携带了两张DVD,分别是索里奇导演的《幸福钱币》和《达尔马提亚的朝阳》,都是战争题材电影。此外,他还带了一本书,是最近在书店发现的里尔克的《杜伊诺哀歌》的新译本。

他对《幸福钱币》欣赏得不得了,却对索里奇的其他作品知之甚少。这次特地翻阅了索里奇的影片目录,将他二十世纪八十年代前往好莱坞后导演的影片VHS、DVD等,但凡可以买到的都买了回来。

在与洋子见面前,他要把《达尔马提亚的朝阳》看完。因为,这部影片制作于一九六六年,洋子出生的那年。

《达尔马提亚的朝阳》一般被认为是南斯拉夫于二十世纪六十年代,大量创作的游击队影片之一。英雄铁托带领游击队在第二次世界大战期间,坚持抗战并最终战胜法西斯德国和意大利的侵略者,这一点可以说非常符合该类型电影的特质。然而索里奇基于之上的表达,就非常令人玩味了。DVD上的介绍是:以风光明媚的亚得里亚海为背景,刻画了一位投身艰苦卓绝的民族解放运动的克罗地亚青年。影片充溢着战争年代知识青年的虚无,近年再度引起世人关注,堪称战争题材影片的杰作。

整部影片不长,约九十分钟。莳野在飞机上把座椅背调低,裹好毛毯——这样,倘若影片没什么趣味,随时都可以入睡。机舱里已经关灯了,灰暗之中,飞机机体发出的微弱噪音与其他旅客震耳的呼噜声交织在一起。笔记本电脑小小的屏幕发着幽光,看起来比在电影院还有感觉。

电影里，隆隆的炮声中，主人公表现出来的镇定给人一种神秘之感，莳野看得极为入神。二十世纪六十年代，索里奇就能拍出这样的电影，着实令人震撼。当时，索里奇才三十岁。

影片末尾根据迦尔洵①的短篇小说《四日》改编而来，在与南斯拉夫祖国军②的战斗结束后，主人公伤痕累累的躯体横躺在达尔马提亚的大地上，场面颇为壮观。

看完之后，把电脑关上，莳野又拉了拉毛毯，缩起身子。机舱内的空调开得并不冷，然而在看的过程中，还是打了好几次寒战。他舒出一口气，不住地点头自语："果然名不虚传。"

本打算一鼓作气将《幸福钱币》也看完的，不过已经没有那个气力了。洋子是索里奇的女儿，这个时期的索里奇的女儿！莳野心中忽地生出一种特别的感觉。

把玩电影余韵之中，他漫无边际地将索里奇、洋子、《幸福钱币》等各种人与事搅在了一起，长长久久地回味了起来。

从DVD的解说来看，索里奇拍完《达尔马提亚的朝阳》后，直到下一部影片《幸福钱币》问世的九年时间里，仿佛人间蒸发了一般，杳无音讯。

莳野不免有些奇怪。如此有天赋的一个导演，为什么拖了九年才

---

① 弗谢沃洛德·米哈伊洛维奇·迦尔洵（Vsevolod Mikhailovich Garshin，1855—1888），俄国短篇小说家。
② 南斯拉夫祖国军，第二次世界大战期间于南斯拉夫地区活动的抗德游击部队。曾与铁托领导的南斯拉夫人民解放军协同作战，但后来由于目标不同而分道扬镳，进而相互攻击。

完成下一部作品？这中间到底发生了什么，有什么不能继续拍摄的特殊缘由？这九年间，他到底在哪儿，在干什么？说起来，《幸福钱币》开拍，是在索里奇与洋子的母亲离异许久之后。

索里奇本人在十几岁的少年时代，经历过第二次世界大战。当时的南斯拉夫，除了来自轴心国的武装入侵，还有全面爆发的国内各民族军事纷争。《幸福钱币》中，关于这方面的映射随处可见。苻野猜测，影片的主人公——一个喜欢里尔克的克罗地亚年轻诗人的原型就是索里奇本人，主人公喜欢的那位塞尔维亚美少女在现实生活中也有原型。

《幸福钱币》将复杂的政治背景都过滤掉，只留下即使在行将毁灭的世界里饱受伤痛折磨，依然勇敢去爱的美丽童话。影片之所以在全世界范围内博得好评，结合刚刚看的《达尔马提亚的朝阳》来分析，还是因为其中极富象征意义的各种细节吧。这些细节，苻野很难全面把握，不过对于南斯拉夫人或者欧洲人来说，有着更真实的感触，因此看得更加真切。

洋子，明白这些微妙的细节吗？苻野突然觉得洋子离自己有点远，这让他本就不安的心更加飘忽不定，好在飞机每时每刻都在向洋子靠近。

《幸福钱币》的主题曲是用吉他弹奏的，少年时代的苻野一直都很中意。不过比起这个，他更憧憬男女主人公海誓山盟的爱情。

扮演女主人公的是一个不知名的演员，轮廓深刻，面容姣好，又有着极为质朴的魅力，就像那个地区随处可见的一种花朵。

昏暗的机舱内，苻野努力去回想女主人公的面庞，脑海里浮现出来的却总是洋子若隐若现的身影。那天晚上，临别之际透过车窗窥见的侧脸，对现在的苟野来说，仿佛索里奇电影里的一个画面一般，如幻如梦。

2

从巴格达回到巴黎后，洋子有两周时间的休假。第一周，她把行李整理了一下，把自家打扫了一遍，几乎没怎么出门。从第二周开始，才渐渐外出与人见面。

返回巴黎后她才发现，出了家门可以在马路上自由通行，是一件弥足珍贵的事。她家附近经常光顾的咖啡馆与面包店，见到她平安回来，都很高兴，结账时还给了一点小优惠。

天还是有点凉，不过洋子想活动活动筋骨，就在人不多的一大早出去晨跑。她从位于巴克街的公寓一直跑到卢森堡公园。

汗流了出来，气也喘得厉害，深呼吸时，喉咙里都有些疼痛。这种置身巴黎的现实感，随着心脏的搏动，扩散到身体的每一处。

回到家后，她放满洗澡水，加入沐浴精油，在浴缸里泡了许久。她每天都泡，沐浴精油也是每天轮换，有之前爱用的"Green & Spring"，也有从日本带回来的散发着杉树香味的"温泉素"。浴室的门敞开着，这样就能听到客厅里播放的音乐。

如此这般，洋子顺利地回归到了巴黎的日常中。从那边的世界回到了这边的世界，没有任何违和感，甚至连她本人都有些不可思议。

在巴格达的那段时间里，洋子逐渐适应了物资匮乏的生活，反倒是巴黎物资充盈的生活给人一种饱和过剩的感觉，还要花点时间去调整适应。但无论如何，每一天从太阳升起到黄昏落下的漫长时间里，听不到任何爆炸的声音，这对洋子脆弱的神经来说乃是莫大的安慰。

心情渐渐平复，洋子反而更加体会到了留在伊拉克的人的艰辛。

外派伊拉克期间一直给洋子做心理辅导的医师，看到她笑着汇报近况，也很高兴，并嘱咐凡事要量力而行不可操之过急。洋子领取了医师开的安眠药、镇静剂，不过一次都未曾服用。

进入四月份后，洋子开始忙于法国总统大选的新闻报导，一直到五月六日尼古拉·萨科齐在最后投票中当选。

短暂的一个月里，她感觉又回到了先前的生活中。然而很快，变化接踵而来。

理查德结束一年的在外访学，回到了位于纽约的大学。不到两周后，他就飞到巴黎准备操办和洋子的婚事。

洋子对结婚一事，态度暧昧，而这也令她自我嫌恶。

理查德是洋子在哥伦比亚大学时期的朋友。一年前他正好在巴黎，联系了洋子，两个人重逢之后逐渐发展成恋人关系。在此之前，她从未想象过自己将和理查德走到一起。大学时代，他们各自都认识对方的恋人，也算不上亲密的朋友。可能正是这种不远不近的距离，才使得两个人的关系更具可塑性吧，理查德向洋子求爱，双方都不尴尬。

与大学时代相比，他们之间发生了什么变化？最大的变化，也就是年龄了。

年轻人的心灵与肉体之间，有可燃性极高的部分。在某一个节点，这个部分突然着火，就会立即发展成燎原之势，变得不可收拾。这场火延烧到对方心中的可燃部位后，两个人纵使仅仅为了躲避胸中烈火的烧烤，也必将相互索求。

如果恋爱是这场火，说到底是难以长久的。大火终将转变成温和的余热。

因此，对于年轻人来说，爱情只能是疲软的恋爱。而之后的婚姻，无论刚开始受到何其多的祝福，都应该存了一丝断念的心。

洋子与理查德重逢之际，双方都已经到了谈婚论嫁的年龄。作为记者，洋子是一个自由主义者，她一直认为女人既可以选择生孩子，也可以选择不生孩子，然而年近四十，她的想法已经逐渐倾向于前者了。

她的肉体与心灵，随着年龄的增长，已经有了充足的自控能力。哪怕没有火，考虑到与理查德的未来，也能感受到来自身体的温热。对现在的她而言，最重要的是能不能和对方过日子，对方作为将来孩子的父亲是否合格。

理查德考虑问题时很讲逻辑，同时也懂得变通。和他在一起，所有的情感变得简单明了，让人舒心。他有基本的素养，但是对艺术不太擅长，本人对此也从不遮掩，这一点让人颇有好感。相处时，一般都是理查德主动，他的情感表达很有分寸。就外貌而言，他虽然称不上帅气，不过身高不矮，加之经常去健身房锻炼，身材也还维持得不错。

当然，在人格上信赖、尊重是一回事，在肉体上接受又是另一回事。有的人甚至认为友情与爱情的区别，就在于此。

所幸洋子与理查德两个人，各自都非常顺利地接受了对方。事后，理查德率真地表达了自己抱得美人归的喜悦，洋子虽然仍觉得理查德略有些保守，不过还是充分享受到了快感。

洋子的人生，平静而顺利地向前推进。然而，莳野的出现让她心中本应已经枯槁死去的部分，倏地复燃，且火势越来越旺。

洋子终于结束巴格达的外派工作，理查德仿佛回到了刚开始恋爱的那段时期，大有小别胜新婚之状，对洋子极为渴求。但是，这反过来恰恰印证了洋子对婚姻消极抵触的心情。

理查德感到困惑，为何时至今日自己还要求证被爱的事实呢？或许是所谓的婚前抑郁症吧。他这样告诉自己，也这样告诉洋子。

出于对理查德的同情与义务，洋子最终没有拒绝对方，并且迟疑着同意了不采取避孕措施的做法。但等到理查德回纽约她独处后，只要想到莳野，又会心生罪恶。她甚至决定暂时不要与理查德联系了——为了那什么都还没有发生的关系。

自从写了那封长信，与莳野约好在巴黎重逢之后，她就断了与理查德的肌肤之亲。

3

莳野到巴黎的时候，太阳已经西垂。一下飞机，他径直赶往巴黎音乐师范学院附近的宾馆办理入住。之所以将宾馆订在学院附近，主要是因为那里可以租到场地，方便过去练习。

他冲了一个澡，稍事休息，再查看积攒的工作邮件并一一做了回复。八点钟，从宾馆出发，前往事先约好的餐厅。从玛德莲站出来后，走五分钟就到了。

苅野稍微迟到了一会儿，看到洋子已经坐在窗户边的桌子上正与服务员闲聊。店内采用的是最简练的间接照明，整个空间以乳白色和咖啡色为基调，颇为雅致。玻璃橱窗内摆满了斜放的葡萄酒瓶。看到苅野进来后，洋子笑着挥了挥手。

"好久不见，让你久等了。"

"好久不见，别来无恙啊。你长途跋涉，累得不轻吧，时差倒过来了吗？"

"还行，飞机上休息得还不错，每次来这边我都还挺适应的。"

"我也是。反倒是回日本的时候，时差很折腾人。"

"而且随着年龄的增长，折腾得越久。"

苅野笑着坐了下来。窗外尚有一些夕阳的余晖，晕黄色的路灯映照下，行人正穿过街巷，兴致勃勃地踏上回家的路。苅野真真切切地感受到自己身在巴黎，也努力去适应与洋子相对而坐的现实。

洋子的黑发依旧闪着光泽，她身着一袭优雅的真丝连衣裙，纯白和苔绿的底色上淡淡地印着一朵大大的粉色的花。胸口的铂金项链上缀着一颗小小的钻石，熠熠生辉。

"怎么了？是不是觉得我都一大把年纪了还穿裙子？"

苅野打量得入了神，洋子微笑着问道。

"哪里，哪里，我就觉得好美！"莳野不假思索地脱口而出，为了表明心意，还特意补充说，"我来之前应该稍微捯饬一下的。"他一边说，还一边抓住夹克抖了抖。

洋子摇摇头："你这件夹克挺好的，本来这家店也不是那么高级嘛。礼服还是留到马德里穿吧。"

"啊，完了，礼服还在行李箱里忘挂起来了。"莳野一副闯祸了的表情。

两个人多少都有些拘束。

面对面地谈话，这是第二次；不过在往来的邮件中，他们却几度互吐真情，从未诉诸他人的真情。这种反差，让彼此都有些不适应，甚至有些生分。

只能通过邮件交流的两个人，终于可以相对而坐，可以亲眼见到对方，可以亲手触碰到对方。他们都走得太远太久，以欲与对方融为一体的亢奋前行至今。但正是因为这样，一旦会面，现实的自我变得谨慎小心，彼此都难以首先迈出第一步。莳野敏锐地注意到洋子左手上的订婚戒指，暗自伤神。到了最后，还是只好从初次相逢的那晚开始谈起。

好不容易再次碰面的洋子，比莳野在臆想中无数次美化过的姿态更加动人。初次见面那晚，她尚未对莳野抱有特别的感情，而今晚却特意化了妆，还精心挑选了衣服，与平常相比更显落落大方，光彩照人。虽然她比莳野大两岁，看起来却只有三十五六岁。

店里的年轻主厨最近颇受关注，提出了所谓现代料理的概念。听了服务员的解说后，两个人打算尝尝鲜，因此分别选了不同的开胃菜和主菜。洋子法语说得很流畅，但听完莳野说的法语后，说："原来就知道你会说法语，只是没想到发音这么标准，果然还是音乐家的耳朵好呀！"

"哪里，哪里，要是真有那么好，服务员就不会给我英语菜单了。自尊心受到了小小的伤害。"莳野苦笑道。

洋子赶紧安慰："我以前带日本朋友来过这里，那个时候特别吩咐服务员要了个英语菜单，估计他还记着呢。"

店内几乎座无虚席，旁边的桌子靠得也很近，两个人用日语交谈还比较放松。

香槟酒干杯过后，莳野突然不知道该从何说起了。对于今晚的重逢，实在期待太久了。短暂的沉默过后，他放下手中的酒杯，看着对方无意识地微笑。

"觉得有点不真实。"

"你也这么觉得？东京见过后，现在又在巴黎重逢，下一次会在何处碰面呢？"

"接下来还是巴黎，马德里之后我还过来。"

"这样啊。"

旁边的桌子端上来一盘贻贝，莳野看到后忽地想起最近的一件糗事，就娓娓道来。

"我有个老朋友，是电视台的导演，他手下有个女的，稍微有点奇怪。"

他刚开了个头，洋子就预感到接下来有料，饶有兴致地露了一口皓齿。

"那个女的去宍道湖①采访河蚬养殖,回来的时候对方送了一袋给她做纪念。渔民大哥挺喜欢她的,还特意交代了烹饪方法。可是她突发奇想,竟然当宠物养了起来。"

"什么?河蚬能当宠物养?"

"据说还挺麻烦的。她在网上查的饲养方法,反正是一直养着,并且,每个都取了名字,什么小四、武雄之类的。"

"这个人挺有意思啊!"

"也没觉得多有意思……不过,听说她经常用手机拍一些河蚬的照片给电视台的人以及来电视台做节目的人。前一阵子,我的老朋友,也就是那个电视台的导演,在家开了一个派对。那个女的竟然把他的宠物河蚬也带过去了,用塑料盒子装好了给大家看。"

"然后呢?"洋子一边附和,一边想象着接下来的故事。

"我也收到了邀请。之前他好几次邀我一起吃饭,都因为太忙推掉了。这次想着无论如何要露个脸,结果还是稍微迟到了一会儿。大概有六七个人,在吃药膳火锅,我到的时候,他们都快吃完了,留了一些等着我。我正好坐在那个女的旁边,因为是初次见面就简单寒暄了一下,大家都喝高了,我都不知道该怎样才好融进去。这个时候,老朋友的夫人端出来各色食材,我只要热一热火锅往里面加东西就行了,大葱、鸡肉……我正加菜的时候,那个女的起身给我去拿酒杯,等我放完食材后,突然发现塑料盒里好像有河蚬。"

"你莫非……"

---

① 宍道湖,位于日本岛根县,为日本第七大湖,特产蚬等鱼贝类。

"一开始我也犹豫了一下，但一想，这是非常珍贵的药膳火锅，况且河蚬又郑重其事地放在了塑料盒里，想必是特别之物，就一个一个全加进去了，用公筷。结果大家都惊呆了，搞得我也一脸懵懂。这时那个女的回来了，看到这一情景，哇地一声突然尖叫起来。"

"你怎么收的场？"洋子用手掩着嘴，一脸看热闹的表情，催着苻野往下讲。

"甭提了，她差点没晕过去。我的老朋友赶紧用勺子去捞，火锅正煮得滚烫呢。河蚬混在大葱与豆腐之间，不太好捞，最后勉强打捞上来了。那个女的紧紧握着碟子，盯着缠绕着大葱的河蚬，满脸通红，哭了起来。我完全搞不清楚是怎么回事，一开始还以为她是想留着给自己吃呢。"

"你这么想也正常。"

"结果我的老朋友解释说，那是她的宠物。我一脸错愕，当然马上就道歉了。对方也说没事，是自己不好，但眼泪一直流不止，看得人心疼。后来，老朋友又考虑到我的心情，反过来说，在自家养河蚬本来就不太可能，说不定一开始河蚬就已经死了。"

"他这么说，或许也有道理。"

"其他人也开始附和上了，开玩笑地说什么'可惜了河蚬，不过刚才我们尝了花蛤，还不错'，真是喝多了，哪壶不开提哪壶。那个女的是个严肃人，分辩说'小四才不是花蛤'，又是一阵号啕大哭。唉，我只能一脸狼狈，不知该如何是好。"

"可以想象。"洋子一脸同情地笑道，"最后怎么样了呢？"

"那个女的收拾了河蚬的残骸，还是装回盒子里带回家去了。我挺过意不去的,火锅也不想吃了。老朋友的夫人也顺着自己丈夫的话说要是河蚬变质了的话,会吃坏肚子的,就把火锅给撤了。待了一小会儿,我实在不是滋味,只好打道回府。事后想想,大家太照顾我的感受了,那个晚上简直一塌糊涂。"

"看来这个事,你一直都没放下?"

"放不下,太放不下了,毕竟那是我第一次扼杀他人的宠物。"

"这个事,你也不必太计较。"

"我走了之后,听说剩下的人一直聊到半夜。比如,人类能够将哪些生物当作宠物来豢养,感情到底能够投入到什么地步,鱼类或者昆虫适不适合,如果有了名字是不是就不能吃了,云云。幸亏我提前走了。"

"将死之物是否该有个名字,这是一个哲学问题。特别是,如果那个名字和自己有关系的话,就更复杂了。我现在,不太想考虑这样的话题。"

洋子的脸上还是洋溢着笑容,不过莳野觉察到,自己的糗事可能意外地联系上了她在伊拉克的经历。难道我就没有更正经的事情可以说了吗?真是的。

"怎么就说到这来了?哦!因为旁边那桌上了一份贻贝。抱歉,我们换个话题。"

看着莳野有些别扭地吃着刚端上来的开胃菜,洋子再一次意识到,眼前这个男人总是这样照顾着所有人的心情啊。初次见面的晚上是这样,自己身在巴格达的时候也是这样。与其说他试图给对方带来快乐,不若说他害怕对方与自己在一起时不快乐。

苛野聊天时不强势，最后戏谑的也是自己，从来不去嘲弄他人，这一点洋子很喜欢。他的笑话很辛辣，说不上严谨，但也没堕落到荤段子的地步，整体上还是比较有品位。声音不大，却抑扬顿挫，偶尔把声调抬高时就令人忍俊不禁。这难道是吉他手特有的说话方式吗？而且重要的地方会特别强调，条理清晰到让人怀疑他是不是提前背了稿子。因此，当苛野身体微倾，开始聊自己的糗事时，洋子就已经预料到接下去的话肯定会让自己喷饭的了。一如初次见面的那晚。

没有比较，没有优劣。与苛野一聊天，洋子才顿悟为什么自己总是不觉得理查德的笑话有意思。这很危险。

像苛野这样有天赋、天生就让人羡慕的人，如果不具备特殊的亲和力，很容易就会被边缘化。洋子至今为止采访过许多天才，他们无一例外都具备独特的幽默感与良好的亲和力。

在巴格达的时候，因为不能随意外出，令人窒息的无聊感让洋子厌倦不已。好几次，她试着输入"苛野聪史　吉他"几个字，在网上检索信息。但这就好像是在偷窥苛野心灵深处的密室，每次她都坐立不安，结果还是把打开的网页都默默地关掉了。

鲜花盛开的美好世界里，不知道在何处总是有一些钉子和玻璃碎片，等着苛野踩踏后受伤。一片赞美与讴歌声中，也夹杂着少量尖酸刻薄的批判与中伤，它们一个个固执而顽强。

洋子自己也不明白，为什么要如此反反复复地去偷窥然后又关闭那间密室。

那些赞美与讴歌声，使得她收获了极大的自我满足，因为众人对蒔野的音乐如此追捧，但蒔野似乎在隐隐约约地向自己传递着爱慕之意。

而那些批判与中伤，也不能放过。不管是客观的严厉批评，还是单纯的谩骂之辞，她耐心地从头看到了尾。她心有愠怒，仿佛看到一只肮脏的手在恶意地搅乱自己的心灵。她非常想撇开那只脏手，为蒔野辩护。

她非常理解蒔野，甚至可以成为他的慰藉。这是洋子为自己找到的一个幸福的特权，同时也是聊以自慰的特权。

当然，这样的自我分析还是有些表面化，理想主义。在一段时间内，默许那只脏手去搅乱内心的正是洋子本人。

如今的洋子已然爱上了蒔野，然而蒔野的天分实在太炫目，她的内心多少有些失落，以至于总有一小撮嫌隙挥之不去。不说别的，第一次在普莱耶音乐厅听到蒔野的演奏时，他还仅仅只有十八岁，当时占据洋子内心的不正是嫉妒与抗拒吗？

托马斯·曼论述过"伟人与大众的隔绝"，他说歌德在临终之际，听到了仙女为悼念牧羊神发出的悲叹之声，也听到了如释重负后的呼气声。

天才，即便不是歌德，于周遭的人而言，常常成为精神压力的来源。

想到这里，洋子不得不去考量自己之于蒔野，究竟有何特别之处。

蒔野专程来巴黎探望，对自己来说是难以言喻的好事。但是反过来想，他在巡回公演的各地，可能会去见第二个甚至是第三个洋子，这一点儿都不稀奇。正像是永说的那样，都这个年纪了，他仍然是个钻石王老五，正常来看，个中缘由不就是"外面彩旗飘飘"吗？这不是讥讽，自己也不会因为这个而有嫌隙。都老大不小的年纪了，对这样的事还是可以理解的。只是，自己将会以怎样的机缘与苛野交融在一起呢？不清楚，也没有自信。

自己可能仅仅是苛野众多彩旗中的一面。洋子并没有立即去否定这一可能性，而是破天荒地考虑自己到底能否承受这个事实。这完全是一个全新的体验，原来苛野对自己来说已经重要到如此地步。倘若不能忍受，那苛野又将以怎样的方式独爱自己一人呢？想来想去也没有个结论，不过徒增惶恐与不安罢了。

然而，一切似乎都已经来不及了。在所有可能性之前，洋子自身的状况也发生了改变。与苛野的交谈越是快乐舒心，她就越是清醒地意识到自己或许无法接受苛野。正因为如此，她才悲痛不已。洋子无法平抑内心的爱，艰难且痛苦。

窗外的暮色渐渐变浓，店内的气氛却愈加活跃。

就着主菜，洋子点了赤霞珠葡萄酒。此情此景，苛野不由遐思，今晚会发生什么呢？

一阵漫无目的的交谈之后，苛野把话题转到了自己在飞机上看的电影。

"南斯拉夫游击队的电影，我在日本稍微看了一点。尤尔·伯连纳、奥森·威尔士主演的叫……"

"《内雷特瓦河战役》吧，韦利科·布拉伊茨导演的。"

"对，就是这个，不愧是行家。"

"你可别瞧不起我。"洋子不服气地翘了翘下巴，"我出生的时候，可是南斯拉夫国籍。"

"洋子是在南斯拉夫出生的啊？"

"呃，长崎出生的。不过话说回来，你看这样的电影真是难得，现在连克罗地亚人都不看了。"

"因为我想更加深入地了解索里奇导演。《达尔马提亚的朝阳》正好是洋子出生那一年拍的吧？"

"对。"

"所以说……我要多看看。"

莳野认真地看着洋子，生怕她误解了自己的意图——"所以说"的言外之意是想更多地了解你。洋子当然领会到了，但是不动声色，只是微微笑了一下而已。

"我是在飞机上看的。"

"飞机上正好在播放吗？"

"不是，我自己带DVD看的。很感动，感动得无以言表。与其他的游击队电影完全不同，令尊果然不同一般。我可能表达得不好，但是我仿佛亲身感受到生存的孤独，所有生命本源性的悲哀，特别是看到最后的场景，鸡皮疙瘩都起来了。"

"不过那个电影自问世以来，大家就一直在争论，究竟应不应该把战争刻画得那般有诗意。"

"它不会让人产生憧憬之情，反倒是令人实实在在地厌恶战争。"

"我很难客观地评价父亲的电影。有人说，正是因为拍得很美，所以大家才能接受那个凄惨世界的存在。如果是赤裸裸的、绝望的，估计很少有人能够直视，即使看了也会努力去忘却，从记忆中彻底地去除。我因为从事伊拉克的报导，在这方面深有体会。"

洋子边说边微微地摇头。看到服务员端上来的牛排，她笑着说了声"谢谢"，然后睁大了眼睛："好诱人啊，苛野你也稍微来一点吧。刚才的开胃菜，光顾着聊天了，都忘了换着尝一尝了。"

"啊，那我的也给你一点吧。话说回来，你今天吃肉？"

苛野一边说着，一边把自己的鳕鱼切了一小块，蘸好酱搛到洋子菜碟的边缘。

服务员上完菜后礼节性地说了一声"请慢用"。言者无心而听者有意，对今晚的苛野而言，这句客套话听着格外舒服。

"果然好吃，还是你选得好。我也应该要个肉，刚在飞机上吃的是牛肉就没要。"

"要不再给你一点？反正我也吃不了这么多。"

"不用了，谢谢。"

洋子吃了一口鳕鱼和牛排后，笑着说："还真是，牛排确实比鳕鱼好。"

苛野喝了一口白葡萄酒后，又回到了原来的话题。

"所谓的美，一直都担负着刚才你说的那个使命，我甚至觉得美已经不堪重负了。"

洋子没有立即回答，思考片刻后说："应该是浪漫主义之后吧，人们对美赋予了太多的期望。即使本来不美的事，也要去粉饰……不过说起来，美除了承载表达媒介的功能，也可以在短时间内让人暂时逃避于人世间的悲惨吧?"

"确实可以。关于这个问题,最近我有一些悲观。美,有点像一个逐渐丧失人气却仍然勉力登台的老歌手。现在,明显少了很多追求者啊。"

"美同样也在选择自己的使命。当今这个社会,美只要完成自身固有的使命就足够了。"

"说得真好。之前看到洋子的邮件,我也在想,自己的音乐对于身处伊拉克的你,真的有用吗?在枪林弹雨的世界里,巴赫的曲子真的那么可贵吗?"

洋子斩钉截铁地打消了莳野的疑虑。

"在巴格达的时候,你弹奏的巴赫,真的很美,让我感受到莫大的慰藉。我是被你的音乐救赎之人。"

"你在邮件上也是这么写的,不是奉承话?"

"不相信?"

"倒也不是,只是我当初录音的时候,根本没有预想过你这样的情况,所以一时想象不出来。"

"巴格达现在的状况糟糕得令人绝望。但正是在那样的环境里,我第一次由衷地喜欢上了巴赫。不愧是三十年战争①之后的音乐,教人不得不服。"

洋子不经意的一句话,使莳野备受触动,他一时沉默下来。洋子

---

① 三十年战争(Thirty Years' War, 1618—1648),由神圣罗马帝国的内战演变而成的一场大规模战争。战争以波希米亚人反抗哈布斯堡家族统治为肇始,最后以哈布斯堡家族战败并签订《威斯特伐利亚和约》而告结束。

看进他的眼睛里，说："据说三十年战争相当惨烈，战后德国人死了一半。人类社会只能在对立中共存这一观点因此深入人心，同时个体的内心信仰得到进一步深化。当时的人们，面对惨遭兵燹的世界，想必也从巴赫的音乐中感受到了深切的安慰。不仅是教会音乐，世俗音乐同样具有这样的功效。这个道理，正是你的演奏教会我的，虽然你本人并未预料到。"

"谢谢你的抬爱，我很高兴。不过你能这么自然地感受到这一点，是不是因为你身上流淌着欧洲大陆的血脉？——我比较感服于这一点。"

"只是欧洲的边界而已，夹在奥斯曼土耳其与哈布斯堡的中间地带。"

"所谓的欧洲，不就是各民族大融合的形象嘛，它并不意味着血统纯正。巴赫的祖上原来也是来自匈牙利。"

"确实。现在住在这里的人，几代以前大多都不是本地的。正因为如此，民族主义才有现实的需要。"

"我一直在想，作为欧洲音乐精髓的巴赫，自己到底理解了多少。尤其当手里拿着乐器的时候，更是不禁要往这个方面想。洋子轻易就领悟到的认识，而我花了好几年。你就像跨过一个水坑那样简单，我却要先架起一座桥，再费尽千辛万苦穿过山谷——我憧憬的，正是这一点。说到十九世纪以后的浪漫主义，情绪感官上的东西还好理解，但巴赫身上有太多超越他个人的东西，比如对神的理解以及巴赫家族的存在。"

"把巴赫的曲子弹得如此出神入化的演奏者，竟然也这么想，真叫人大开眼界。不过我实在很一般,你不要太高估。我听你弹奏的曲子,总是非常钦佩你能够把这么多国家、这么多时代的曲子弹得这么传神,宛如作曲家本人弹的那样。"

"这正是我奋斗的目标,反过来也有不少人说我没有自己的特色。不过我个人还是觉得,演奏者就是要忠实地把握原作曲家的意图、心境、世界观等,并将它们忠实地还原出来。"

"他人的内心,也能这么轻易地看透吗?"

"这就是另外一个层面的问题了。"莳野不禁笑道,"按经纪人的说法,我是擅长分析自我而钝于分析他人。"

"啊,三谷吗?"

"对。"

"她精力旺盛,挺不错的一个女孩。那她说的对吗?"

"这个怎么说呢?你觉得呢?"

洋子静静地盯着莳野的眼睛看了几秒,摇了摇头,略微有些无奈地说道:"我也不知道啊,我与你仅仅见过两面而已。"

微笑突然从脸上褪去,莳野不知道该如何回话。

洋子的这句话,太复杂了。

确实,他们仅仅只见过两次。倘若两个人之间真有什么事情会发生的话,也仅限于今晚,然而现实的状况是双方仍然"互不了解"。

莳野心跳加速。他抿了一小口水,正准备开口接话之际,体贴的服务员看到两个人之间的沉默后及时地把甜品菜单送了上来。

点完再次面对面后,洋子的电话响了。她一手提着包,说了声"不好意思",就出去接电话了。

洋子的酒杯里还剩一大半，今晚她只喝了一杯香槟以及一点点红酒。

电话打了好一阵子，她刚一回到座位就问："已经十一点了，时间不知不觉就过去了。明天的飞机很早吗？"

"还好，明天稍微休息一下再练习。飞机是晚上的。"

"这样啊，很遗憾不能去马德里听你的演出了。一直要保持演出的状态，也挺不容易的吧？"

苕野本想将刚才决意要说的话讲出来，可是计划赶不上变化，谈着谈着，话题就不知道转到哪里去了。

"相比之下，记者的工作应该更辛苦吧。我这边，至少没有性命之忧。"

甜点端上来之后，洋子说："这次我自己也迷茫了，为什么要去伊拉克？差点卷进恐怖袭击事件……我害怕了。"

"害怕是正常的。对了，之前我一直都没问，你当初为什么要当记者？估计有很多人都问过同样的问题吧。"

"也没什么特别的原因，也不是从小立志要做的行当。"

"嗯？"

"真的是完全没有想过。我原来一直不知道自己将来想干什么，估计好多人都像我这样。不过这样的人或许比较适合干记者，可以采访到人世间的许多事，见到各行各业的人，听他们讲各自的故事。作为RFP的记者，本来一辈子都不可能见到的人，只要我去采访，对方就会见我，回答我的提问。当然，我知道他不是为我，而是为不知名的广大读者。这样看来，个性不要太强也是有好处的。我虽然知道的东西多，但是都很肤浅，所以特别钦佩像你这样精通某一项的人。"

"我明白你的意思，但是真'肤浅'的话，又怎么可能前往伊拉克呢？"

"既然干了这一行，我很清楚应该干什么，也愿意去干。当然，这样做有一定的风险。而如果不去，内心也是很煎熬的。不光是我，通讯社里还有许多志愿去伊拉克的人。而且，倘若要了解当今世界，又怎能把伊拉克排除掉？毕竟是全球化的时代了。说出来你可能不相信，我都觉得自己似乎是稀里糊涂就跑到伊拉克去了。……四面八方，无论远近，周遭的一切都贯穿了自己的命运。我根本无计可施。而这命运，也可能化身成子弹的模样。"

苛野沉默了好一阵子，只是注视着对方。他似有所悟地点了点头，拿起手中的小勺开始品尝草莓甜点，然后又抬起头来。

"如果将来有一天，洋子小姐不幸在地球的某地遇难，我也会身殉的。"

洋子如遭一击，瞬间又有些迷惘，旋即格外冷峻地注视着眼前的苛野。他从未见过洋子如此冰冷的眼神。

"这种话，可不能开玩笑。先不论善恶，首先就会让人觉得肤浅轻佻。"

"你要是自杀，我也自杀，这是我单方面的诺言。你要是什么时候实在想不开，想自杀了，希望你会想到，这同时也是在结束我的生命。"

"喝醉了吧？"

"我很清醒。内心痛苦而表面上故作镇静的人，往往会用自我毁灭的方式来断绝内心苦闷的根源，这很可怕——即使其出发点是希望他人理解自己内心的苦闷。《魂断威尼斯》的原著我读了，自传式的后记也看了，我在思考托马斯·曼这个作家。他的两个妹妹自杀了，好像大儿子也自杀了。虽然对这个作家没有深入研究过，但我认为他是让小说中的主人公代替自己去死，从而换得自身在现实生活中能够继续存活下去。"

"啊，原来你是这个意思。放心吧，我从来都没有自杀的念头。"

"正因为如此，我才更担心了。你在邮件中写的那句话——奥森巴哈没有死在威尼斯，而是平安地回国——让我觉得不对劲，所以我才去读的原著，也为了像现在这样更好地与你沟通。要是你一直在我的身边，随时可以和我谈心，我当然有更好的办法支持你。如果不能，我也只能想到刚才的那个办法了。或许很傻，不过既然已经许诺了，我一定会遵守。"

"别……你别这样。"

虽然有些窘迫，洋子终归还是在嘴角泛起了一丝苦笑。

"洋子，你的存在本身就贯穿了我的人生。不，我不希望贯穿，我想一直将你藏在心里。"

莳野无意识地一把抓住胸前的衬衫，猛地扯了扯。他不知道下一步该如何是好，只是更加用力地扯，既而又状似随意地抚平褶皱以掩饰心中的焦虑。他感觉自己被子弹打中，流出了血。他恍惚地低下头，检视胸膛和手掌。他，静静地伫立在对话的尽头。

听到这番话，目睹眼前这番动作，洋子的内心开始剧烈波动，两边的脸颊也泛起了红晕。然而，她还是极力克制，把对莳野的情愫狠狠地押了回去，深吸了一口气，微笑开来。

"我马上就要结婚了。"

"我就是来阻止你的。"

莳野目不转睛地盯着洋子。

这正是洋子一直期待的话，在巴格达期间就一直期待的话。不幸的是，直到今晚才听到。眼下，迟到的这句话反而令她纠结烦闷。最近三周，她的身体都不太正常，她甚至怀疑是不是已经怀上了理查德的孩子。

倘若真的怀孕，那洋子也只好接受命运的安排，割断对莳野的爱，转而与理查德结婚。但反过来，如果并未怀孕，她还是想忠实于自己的感情。

之前的简易检查，否定了她的臆测。为保险起见，还是需要到医院再检查，她之前预约过，只是两次都因为新政府组阁的临时采访而不得不取消。

万一腹中已经有了胎儿，洋子断然不能对胎儿父亲以外的男人说"我爱你"。于情于理都不该这样，她本人也不愿意这样。她的一生，父亲从小就不在身边，倘若令自己的儿女再重蹈覆辙，简直就是对自我的背叛。

洋子沉默不语，莳野静静地说："我知道这件事很难。但是老天爷让我遇到了你，我不能佯装不知。在我的人生中，小峰洋子这个人不可能不存在，你一直确确实实地存在。我真心希望你能够一直存在于我的身边，就像现在这样，我们每天相对而坐，一边吃饭，一边聊天。"

"和我结婚生子，对你来说现实吗？它会成为我们关系的正确走向吗？"虽然洋子觉得这么说太现实，但又不得不去确认。

莳野沉默了一会，几乎有些自暴自弃地回答："爱上洋子，已经是我的人生现实。不爱洋子的莳野，根本不存在，反而是非现实的。"

"……"

"当然，这仅仅是我单方面的宣言。我现在想知道的，是洋子的想法。"

嘈杂的餐厅内不知不觉只剩下零星的几个客人，右边已经空了，左边的客人也正准备起身离开。

洋子紧咬嘴唇，略显慌乱地低着头，过了一会儿抬头望着莳野。

"你现在没有任何女人吗？"

莳野无力地笑着，什么都没说，只是摇了摇头。他招呼服务员过来把账结了，并轻轻地拦住洋子的手，不让她开包取钱。

"能不能稍微给我一点时间？等你从马德里回来，我会明确表态的。"

莳野点了点头，紧绷的神情略微松弛了一下。

"我强人所难了吧……想说的话虽然都说出来了，但应该表达得更好的，不应该是这样的……"语气很是自嘲。

洋子屡屡摇头。她意识到自己浇灭了莳野的热情，莳野的心离自己越来越远。无法挽回，她倍感绝望却又无法化解误会。

"我很感动，真的。都是我的错，对不起！"

然而，莳野仿佛已经没有耐心再继续说下去，只是站起身来说"我们走吧"。

第五章　洋子的决断

1

蒋野到了马德里后,未等正式登台演出,就一反常态地紧张起来。当地的工作人员搞错了开演时间,音响设备也一直调试不好,他几次差点吼了起来。最后,公演的总监实在看不下去了,拍了拍他的肩膀,提醒说:"这里是西班牙,不是日本。"

最后整场演出下来,效果还可以,指挥和交响乐团都松了一口气。大家心情不错,一些老早相识的吉他手笑着对蒋野说:"士别三日当刮目相看,你的技艺又上了几个台阶啊!"然而,这些赞誉之声,他并不动心。

整个活动搞得声势浩大,实际上却几乎没有人关注他的演奏。

报纸上仅仅一笔带过,工作人员每天更新的博客里也不过简单地说明了一下。可以说,他的演出没有任何出彩之处。这样的结果,比起演出失败遭人嘲讽,更令他难以忍受。

第二天的演出全部结束后,他一有时间就跑到其他吉他手的会场去观摩。非常期待的几场演奏听完后都不满意,说不清应该失望还是觉得安慰,都不过如此而已。然而,大家却推崇备至,他甚至不得不怀疑是不是自己的耳朵出了什么问题。

练习的空当，他将那些放不下的曲子重弹了一遍，结果令人沮丧。不知不觉之中，他或许已经对吉他，乃至音乐本身，产生了厌倦。从三岁第一次接触吉他算起，已经有三十六个年头了，即使厌倦，也是人之常情。然而对苛野来说，这绝对是个不详的预兆。

他不能集中精力练习，思绪不知不觉地就飘到洋子身上去了。

来到马德里后，还没有与洋子联系过，洋子也未曾主动联系过他。不知此时，她和未婚夫在谈什么？

显而易见，自己的"横刀夺爱"，已经不是洋子一个人可以单独解决的，她必须与未婚夫共同面对。想到他们两个人会谈论这样的话题，苛野就忍不住紧紧地闭上眼睛，独自一人去承受难以言说的苦楚。

那晚的重逢，最后怎么就成了那样的结局？

彼时，他一心想的是披沥真情，告诉洋子自己对她的爱意。然而，洋子考虑的却是恋爱之后的婚姻与家庭，对她来说那些问题更重要并且更实际。

洋子甚至都不知道他到底有多少收入，将来又会在哪里生活，身体条件如何，是否想要孩子。这些基础信息，双方从未谈过。事实上，苛野是在双方几乎没有任何沟通的前提下，要求洋子推翻与理查德的婚约。

冷静地分析一番就知道，洋子那样理性的女性，是绝对不会这么冒险的。一直到最后，她都对苛野的男女关系存疑，这也是极其必然的。而他当时没能理性地接受这一点，确实有问题。

不过，洋子多少应该也是喜欢他的，也正因为如此，那晚她想就结婚的可能性与他深入地交换意见。然而，他却浪费了大把的时间谈什么河蚬，简直愚蠢至极！

音乐节盛况空前，莳野却感觉自己仿若被遗弃了，与演出格格不入。他对自身的演奏怀疑，对他人的演奏无感。唯一的例外，是第四天听到了一个来自波兰的年轻吉他手的演奏。

这个年轻人，数年间参加了好几个世界主流级音乐大赛，如罗德里戈①国际吉他大赛、GFA国际吉他大赛等，都取得了一等奖的好成绩，甚至有的报导已经开始宣传他是"二三十年一遇的天才"。莳野对他也早有耳闻，只是此次来马德里之前，一直没有机会听真人演奏。

工作日的下午，一间小型会场里观众寥寥，莳野没有与其他吉他手朋友坐在一起，而是独自一人静静地听着这个年轻吉他手的演奏。

他弹的曲子都与塞戈维亚有渊源。尤其是汤斯曼②的《卡瓦蒂纳》(*Cavatina*)、《斯克里亚宾主题变奏曲》(*Variations sur un theme de Scriabine*)，莳野原来也录制过，每一个细节都很清楚。起先，他还有些一竞高下的意思，听得很认真，脑海里还不时浮现出自己学习此曲时师从的几位吉他大家的音容。整体来看，他觉得年轻吉他手对曲子的理解与自己有共通之处，几处细节也是如此，以至于怀疑对方是

---

① 华金·罗德里戈（Joaquín Rodrigo Vidre，1901—1999），西班牙作曲家，《阿兰胡埃斯协奏曲》是他最有名的作品，1991年受封为"阿兰胡埃斯公园侯爵"。
② 亚历山大·汤斯曼（Alexandre Tansman，1897—1986），犹太血统的法籍波兰作曲家，钢琴家。最著名的作品是吉他曲《卡瓦蒂纳》。

"踩在自己的肩膀之上"创作发挥。然而，随着演奏的深入，他再也没有与之对抗的意思了。眼前这个年轻吉他手的才华，让莳野心生骚动。无论音色、表现力，还是对音乐的把握，他都输给了这位青年才俊——说得更准确一些，至少在这两个曲子上对方刷新了他的纪录，这一点不得不承认。无论怎么挑刺，一切皆是徒劳。渐渐地，他也就陶醉其中了。

整个乐曲如星空一般广袤，一望无垠，而旋律犹如星座那样有序联结，绝不会使人丧失方向。每个音听起来都富有变化，它们一个一个浸入观众的耳朵里，令人感到兴奋，就像找寻每一束星光那般有趣。

技术上全无做作之感，一板一眼，稳健扎实，这样的风格也很接近莳野，符合他的口味。不过比之自身，莳野觉得眼前的青年更具浑然天成之感。

整个音乐节期间，他的心中始终郁积着一股不满，总感觉哪里不对劲，却把握不到问题的所在。自己尚在探索解决的课题，眼前的青年明显已经克服了。

舞台之上，吉他犹如一株进化的系统树。枝干的顶端，与琴弦共同振动的同时，眼见着在不断向上生长。演奏的青年，身材高挑，面容俊朗，颇具明星潜质。

这样一个富有才华的吉他手，汇集起来的观众却实在少得可怜。然而包括各个吉他手在内的观众都面露钦羡，且毫不吝惜掌声。这一切，都力证了大家对他的支持。

演出结束后，苅野直奔后台见到这位青年，送上了自己的祝福。

他还不到三十岁，殷勤地寒暄过后，精神饱满地说："前天您演奏的泰代斯科的协奏曲，我抽空赶过去听了。"青年仅仅是叙述了事实，没有附带任何感想。

从他谨慎的言辞，能读出对自己演奏的毫不在意。作为吉他手，他对自己并不感兴趣，遑论受到影响。估计他也没有听过自己录制的汤斯曼曲，倘若硬要说两者手法的相似之处，十有八九只会被认为是自己在高攀吧。

新人的问世，并不总是意味着威胁。致命的关键在于，新人的出现令老人丧失光芒从而被人忽视和遗忘。这个新人敬仰的到底是谁，受了谁的影响？在他的思维体系里，完全没有自己的位置，自己只能置身局外，平静而痛苦地凝视。早在多年前，自己就已经取得了眼前这个新星的成就。然而对于普通观众而言，这并不重要，他们只要在新星身上找到新意就可满足了。

多年前，面对同样孤寂的老吉他手，自己略感困扰，只在脸上浮起敷衍的微笑。时至今日，他仍然记得彼时自己内心的冷酷。

自己终归也是老了。远远地看着这个波兰青年向其他的吉他手打招呼，苅野不得不感慨。

所谓的孤独，是意识到自身缺乏对这个世界的影响力，自己再也不能对他人产生影响了。不管是对同时代人水平方向上的影响，还是对后来人垂直方向上的影响，都丧失了。不管是在哪个人的身上，再也找不到半点自己的影响。而自己，已经清醒地认知到了这一点。

至少我是不可能遭受这种幻灭的——虽然曾几何时，苅野也是这般乐观地认为。

连续好几天，晚饭都是九点以后，半夜十二点左右才起身回家。这样的时间安排，与莳野的年龄也相符。

很遗憾，一直都没有见到那个波兰的吉他手。第四天晚上，留学时代的老朋友——一个来自古巴的吉他手说："波兰的青年说你表扬他了，看得出来他挺高兴的。"莳野听罢，一边摘出嘴里的橄榄籽，一边苦笑着摇摇头。

"我当时表扬他，怎么感觉他一脸不以为然的样子。"

"那个时候他紧张了嘛，他还说听了你的话更有自信了。"

"真的吗？"

"不骗你，真是这样。他当时其实很想和你多聊聊。"

"嗯？看来他还是个好青年。要不我给他寄个唱片，彰显一下自己的存在感？"

"哈哈，可以嘛。光是让他知道你出了这么多曲子，他们这些后来人都会钦佩不已的。"

说罢，两个人哈哈大笑。毕竟是同龄人，双方苦恼的问题或许差不多，但都不打算敞开心扉认真谈一谈。

莳野考虑到与洋子生活的问题，打算将活动据点转移到巴黎，于是就在巴黎开展工作的可能性与对方聊了一下，得到的回复与预想的一样。

"就目前欧洲的情况来看，一个吉他手很难存活下去。你要是找个地方去教书还行，要是仅靠演出的话，就很困难了。再说你不是已经回国了吗，在日本不是挺好的吗？除了日本，没有哪里可以让你每年举行几十次公演的。你要知足，如果可以，我都想过去你那边呢。"

听到这里，蒔野只好叹息着点头。

原来的各位老朋友已经成家，这次大多都是挈妇将雏。此情此景不得不令蒔野想到，倘若洋子可以与自己一同过来，该有多么幸福！

洋子那样的美人坯子，要是介绍给大家，估计这帮人又要羡慕，追问是哪里撞的桃花运了。不止容貌，她还是那位《幸福钱币》的导演的千金。她要是在现场，肯定很快就会成为话题的中心，被人刨根问底地打听这打听那的。而每一个问题，洋子都会微笑着回答。这样的女人，如果是自己的伴侣，那该是多么令人骄傲。再者，去过现在的巴格达的，有几个？花一个多月时间，亲自采访了解萨科齐当选法国总统经过的，有几个？没有，只有洋子。

只是和某一个人站在一起，就感到骄傲，到目前为止，蒔野还从未有过这样的经历。

他甚至认为洋子将让自己重新认识欧洲，他很想就已经获悉的以及未来将要获取的知识，听取她的意见。他期待着通过与她的沟通，实现自我的蜕变。

如此美好的未来，即便不能实现，也比未曾邂逅更暖人心。初次相见的那晚，临别之际，站在出租车窗外看到的洋子的侧脸，他至今难以忘怀。

2

一般认为，在华丽的三得利大礼堂举行的公演取得巨大成功之后，蒔野的音乐人生突然陷入沉寂。实际上，进入二〇〇七年以后，虽然数量不多，蒔野还是有一些客串演出以及与他人的共同演出的。

大家之所以认为他已经完全远离了舞台，是因为相关的报导都不起眼，毕竟之后他确实没有举办过个人演奏会。然而，六月十日，从马德里回到巴黎后的演出是唯一的例外——它从正式的公演记录里被抹杀掉了。

那次演出，蒔野本人的自我评价暂且搁到一边，只说在科尔托音乐厅聆听演奏的巴黎音乐师范学院师生的评价。他们都是午后演奏会的常客，听完之后众口一词，盛赞这是一次"极为精彩的演出"，但随后还有一句补充——"除了最后那个曲子"。

虽然蒔野在马德里音乐节上表现平平，不过这一天的演奏，除了最后的一曲，无论多么苛刻的观众都会觉得非常成功，简直毫无瑕疵。

每一个音符，听起来就像打磨过的钻石那样熠熠生辉。音乐师范学院的学生个个瞠目结舌，问道："为什么您能弹出这么好的音？"事后，蒔野在课堂上说："我也不知道怎么就弹出来了，总之只可意会难以言传。"搞得大家面面相觑。

尼基塔·科什金①的《前奏曲与赋格》(*Prelude and Fugue*)、罗德

---

① 尼基塔·科什金（Nikita Koshkin，1956— ），俄罗斯古典吉他作曲家。

里戈的《愉快奏鸣曲》(Sonata Giocosa)、伯克利①的《吉他奏鸣曲》(Guitar sonata)等多个曲目,在表现上多少也受到了那个波兰青年的启发,整体来看,的确是迄今为止苛野个人集大成之作。但反过来说,他的音乐境界似乎也走到了尽头,再也没有往上发展的空间。这次演出的最后一幕,给观众留下意外的印象,或许也正是因为这个原因。

演出的压轴环节,苛野弹的是出道以来的保留曲目——巴里奥斯②的《大圣堂》(La Catedral)。因为塞戈维亚不太喜欢巴里奥斯,在马德里的时候,苛野只好忍痛割爱,没有弹这首曲子。结果,巴黎音乐师范学院的教授在网上看过苛野在马德里的演出后,专程跑到排练室来问:"在我们这里弹《大圣堂》吧?"

第一乐章叫《乡愁》,其前奏曲内省而感伤,苛野把握得不太好,弹奏之时心中急躁且忧郁,结果弹得磕磕碰碰,非常不流畅。琶音的最高音紧紧串联起眼前的现实与过往的记忆,编织出静谧的旋律,眼见着脚下的现在正一点一点融化,掉入过往的怀抱。第二乐章的宗教行板,来自圣堂天花板的回音烘托出寓意于弥撒内的庄严祈祷,最后引人冥想的泛音过渡到了第三乐章的快板。苛野陶醉于乐曲之中,纤长的手指极为敏锐、精准地抓住了快旋律。进入第三乐章的快板后,往日里对以技取胜的弹奏方法持谨慎态度的爱好者也沉醉其

---

① 伦诺克斯·伯克利(Lennox Berkeley,1903—1989),英国作曲家。
② 奥古斯丁·皮奥·巴里奥斯(Agustín Pío Barrios,1885—1944),巴拉圭作曲家、吉他演奏家。

中，并同时感叹：巴里奥斯的人生虽不完整，创作的曲子却着实完美，令人舒适。

只要置身于苛野的音乐中，自然就可以从世间的一切烦恼与不安之中解脱出来。

巴里奥斯创作第三乐章的灵感来自弥撒之后从教堂一拥而出的信徒。在巴黎音乐师范学院授课之际，苛野说："倘若忠于原曲的灵感，我弹奏第三乐章之时不该表现急速变换之感，而应体现多样性的消长。"然而，实际演奏时，他只是凭着一根纤细的丝线引导着观众一往无前。十几岁的时候，屡屡有人指出他"弹奏时节奏太快，缺乏情感"，所以近几年他有意识地放慢了步伐。然而今天，他却不断逐次加速，越来越快，越来越快，似乎要将情感彻底斩断！

本欲了结，却不知不觉地在反复；本欲逃离，回过神来却已在追赶。

源自苦恼的祈祷，最终的结局就是如此。在伊拉克九死一生而回到巴黎的洋子，亦是如此。

瞬息之间，苛野的内心发生了怎样的变化？

洋子不在观众席中。前几天的邮件里，她还说一定会过来，这天苛野刚一登台就发现期待落了空。每弹奏完一曲，他总会往左手临近楼梯的座位望去，然而那里始终是空的。洋子不会来了，不仅不会来到这个会场，也不会来到自己的身边。作为一名演奏家，他本应公私分明，以平静的心态继续完成这场演出。然而，对洋子的思念难以抑制，他的内心在流血。

音乐只是在静静地回旋。无比美妙的吉他声从远处传来,这是我弹奏的吗?不清楚,茆野已经分不清楚了。突然,他的脑海里闪现出一个奇怪的念头——比之前方,背后越来越静,越来越静,它,追过来了吗?去年以来,每逢演出前的排练即会发作的战栗,此刻忽地于后背扩散,久久不能消退。乐曲即将进入展开部分的末尾,经过最低声部的半音逐次上升,眼看就要回归最初的主题。

正在这一刹那,寂静蓦地从腋下溜到前方,挡住了前进的方向。音乐,从他的手心中逃离。什么都听不见了,周遭一片死寂。

安静的、滚烫的时间,在虚无中沉淀。寂静,犹如舞台灯光打在了眼睛上,刺眼得让人窒息。额头开始冒汗,茆野惊慌失措,恰似于混乱人群中被扒手掏去了钱包一般,赶紧探寻自己的音乐。然而,手里留下的,唯有快速跳动的脉搏所带来的火辣热度。

演奏意外停止,观众一片诧异,茆野本人也是一脸茫然。发生了什么?他急匆匆地想重启演奏,但手指不听使唤,木然地游荡在指板之上,无能为力。茆野错愕地凝视着自己的双手。

会场开始骚动,他默默地站立起身,给台下的观众鞠了一躬。观众也不知如何是好,只是稀稀疏疏地鼓起了掌。他呆呆地扫视了一遍会场,洋子的座位依然空着。

似乎走投无路了,茆野默默地走下舞台,不带一丝笑容。

茆野返回后台后,考虑到他在舞台上的反常表现,大家都担心是不是他的手出了什么变故,没有人会猜到原因竟然是他忘了乐谱。

他竟然会忘谱,而且忘得一干二净,丝毫没有回旋的余地,以致不得不中断演出！最初，学生们也是疑惑地睁大了双眼，但是之前的演奏实在太震撼人心，毫无征兆的中断是那么突兀，更像是职业吉他手悲情的瞬间。大家都若有所思地盯着苟野的双手。

这个反应有点意外，但苟野故意不急着否定，一边面露微笑，一边闭合两个手掌，还安抚大家说："只是出了点小状况，没有问题。"

之后，他借口换装把大家请了出去，独自一人坐在沙发上，盯着吉他发了一会儿呆。内心依旧一片混乱。叹了一口气之后，他起身打算换装，手却不由自主地伸向了手机。还没打开，他就给自己打起了预防针：一切都完了！

洋子给他打了好几通电话，最后还留了一条语音。

她反复道歉，说突然有急事去不了，最后还邀请苟野晚上去她家一趟，见面详谈。不过要紧的事一丝都没有透露。

听到洋子在电话中报住址，苟野先是把手机拿开，沉思片刻后才又将手机凑到耳边听完。瞬息之间，一个念头浮现在他的脑海里——洋子的未婚夫可能和她住在一起。听完语音后，苟野将手机抛到沙发上，一个人呆呆地伫立着。

3

演出以失败告终，苟野久久未能缓过劲来，略有愁色地回到宾馆休息了两个小时。早已调整过来的时差，似乎卷土重来了，这次睡得不太顺畅。好在床单铺得紧凑，躺着很舒适，闹钟响后他都迟迟不愿起身。

前几个小时还在舞台出洋相，回到宾馆就大睡起来，自己也真是放得下。莳野一边穿衣，一边故作镇静。

他穿了一件针织衫，配了一条牛仔裤，再背上吉他箱，走出了宾馆。在附近又买了一瓶波尔多红葡萄酒后，打的直奔位于巴克街的洋子的公寓。抵达的时候，刚过七点。

当年在巴黎住的时候，不知多少次经过巴克街一带奥斯曼风格的建筑前，每次他都没有特别留意。或许，当年在这一带与洋子擦肩而过过，也未可知。倘若当初就已相识，今日与她就是另一种相处模式了吧。

莳野打算，万一洋子的未婚夫也在，就不进屋了。

演出失败后，巴黎音乐师范学院的教授也非常担心，邀请他共进晚餐。莳野出门的时候，带上吉他箱就是为了在教授那边过一夜，与教授一起切磋切磋，好尽快忘却这一天不愉快的回忆。

既然是洋子选的未婚夫，那对方一定是一位翩翩君子。不过，莳野并不想见，一旦见面，自己肯定忘不了对方的脸。

他预计洋子今晚邀自己过来，无非就是大家和和气气地吃顿饭，将原来两个人之间不正当的关系重新变更到正常的轨道上来，顺便引荐一下自己的未婚夫，对之前的冲动做最后的了结。

倘若并非当事者，他可能会觉得，这样的结局也不赖。放到年轻的时候，估计他都想象不到如此理性的解决方案。现在眼看快到四十岁了，许多事情都要慢慢放开，第一步就是以这样的形式迈开，从而于人生当中留下一丝甜美的哀愁。

今后，莳野也将与另外的女人结婚生子。到时候，两个家庭的友谊将继续延伸，偶尔回想往事，也可以开玩笑地说起自己当年的爱恋。岁月或将抚平一切，所谓的海枯石烂、地老天荒并不是人们想象的那般简单。不久，他或许也将自然而然地忘却这一段感情，不过眼下来看，他断然拒绝这样的未来。

出了电梯，发现洋子开着房门正等着自己。

她上身穿着休闲格子衬衫，袖子卷了起来，下身穿着白色的薄长裙。看样子正在下厨，手上稍微打湿了。手指上，没有戴婚戒。

看到莳野背着吉他，洋子走上前道歉。

"直接从会场过来的吗？今天实在抱歉，真的很想过去的。"

莳野摇了摇头，问："有谁过来了吗？"

"是的。"

洋子转头之际，客厅里有人的动静。

莳野急着想知道对方是谁，却很遗憾没有看到正脸。

窗外漏进来的光中，有人拘谨地走了出来，站在莳野的对面。

——一个意料之外的人！

这天早上，洋子正准备如约赶赴莳野的演出会场。虽然今天也是法国国会大选投票的日子，不过她已经事先请假，不必前往采访。

在杜伊勒里公园晨跑完回来后，她冲了个澡，穿上浴袍，吃完早餐，正在考虑穿什么衣服，手机响了。一个陌生的号码。

洋子按下接听键，对方没有声音，又问了一次，还是没有反应。正打算挂断，话筒里却传来微弱的颤抖声。

似乎是一个女人在抽泣。

"您好，请问是哪位？"

对方终于说话了，她先是用英语确认了一遍是不是洋子的电话，然后才自报家门。洋子一开始没反应过来，追问了一遍，终于搞明白对方竟是在巴格达工作期间的助理——贾莉拉。

"贾莉拉吗？你现在在哪？"

"机场……戴高乐机场。"

此时的贾莉拉紧张混乱，说的话完全不得要领，洋子最后的理解是：贾莉拉眼下一个人在机场收容非法偷渡分子的区域里，她原本打算偷渡到瑞典，结果却在法国中转时被扣下，目前正处于红十字会的庇护下。更具体的情况就不清楚了，但贾莉拉在法国没有亲戚朋友，所以只能给唯一认识的洋子打了电话求助。

洋子火速驱车赶往机场，因为路况良好，只花了四十分钟左右就到了。通过机场的咨询柜台获知收容区在三楼，她急忙跑上去。赶到现场后，在工作人员陪伴下走出来的贾莉拉一把抱住洋子，痛苦起来。

贾莉拉十分憔悴。洋子一边抱着，一边不断地安慰她："放心，已经没事了！"

告知身份并递交名片之后，洋子开始询问事情的原委。

她还在巴格达的时候，贾莉拉就已经受到激进组织的胁迫。说起来，在她离开之际贾莉拉哭得伤心，不仅仅是因为少了一个伙伴那么简单。

起初，贾莉拉不断接到陌生人来电，要求介绍工作云云，之后对方更是直接胁迫要杀人。而她本人完全不知道自己得罪了何方神圣，为什么会被对方盯上。

亲人当中只有她一个人受到了胁迫，估计与她出入马尔基娜酒店，与外国人一起工作有关。

四天前，贾莉拉回到家，发现门口有一封信。信封上用红笔写着"叛徒当诛"，信封里放着三颗子弹。当天中午她又获悉，给美军做翻译的学长在上班途中遭人枪杀。学长也受到了同样的恫吓，两天前两个人还通过电话一起商量过对策。

这个时候，贾莉拉决定逃跑。

她先从蛇头那里花八千美金买了一本假护照，秘密潜入安曼，然后上了经巴黎前往斯德哥尔摩的飞机。在巴黎转机时，不巧边检官员识破了她的伪造身份。因为最近一段时间查获的好几起偷渡案例，偷渡者都持有同一蛇头伪造的护照。

洋子反过来问贾莉拉："为什么不去找菲利普帮忙？"

贾莉拉情绪激动地反驳道："根本没有时间走正规程序，多留一天，被枪杀的学长的下场就是我的！"

身份暴露后，贾莉拉马上被带到机场内的警察局，很有可能即日遭遣返。她想起来，蛇头曾经交代，若偷渡失败后可以要求警方先把自己带到红十字会去。她提出了请求，幸好机场警方果然同意了。

洋子一边听，一边习惯性地记下了以上这些情况，随后立即与红十字会负责人商讨解决对策。

红十字会负责人是一个大块头的女士，两个手臂交叉于胸前，极为耐心地说明贾莉拉的情况不算特殊。她一副克制而思虑的表情，仿佛要与洋子达成某种共识，但显然洋子并没有领会到这一点。

洋子竭力向对方表明，倘若现在贾莉拉被遣返回伊拉克，一定会被暗杀。情绪一上来，她竟潸然泪下。对方仿佛理解了似的，点了点头告诉洋子："她会先到二楼的警察局接受问讯，之后会被送到简易法庭，由法官判定是否发放逃亡滞留许可证明。如果现在申请，马上就可以走程序，三十分钟左右，判决结果就会下来。万一判决结果为不发放，通常会被遣返。其他国家可能不太好申请，但贾莉拉来自伊拉克，事情会好办一些。不管怎样，希望她好运。"

洋子先用英语告诉贾莉拉接下来自己会全程陪同，然后转过身接着咨询法庭作证时需要注意的细节。她从对方的口吻中察觉到自己应该能够帮大忙。

贾莉拉两手遮面，只是不住地哭泣。好多人都能偷渡成功，偏偏自己却被扣下，她觉得不公平，哭得都说不出话来了。这次的事件，蛇头要价一万美金，她先预付了八千美金作为伪造护照的费用，剩下的两千美金本来打算等安全抵达斯德哥尔摩后付清。考虑到她在巴格达分社工作的薪水，一万美金绝对是一笔巨款。只是比起这笔巨款，生命显然更重要。

警察局的问讯很快就结束了。进入简易法庭后，他们发现已经有四个人正在申请避难。看来贾莉拉的情况确实并不特殊。

等待判决结果期间，洋子终于得空去打电话联系苆野。而这个时候，演出已经开始了。

最后，贾莉拉的滞留许可批下来了，来自其他国家的四个人则均被驳回。

红十字会的那名女士舒了一口气，不过并没有明显的喜悦之色。对她来说，贾莉拉只是众多案例之一，而无论幸运与否，过去经历的众多案例都在此刻掠过了她的脑海。

她一边在手册上用红笔标注，一边耐心地讲解接下来贾莉拉前往第三国的手续。洋子也因此第一次获知各种材料、各个部门的联系方式以及为避难者提供帮助的非政府组织一览表等信息。最后，她为贾莉拉推荐了一处流浪人员收容所，位于巴黎北站附近，由一家修道院运营。

洋子立马摇头，握住贾莉拉的手，说："来我家，想住多久就住多久！"

所有的事都交代完毕之后，红十字会的女性打量了洋子一番，说："贾莉拉能遇到你，真是幸运。"

"我就是陪同了一下，也没做什么。"

"因为你是记者，出于职业习惯，对书面材料很敏感。所以无论是在警局还是在法庭，你都很在意书面的内容。"

"有这回事？"

"我也是一样。"对方半开玩笑地说，"我读过的 RFP 的伊拉克报导，肯定有你写的。"

这位初次见面的女性终于放开一直交叉着的双臂，拉住贾莉拉的手安慰了一番，随后有些唐突地对洋子说："你不能光去看社会的阴暗面，也要多去享受人生，多保重自己。"

临别之际，对方再次传达出的某种共识，令洋子深为感动。她把各种材料放进包里，仰起脸来与对方碰了碰："谢谢，你也是。"

莳野走进客厅，详细地了解了事情的始末。

"演奏会我真的很想过去，没有办法，因为贾莉拉的事耽搁了。我想你一定能谅解！"

"当然，人命关天。再说，演出的效果也不太好，幸好你没去。"

洋子微微睁开双眼，凝视着苦笑的莳野，略微有些迟疑。

"难道，是我给你造成了什么麻烦？"

"没有，完全是我个人的问题。"

莳野毫不犹豫地否定之后，不知该说些什么才好，只轻轻地抬起手，然后转过身来，看向贾莉拉。她听不懂日语，一直呆呆地坐在沙发上。听说贾莉拉是个非常阳光的女孩，擅长模仿布兰妮·斯皮尔斯，然而此刻她却依然有些魂不守舍。

洋子的房间里摆了许多观赏性植物，白色的墙壁更加衬托出植物的绿色。去巴格达赴任期间，据说这些盆栽都寄存在朋友家。天花板上裸露着老旧的房梁，垂下一盏大吊灯。墙壁的一侧排满了书，法语书占了大多数，日语书约占四分之一，其中许多还是旧式书皮，颇有情调。

玻璃餐桌上摆着洋子和贾莉拉一起准备的塔金火锅。

"看着很好吃啊！"莳野一边摆盘子，一边夸赞。

洋子笑着说："你不是还没吃吗？"

"是啊，不过看起来就好吃。"

"我也没把握。你看这个锅,在马拉喀什的时候,我一眼就看上,所以买了。这么重,带过来还真挺吃力,不过方便,可以做各种各样的菜。"

"你平时自己下厨?"

"当然,这么多年我都是一个人过的,巴黎又没有便利店。"

考虑到贾莉拉在场,这天的交谈以英语为主。贾莉拉不会喝酒,所以带过来的红葡萄酒,最后还是莳野和洋子两个人喝。

那天谈了什么呢?谈了贾莉拉认识中的日本,她今后在巴黎的生活,谈了莳野作为吉他手的生活,人生中遭遇的几件糟事……渐渐地,贾莉拉凝重的表情也开始露出了笑容。

轻快的交谈中,莳野自然地与洋子交换了视线。洋子看起来有些疲倦,不过她的自然之美反而更加凸显。不为任何人,不为任何事的自然之美。老旧的大吊灯下,她的美丽——光滑的额头,高挑的鼻梁,泛着淡淡光芒的卧蚕,看得格外清晰。

洋子注视自己的目光,柔情脉脉,不知隐含着怎样的秘密?时隔一周,不知会是怎样的答案?对贾莉拉,不知她又是怎么介绍自己的?在巴格达期间,洋子曾借给她自己的唱片,会不会顺水推舟地说唱片的录制人恰好也过来吃饭?

马德里演出期间,莳野一直说的是英语和法语,但这一晚用英语与洋子对话,却让他生出了二次邂逅的错觉。

日常的会话,莳野比较擅长法语,英语说起来总有些别扭。洋子则是英法皆精,时不时还给莳野打个帮衬,自然地补足了他说得不地道的地方。

蒔野突然想起洋子之前的话——小的时候不会英语，和父亲见面也说不上话，这才"非常用功地学英语"。而现在，自己正是用"这英语"与洋子对话。他顿时觉得和洋子之间的距离拉近了不少。只是，洋子与未婚夫立下爱情誓言也是用"这英语"。

但今天不是想这种事的时候。

比起这些儿女情长，贾莉拉的这一天实在惊险。倘若简易法庭下达的是遣返命令，那等待她的恐怕就是死亡，今后在这个世上，无论何时何地再也见不到她了。二〇〇七年每分每秒都在更新的人类名单里，她的名字将被永远抹去，就像她的那个学长以及众多的伊拉克人民那样。

千钧一发之际，她逃离了不幸的结局，同时也改变了世界。这个世界，不再是与贾莉拉无缘的世界。她将继续存活于这个世界。想到这里，蒔野忽地对自我的存在生出了强烈的怀疑，同时对洋子赶赴机场一路协助的义举，敬佩不已。毕竟，洋子在伊拉克期间，也险些被人从这个世上抹去了。

吃完后，蒔野把碗筷碟子送到厨房。

洋子一边准备甜点，一边用日语问："今天的演出，累着了吧？能再多留一会儿吗？"

"完全没有问题。倒是你们俩，今天累得够呛吧？"

"我还好，贾莉拉先去休息。……我们再聊聊，有话跟你说。"

"好。"

蒔野坐在沙发上，喝着咖啡，吃着甜点，呆呆地望着自己背过来的吉他箱。微微敞开的窗外传来了醉汉的歌声，他起身去关窗。

"你是觉得冷,还是外面太吵?"洋子收拾完厨房也过来了。

"都不是,我想机会难得,既然把吉他背过来了,就给你们弹奏一曲吧。我能给贾莉拉做的,也只有这个了。"

莳野用英语把这句话又说了一遍给贾莉拉听。

看到莳野背着吉他过来时,贾莉拉其实一直在心中期待他能来一曲,因而甚是开心地说了声"谢谢"。她第一次见到吉他实物,睁大了眼睛。

莳野一边调弦,一边简单介绍了一下乐器,脑海里突然掠过下午的演出记忆。过去的事,本不该如此耿耿于怀。演出突然中断确实不光彩,但自己肯定不会因此而遭到枪杀。

他注视着眼前的贾莉拉,琢磨着该为她弹哪个曲子。或许是目光有些过度热切了,贾莉拉腼腆地转过脸去看了看洋子,两边的脸颊红彤彤的。见此情状,莳野心中生起一股怜爱之情,她不过还是个在校女大学生啊。

音乐自然地在耳边响起,他抱着吉他,弹起了维拉-罗伯斯[①]《巴西民谣组曲》(*Suite popular brasileira*)中的《加沃特-悲叹曲》(*Gavota-Choro*)。

五分半钟左右的曲子,简朴而温暖。莳野坐在沙发上,跷着二郎腿,从容地弹完了整首。《加沃特》本来是两拍子的舞曲,莳野在演奏之际突发奇想,第一次将场景设定为几个老朋友在午后缓慢的时光

[①] 海托尔·维拉-罗伯斯(Heitor Villa-Lobos, 1887—1959),生于巴西,拉美最负盛名的古典乐作曲家,著名的指挥家和大提琴家。

里,聚在一起谈笑风生。

他甚至感觉,手中的吉他正在诉说近来的趣事,而自己正在微笑着倾听。时而点头附和,时而如痴如醉;时而惊叹,时而感动。孩提时的苅野,正如这般总是用吉他"说话",惹得父母、亲戚、邻居都兴致盎然,乐此不疲。那时候,弹吉他对他而言,是一件乐事。

乡愁仅仅是乡愁而已,再没有更多的意味。然而对于可能一辈子都要背井离乡的贾莉拉来说,曲子中掺杂的些许感伤,才是最动情的。苅野设想的午后的和平世界里,当然也包括了贾莉拉。今后,她将在流亡的路上与许多人相遇,将来的某一天或许也会与家人重逢。

曲子最后的一个泛音,为了博得贾莉拉一笑,苅野采用了比较稚嫩的弹奏手法。弹毕,他抬头,看到贾莉拉果然笑容可掬,一个劲地鼓掌拍手。为了抑制心中的激动,她甚至不得不用手按住胸口。看到她如此开心,洋子也很高兴。

"非常美的一首曲子,叫什么名字?"

苅野向洋子借来纸笔,写下了曲名,并推荐了朱利安·布里姆[①]的唱片。

"你录制过这个曲子?"洋子问道。

"录过,不过是很久以前的事了。"

"我没有这个唱片。贾莉拉,下次我们一块儿去买吧。有个叫福耐克的大型商场,里面卖唱片,我们去转转。你一定会很开心的。"

[①] 朱利安·布里姆(Julian Bream,1933—),生于英国伦敦,是一位世界闻名的吉他演奏家及鲁特琴演奏家。

苟野突然想起，自己的新作《美好世界——美丽的美国歌谣》从年初一直搁置到现在。他从中选了路易斯·阿姆斯特朗①的《美好世界》和罗贝塔·弗莱克的《轻歌销魂》，各弹了一个片段。

贾莉拉与洋子异口同声地惊呼："啊！这个曲子我听过。"看到她俩如此欢快，苟野油然生出一个念头——是不是该把搁置的曲子录完呢，虽然之前厌恶得根本提不起劲。

看到贾莉拉逐渐眉开眼笑，他再次意识到了音乐的力量。

即使是贾莉拉这样不幸的人，也能够享受到音乐带来的快乐，这是人类与生俱来的强大力量。而吉他的可贵之处就在于一种亲和力，能够于至近的距离，弹奏出柔软细致的曲子。演奏者其实是在用自己的体温温暖乐器，而在弹奏过程中，观众也不由自主地将各自的体温揉进。

为了让贾莉拉更加开心，苟野适当调整布兰妮·斯皮尔斯的原曲，演奏了《中你的毒》（Toxic）的导入部分。这个曲子他本来不熟，因为洋子在邮件里曾经提到过，他就在网上检索，试着练习过一阵子。

贾莉拉闻曲起舞，一边模仿斯皮尔斯唱歌的样子，一边展示MV里的性感魅惑形象，忙得不亦乐乎。缠绕扭曲的身体，妖娆的吐舌，所有的动作都令人捧腹。苟野已经笑得合不拢嘴，但还是坚持弹奏。屡次看过同样表演的洋子，给贾莉拉打着拍子助兴，最后也是哈哈大

---

① 路易斯·阿姆斯特朗（Louis Armstrong，1901—1971），美国爵士乐音乐家，20世纪最著名的爵士乐音乐家之一，被称为"爵士乐之父"。

笑，鼻梁边都挤出了细细的笑纹。

欢快的场面一直持续到贾莉拉腼腆一笑，忸怩地停下手脚。苛野拉响吉他的琴弦以示曲终，三个人一起鼓掌，相互握手。贾莉拉情绪高涨，豪语道："将来有机会，一定要去斯皮尔斯的演唱会看看，这是我的梦想。"

最后她提了个请求，希望苛野无论如何弹一个曲子。

"什么曲子？不知道我会不会弹。"

"《幸福钱币》的主题曲，能麻烦您弹一下吗？在伊拉克的时候，洋子小姐总是在听。"

"可以啊。今天的午后演奏会，准备最后弹的，结果也没有弹成。正好我现在来一曲。"

苛野半开玩笑地说，给洋子也使了个眼色。然而到底要给洋子传达什么？他心里也不清楚，估计是要宣告——我本来是希望把这首曲子献给你的。

"《幸福钱币》是一部怎样的电影？"

"你没看过吗？下次你们去福耐克的时候也一起把电影碟片买回来吧，很精彩的。"

"我这里有。"洋子注视着两个人。

贾莉拉一直在犹豫。她想问洋子有关索里奇的事，但又不知是否合适。这一天与苛野的交谈中，索里奇的名字出现了好几次，她才终于鼓起勇气询问索里奇的电影。

洋子简单介绍了一下这部电影的主要内容。

第二次世界大战期间，克罗地亚法西斯政党乌斯塔沙①组织成立纳粹德国的傀儡政权，标榜"纯种克罗地亚人"统治克罗地亚，仿效希特勒的种族政策，设立集中营，大量残害克罗地亚境内的塞尔维亚人、犹太人、吉卜赛人，甚至是反乌斯塔沙的克罗地亚人。

影片主人公是一个酷爱里尔克文学的克罗地亚年轻诗人，他藏匿了心爱的塞尔维亚少女及其家人，并参加了反乌斯塔沙的游击队。然而，主人公的儿时玩伴——一名乌斯塔沙的军官，也对那个塞尔维亚少女倾心已久，在主人公助其脱逃之际将她逮捕。

整个故事，描述了三个人之间复杂的爱恨情仇，一直持续到游击队取得胜利，第二次世界大战结束之后。

"为什么影片的题目叫'幸福钱币'？"

"这源自里尔克创作的《杜伊诺哀歌》。十首哀歌的第五首里，有'幸福钱币'这个短语。"

洋子察觉到贾莉拉似乎对里尔克不太了解，就简练地概括说，里尔克是二十世纪德语圈最伟大的诗人。

《杜伊诺哀歌》的第一首写于一九一二年，创作于意大利北部的里雅斯特近郊的杜伊诺公馆（洋子去过一次，是一座屹立于悬崖峭壁上的孤城，可以鸟瞰亚得里亚海）。里尔克从军一年半左右，亲历了

---

① 乌斯塔沙（Ustasha），1929 年 4 月 20 日在保加利亚首都索非亚成立，其目标是让克罗地亚从南斯拉夫独立，其领导人巴维里契（Ante Pavelich）与墨索里尼的意大利法西斯党有密切关系。1941 年，德国与意大利进攻南斯拉夫，乌斯塔沙组织的军队趁机宣布克罗地亚独立，并成立克罗地亚独立国，加入轴心国阵营。1945 年被铁托率领的人民军击溃，克罗地亚再度并入南斯拉夫。

凄惨的第一次世界大战，之后在长期的流浪生涯中，花费了十年光阴终于写成这部哀歌。

洋子手里端着咖啡，娓娓道来。

"第五首悲歌，正好位于全篇的中央，然而却是整篇中最后完成的。时间是战争结束后不久的一九二二年二月。"

说到这里，她起身从书架里抽出一部枯黄的薄本，翻到第五首悲歌的页码。借着这个机会，顺势又将第一首悲歌中非常有名的开头部分口译成英文，读了出来。

这令人战栗的一小节，洋子朗诵时，情感平和，口吻轻柔，大有海纳百川之风，同时又不失诗歌固有的高格调。莳野听得颇为入神。或许是为了贾莉拉，她刻意抑制了情感吧。在深沉温和的语气衬托下，洋子宛如少年般天真无邪的面庞，脱离了中性的概念，升华出兼具两性美的气质。

贾莉拉非常努力地想领悟里尔克晦涩难懂的诗句，面上不由露出了困惑的神色。莳野突然问道："你能用德语朗诵吗？我想听听是个什么感觉。"

"德语我看得懂也能写，但是朗诵的话……"洋子稍稍摇头，低下头来看原文，深呼吸了一次后，小声地读道，"Wer, wenn ich schriee……"

声音低沉，但非常流利，极富乐感。

无论是莳野，还是贾莉拉，都钦佩不已，等洋子读完后，不约而同地鼓掌。

"读得一点儿都不好……其实不应该让我读诗的，我们不是在听莳野演奏吗?"

洋子把话题引向莳野之后,莳野做了个鬼脸,似乎在说我们都已经把这个事忘了,随后转到贾莉拉那边。

"第五首悲歌讲的是,作者在广场上欣赏街头艺人表演。我也解释不清楚,不过感觉起来与其他的悲歌旨趣大不相同。其他的都是向内挖掘,而这个是向外拓展的。我个人的理解,广场以及广场上的街头艺人象征着这个世界吧。我们每个人都尝试着,以一种滑稽的方式曝光各自的人生。电影的结局,银幕上首先出现惨遭兵燹的城市面貌,随之,旁白朗诵出第五首悲歌的结尾部分,接着,柔美的吉他曲应声而起直至结束。这样的画面,无论看多少遍,都教人内心沉重。"

贾莉拉边听边点头示意,比之先前的部分,似乎更能想象并领会这一部分的意蕴。

洋子再度起身,拿出以前的英译手稿,准备一气呵成再朗诵一遍。翻到第五首悲歌的页面,她给贾莉拉使了一个眼色。

莳野也配合着说:"朗读结束后,我这边也马上弹奏主题曲,我们一块儿为贾莉拉重现一下电影的结局。"

他一边说,一边调弦,洋子也笑着表示赞同。

"今后,我的简历里多了一个项目:二〇〇七年六月,与莳野聪史共同演出。"

贾莉拉拍手称好。

洋子先来了个开场白:"看完广场上街头艺人的表演之后,接下来就是这样。"她深吸一口气,朗读随即开始。

> 天使！或许有一个场所，我们不知道，在彼处，/在不可言喻的飞毯上，一对恋人正展示/他们在此间从未达到的技能，/惊险高超的心震造型，/快感凝结的钟塔，/早已单凭彼此相倚的梯架——/绝无立足之地，战栗着，——他们能，/面对周围的观众，无数无声的死者：/死者随后会不会抛出自己最后的，/一直节省的，一直保藏的，永不失效的，/我们不认识的幸福金币，抛向/满足的飞毯上终于真正微笑的/恋人？①

洋子似有所思，眉间稍稍收紧，眼神微微游离，纤细的睫毛有了跃动。莳野追随着每个文字，紧紧地注视着她。

第二次世界大战后荒废的克罗地亚大地、电影主人公干涸的眼神、重逢后塞尔维亚少女坚毅的背影，这三者完美地重合在了一起。诗歌中咏叹的情景浮现于眼前，钱币清脆的撞击声萦绕耳边。

按照电影中的节奏，莳野稍事停顿后，才开始弹奏静谧的琶音小曲。

本打算在今天演奏会的压轴环节中，为洋子献上此曲，孰料最后献予了和洋子一样从伊拉克逃离出来的年轻生命。或许从最初开始，这就是已经确定好的。

这一天的一切，难道不是为了这个年轻的生命吗？

《杜伊诺哀歌》中的诗句闪现脑海——终为何人？人心本无止

---

① 此处引自德文中译版《杜伊诺哀歌》，里尔克著，林克译，同济大学出版社2009年版，第57页。

境，奈何枉费性命？

美好的月夜即将过去，翌日等待众人的，又将会是什么？

演奏结束，余韵即将散去，莳野恋恋不舍地睁开双眼，发现贾莉拉正双手覆面，无声地流泪。

洋子合上书，陪坐在贾莉拉身边，紧紧地抱住无法自制、几欲哭号的贾莉拉。她温柔地抚慰着贾莉拉，同时在忍受心中的无奈。

莳野第一次如此近距离地目睹伊拉克女性的眼泪。贾莉拉的脸颊被泪水浸透，并伴随着持续的哽咽痉挛性地抽动。自己的内心，能否感受到这张泪颜背后无数的牵连？当前的伊拉克，还有无数的脸颊被泪水浸透，甚至有更多的脸颊已然干涸老朽，再也无法被泪水润湿。——他看到的，不过是芸芸众生中的一人。

4

洋子将贾莉拉扶进卧室，一直陪着她睡着。

她的住处，由相邻的两个房子打通而成，如今成了一户两间的特殊户型。客厅与卧室之间没有门，仅靠一条短短的走廊连接。

莳野和洋子，此时看不到彼此，但通过这条走廊可以感知到对方的气息。

卧室的灯熄了，洋子回到客厅。莳野正站立在书架前，把刚才翻阅过的井上光晴著《明日　1945年8月8日·长崎》放回到原处。他没有谈这本书，只是把喝完酒的杯子放到了书架的一端。

洋子没有去深究。

客厅里的灯光也暗了下来,仅留下沙发边的台灯。

"不好意思,又让你久等了。"

"没事,贾莉拉还好吧?"

"睡着了。虽然挺兴奋,终归还是累了。我再给你添杯咖啡吧。"

"不必了,谢谢。"

洋子伸手拿起空酒杯,准备撤到厨房。然而,此刻与莳野独处的静默让她停止了步伐,心跳顿时加速。她抬头看着莳野,鼓起勇气将刚才在卧室里反复酝酿的话说了出来。

"你在马德里的时候,我和他谈了一下。"

"……"

"我说自己喜欢上别人了,想和喜欢的人过日子,希望解除婚约。今天,就是要把这个消息告诉你。"

莳野屏气凝神,一动不敢动。直到一分钟前,他设想的都是相反的结局。这一刻,听到洋子的告白,他百感交集,所有的情感霎时冲到了心头。

洋子一如寻常地坚毅,然而在略含笑意的双眸之中,却也能看到不安的阴影。

此时此刻,莳野方才意识到自己强加于洋子身上的恋爱风险。不光是让她与未婚夫一刀两断,更是在她完美的人生中烙印下一个为人所不齿的污点。

洋子站得笔直,周身不带一点防备,似乎在说只要你需要,不管要做出何等牺牲,我都会答应的。

为了莳野,她奉献了一切,只等他接纳。她的爱,令莳野触动良久。

洋子，就是如此这般勇敢地爱人的吗，勇敢地爱着自己的吗？

面对迈出第一步后有些踌躇不安的洋子，苛野感到从内心深处生出了欢喜，紧紧地把她拥在了怀里。这样，就拥抱住了幸福。

在巴黎重逢后的第二天，苛野飞往马德里。然后，洋子来了例假。身体的变化，极为自然地更正了她长期以来暧昧的态度。

一个女人的一生，有许许多多的节点，来得恰到好处。迟到的信件并不会改变信件本身的内容，例假既然已经到来，它所带来的消息也就不言自明。

洋子强烈地意识到，自己必须忠实于内心的情感。促成一个人的决断，靠的往往不是憧憬和梦想，而是甘于现状可能导致的不安。

她的脚下开始被冰冷的潮水浸湿。洋子再也不能默许自己维持现状了。

她将苛野讲过的话，套在了自己身上，反复念叨：不爱苛野的小峰洋子，在这个世上的任何地方都是非现实的。

在网上视频的时候，洋子告知理查德要解除婚约的决定后，他仿佛挨了一顿闷棍，几乎哑口不言。翌日，他就临时停课从纽约飞到了洋子的身边。

两个人长谈了许久。

理查德激动，悲叹，感伤，时而回忆过往，时而掏出一些笑话，更多的时候是阵脚大乱，不住地询问"为什么"。洋子并不讨厌他，看着他这样，心里也是痛如刀绞。

然而决心已下，九头牛都拉不回来了。洋子几次想流泪，但都忍住了，自己可能没有哭的权利。

理查德仍不死心，先回了纽约，准备下周再过来。洋子没有去机场送行，她不打算再与他会面。

之后独处时，难免恍然自失，她觉得所有的罪恶感都是伪善，只能思念莳野，似乎这样就有了依靠。理查德没有过错，对洋子而言，分手不可能真的毫无伤痛。

洋子依偎在莳野的臂弯里，无论精神上，还是肉体上，都任由莳野摆布。她希望满足莳野的一切，不让他留一点遗憾。她第一次体会到企盼附属于对方的欲望，像奴隶一般附属于对方。在她以往任何一场恋爱的开端，都不曾有过这般如火如荼的欲望。

对莳野的爱，是她重新认识自我的开端。洋子一度考虑，只要莳野爱自己，即便自己不过是他旅途中偶尔拈惹的花草，也无怨无悔。

放弃一段感情的前提，必须是另一段感情足够值得，因此，对莳野要百分之一百地欣赏，不能有半点不满。或许，等自己成了莳野心目中的绝对理想型后，才可能从对理查德的罪恶感中解脱出来吧。

——洋子似乎抓到了"淫乱"一词的新定义。

不只是与平常不同，而是从本质上丧失了自我，将自我完全交给对方，并从中感受到快乐。这种快乐，深不见底，俨然与奥森巴哈同出一辙。现在，自己正淹没于"魂断威尼斯"综合征的官能旋涡之中！

自然升温的欲望使两个人都有些踟蹰，无尽的交吻，缠绵婉转。

贾莉拉就在隔壁睡觉，不能再继续。然而，欲离不舍的焦灼感更加刺激了欲望，只能更紧地抱住彼此。

时间一点一点地夺走了理智，两个人的身体逐渐化作夜晚的一部分，灼热的嘴唇串联了凝视和痴笑。他们躺在沙发上，无声地探索对方的胸脯。突然，卧室里传来贾莉拉用阿拉伯语发出的梦魇之声，随之而来的又是一阵痛苦的呻吟声。

洋子看向苟野，苟野点点头："你过去看看。"她整理好凌乱的衣衫，走进卧室，又陪着贾莉拉睡了一会儿。

回到客厅，苟野和洋子先倚坐在沙发上，讨论了贾莉拉的今后。之后，又互相依偎着躺下，谈了谈两个人之间的事。接吻过后，本待进一步探寻，贾莉拉的梦魇声又响了两次，只得悻悻作罢了。

第三次去卧室的时候，洋子终究在贾莉拉身边睡着了。

苟野并不在意。他呆呆地望了一会天花板，迷迷糊糊之间竟也不知何时去见了周公。

第六章　消失

1

回到日本后，苛野一心惦记着巴黎那漫长一夜。那晚的记忆长久地在脑海中悄然浮现，然而就像所有的回忆那般，闪现的只是一个个片段，即使明明已经回想起了洋子的声音、贾莉拉的笑声，她们的身姿还是像暂停播放的动画一样，不能前进半分。

每次回忆，好似从小山一般的扑克牌中寻找特定的一张，他不仅仅是想翻出旧时的光景，还要与周围的断片也戏耍一番。

刚到洋子住处时的绝望，现在想来已然是个笑话。一直到吃完晚饭给贾莉拉弹曲之前，其实他的内心都是惴惴不安的，然而此刻再回想起来，时光突然变得鲜明，过去的所有不愉快都被染成了暖人的色调。

他既没有在大赛上拿奖，也没有在演奏会上出色发挥，不过是与洋子、贾莉拉一起吃晚饭，一块儿聊天，随后轻松地弹奏了几曲。几个小时中，他的人生空前精彩，简直是个奇迹。时至今日，他仍陶醉其中，心中充满感动，最后又注定般地感到了丝丝不安。

这是为什么？苛野也不太明白。可能是一切都太耀眼了，一旦回到现实世界，美好的愿景反而变为不安的阴影。美好的瞬间，恰似溪流中的香鱼，只能栖息于清澈的上游，一旦冲到下游的日常生活中，恐怕只会死绝灭种吧。

多亏了贾莉拉的存在，自己与洋子并非只是相对而坐，而是为了同一个第三者一起操心，一块儿安慰，共同发扬了作为一个人善良的品质。也是因为如此，自己多多少少体会到了洋子两次前往巴格达，九死一生后回来的无助与纠葛。

多亏了贾莉拉的存在，自己的记忆变得更加美好，更富韵味。尤其是洋子朗诵里尔克的《杜伊诺哀歌》，自己演奏《幸福钱币》的十分钟里，自己与洋子、贾莉拉构成的三角形，仿佛于心中开拓出了一片特别的空间，有着无垠的深度和高度。

也因为未能一蹴而就，苟野才分外想念与洋子缠绵许久后分别于客厅和卧室醒来时见到的朝阳。在斑驳绚丽的睡眠之后，伴随着浑身的倦怠感，昨夜的记忆亦真亦假，如醉如梦。

贾莉拉醒来后发现苟野仍在客厅，好不惊讶，一会儿看看苟野，一会儿看看洋子，似乎有所察觉。苟野苦笑着摇了摇头，也给洋子使了个眼色。洋子耸了耸肩，一副不明所以状，嘴角却憋不住还是显露了一丝笑意。贾莉拉似乎读懂了此刻微妙的气氛，赤红着脸低下了头。

这一天是周一，洋子一阵忙乱后，与苟野一道出门上班去了。留下贾莉拉自己在家。

狭窄的电梯关上门后，两个人静静地拥抱，偷享短暂的欢愉，电梯很快下到了一楼。松开手再看向对方，洋子发现刚刚涂抹的口红印在了苟野的嘴边，赶紧用食指轻轻地揩去。

幸好一楼没有人进来。

晚上，他们三个人在洋子家附近的餐馆进餐。莳野原本打算共享难得的二人时光，最后还是觉得自私，依依不舍地放弃了这个计谋。不过也因为如此，彼此的眼神似乎有了代替拥抱的作用，带着温润与热度。

饭后，莳野将洋子、贾莉拉送回住处，他并没有上去。洋子让贾莉拉先进家门，自己则在门前的黑暗之中与莳野做了最后的拥抱，并约定下个月在东京再见。

莳野无比幸福。

生活中的角角落落，都钻进了爱的光。这光折射、反射，生发出更多更美的线条，令他惊叹，令他无法直视。

所谓的幸福，就是当你想与某个人讲述日常生活中的零碎时，脑海中能清晰地浮现出爱人的脸。

周末的代代木公园里，小孩拿着玩具枪追逐嬉戏，扣动扳机发射出了许多肥皂泡。看到这一幕，莳野随即联想到一件事，马上就在网上给洋子讲上了。

有一次，因为工作上的关系，他和一个音乐人还有一个大学附属医院的内科医生一同吃饭。

那个医生先是道歉，说自己从来没有听过莳野弹的曲子，然后就扬扬自得地说：我觉得音乐不过是一个唤起记忆的工具。在家的时候，除了孩提时代爱听的《哆啦A梦》《一休哥》《假面骑士》这些，从来不听其他的。每天工作忙碌之后，对音乐唯一的期待就是带领自己回味童年的美好时光。巴赫、莫扎特之类听得也不少，但是比起童年时的音乐，我觉得他们简直就是一群假装绅士的俗人。

这个比自己稍微年长的医生对艺术竟如此鄙视、嘲讽，令苛野很震惊。不过仔细一琢磨，也不无道理。因此，他非常想让洋子也听一听。洋子听后，也饶有兴致地评价道："《追忆逝水年华》(À la recherche du temps perdu)的主人公，要是每天都吃玛德莲蛋糕，那种循环往复的记忆可能也会变得很强。"

苛野这次回来后，时差引发的后遗症持续得特别长。天还未亮，他就醒来出去散步，在便利店买东西，找零的一日元硬币被机打小票掀翻掉在了地上，也懒得去捡。他看到橘红色的地平线，仿佛要燃烧一样，突然好想和洋子分享这一刻。苛野拿出手机拍下，发给了洋子。

除了往来邮件，两个人也时常在网上视频聊天。因为日本与欧洲有七个小时的时差，苛野不得不将二十年以来的夜猫子生活节奏调整为早上活跃型。洋子一开始是晚饭过后上线，后来又觉得待到贾莉拉睡下后比较合适，反而有了向夜猫子发展的趋势。

初次见面后开始与洋子互通邮件，至今已经交流很多，苛野饱尝了其中的快乐。

最开始，她处在充满杀戮、毁灭的世界，哪怕只是一封邮件，苛野也希望她能在阅读的短暂一刻中舒展心情，因此总是思虑再三，将文字润色得更加积极开朗才发送过去。到了现在，虽然双方依旧相隔万里，不过已经置身于共通的世界了，苛野可以和她更多地聊一聊这同一个世界中的话题。

总有一天，洋子也可以与自己一起，在梅雨过后天气放晴的周日下午，一道静静地看着小孩拿着玩具枪，一边发射肥皂泡，一边追逐打闹；总有一天，洋子也可以与自己一起，在某个地方偶遇刚刚在医院休息室里被《一休哥》感动得红了眼的内科医生，洋子应该会忍不住窃笑吧。

世界如何才能充满意义？当任何事物，都不仅仅只为了自己而存在的时候。这么多年以来，时野也经历过几次恋爱，但没有哪一次曾经这么想过。与洋子的恋爱，也是一次自我发掘的过程。这个世界，不光是为了自己而存在，同时也必须是为了自己所爱的人而存在。因为所爱的人，即便是愤懑、悲痛的对象也有可能转化为自己的所爱，时野只有在与洋子相对而坐时，才能暂时忘却自身苦恼的根源——喧嚣。

视频聊天，说得最多的自然还是两个人的事。网络不好的时候，一方只要有任何微小的动静，电脑显示屏上都会生出带状的波纹。对话似乎都带着热度。

时野问了自己一直关心的问题：为什么索里奇在拍完《达尔马提亚的朝阳》后，沉默了许久才进入到《幸福钱币》的拍摄？

"那样的电影大家，拍完《达尔马提亚的朝阳》后的九年时间里，究竟在干什么？我查阅了他的相关传记，大多没有触及这九年。"

洋子一时半会儿也答不上来。她知道父亲有这九年的空当，却从来没有深究过缘由。作为索里奇的亲生女儿，这样似乎不太正常。

时野察觉到，问题触及了洋子内心深处的纠结，不过他再不像从前那般畏惧了。洋子审视自己内心时，他就在一边静静地等待与守候。纵然洋子一言不发，静静地等待也足以拉近两个人之间的距离。

他非常喜爱洋子沉思时的表情，也深深为洋子的执着所感染。她深信，每一个答案，给提问者的同时，也是给自己的。这种真诚，也令莳野心动不已。

"现在我们父女间的关系还算良好，但是在我二十几岁之前，一直都比较微妙。不管他有多少不得已的隐情，终归是抛弃了我。在我最想问明原因的年纪，英语说得不好，而当我逐渐掌握了英语之后，却不再想去触碰这个问题。中间，母亲和一个瑞士人再婚后就搬到日内瓦去住了，因此我们母女间的感情也变淡了。与她无话不谈也是长大之后的事，算起来也就是近十五年内。"

"你母亲再婚了吗？和继父关系处得不太好，所以才去瑞士上学的吗？"

"嗯，根本就没有和他说过话。我住在学校宿舍，没有和他一起生活过。与其说是继父，倒不如说是我母亲的男朋友，当然经济上确实帮助我很多。只是还没等我建立感情，他们就又离婚了，之后我再也没有和他联系过。"

"这样啊。"

"我的亲生父亲，在那九年时间里到底干了些什么，下次见面的时候问一下吧。要不，你自己问问？我得快点把你介绍给他们。"

"求之不得，但我好紧张……再说刚见面就问这么敏感的问题，是不是有些冒失？"

"他看起来很凶，人是很好的。"

"能拍出那样的电影，我想也是有着深沉善意的人。"

"我父亲对我不太方便讲的话，可能会跟你说，都是搞艺术的嘛。我父亲非常喜欢古典吉他,你们一定会谈得来的。"

"我现在是父母双亡,要是有机会的话,也很想尽快见见你的母亲。"

"好啊,我母亲原来和我一起在巴黎听过你的演出,那时你还只是个高中生。要不下次和我一起回长崎老家?她现在一个人住,我要是回日本的话,都会尽量过去看看。"

"要是方便的话,非常想去!"

"我母亲虽然不是搞艺术的,但也和一般人很不一样。她那个年代,没有几个人会跑到欧洲去和南斯拉夫人、瑞士人结婚的。"

"你母亲为什么这么特立独行?"

"无论我问多少遍,她总是不说。不过,之前她确实说过不愿意待在长崎。我母亲还不懂事的时候,就碰上美军在长崎投放原子弹。因为住在长崎偏南的地方,侥幸活了下来。这件事,她一直瞒着我,也不准姥姥给我讲,我还是从父亲那里听说的。关于那次原子弹事件,都是我长大后自己看书才了解的。"

"去你家的时候,就发现有这方面的书,当时我就猜是不是和长崎的原子弹有关系。"

"对,有林京子[①]、竹西宽子[②]、原民喜[③]的小说,当然,这也是工

[①] 林京子(はやし きょうこ,1930—2017),日本小说家,本名宫崎京子,1945年曾遭遇美军原子弹核辐射。
[②] 竹西宽子(たけにし ひろこ、1929—),日本小说家,1945年于广岛遭遇美军原子弹核辐射。
[③] 原民喜(はら たみき、1905—1951),日本诗人、小说家,其作品大多与其在广岛遭遇美军原子弹核辐射的经历有关。

作需要。遭受原子弹核辐射的受害者中，女性在结婚时尤其容易受到歧视。从母亲的性格来看，她离开长崎估计是想从这方面的歧视，从这个沉重的阴影中解脱出来吧。"

"有道理。"

"据父亲说，母亲内心有两个矛盾的心理。一方面是逃离长崎后的内疚，使得她不能充分享受人生，总有些郁郁寡欢；另一方面是担心核辐射的后遗症，所以总是被及时行乐的焦虑所驱使。她最后嫁给父亲，也是因为父亲能够理解她内心的苦楚。我经常问自己，为什么要两次前往伊拉克，估计这里面有母亲的遗传吧。虽然我不太愿意承认，哈哈。"

"这些话你应该早点告诉我的。"

"但是我可不想一开始就和别人谈这样的话题，这完全不能吸引人嘛。我还有很多其他的卖点。"

"这个我当然知道，我还知道得挺详细呢。"

"谢谢夸奖。不过现在，我希望你知道这些内在的东西。"

"我完全是当作自己人生的一部分来听的。"

"顺便还有件事要说一下，我感觉你总是想在我身上寻找欧洲的元素，但我自认为并不是你想象的那样。之前在伊拉克的时候，听你弹巴赫，我思考过这一点。"

"是上次说的那个吗？"

"战争期间，侵略的一方残害了无辜的一方，这当然是不容忽视的问题，但我们同时也应当站在'人类'的角度上来看问题。我们要去考虑，作为一个人，哪些应当做，哪些不应当做。和别人相比，自己做得挺好啊，自己的国家也还过得去啊，诸如此类的相对论，说穿了，是与侵略者沉瀣一气，我打心底里不赞成。受害者绝不是相对的存在，而是绝对的存在。长崎被投放原子弹，但伦敦也遭受了空袭嘛，两者都非常惨烈，所以就不要再提以前的事了。这种言论是绝对不行的，绝对不能如此模糊地处理。对受害者来说，我们最需要的是站在全人类的高度去思考。这样的想法，如果你认为是欧式思维，也说得过去，可是我很难苟同。"

"当然，我明白你的意思。"

"说到底，你的音乐是受全人类喜爱的，贾莉拉听后不是也感动得一塌糊涂嘛。"

"那主要是因为你朗诵得好。"

"你要是觉得我说的太幼稚，那就用我父亲拍的电影举例。电影表现的不正是超越民族、文化、宗教的思想吗？这不仅仅是一个口号。在伊拉克，正是因为无法超越各自的种族、宗教，才酿成了那么多的悲剧。"

蒔野极为认真地听取洋子说的这番话，犹如听亲人在讲。

初次见面的那晚，洋子令人瞠目的人生阅历，让蒔野觉得遥不可攀。但现在，一切变得格外真切——今后，他的人生将持续地与之交汇。

"人类"这一概念，也是音乐人需要思考的，只是这个概念实在广大无边，不好把握。通过与洋子的交流，蒔野似乎抓到了切入点。这个切入点，或许可以将他的音乐带入到一个全新的领域也未可知。

洋子为莳野付出了巨大的代价，然而她从未挂在嘴上。事情远不止解除婚约这么简单，她还必须向家人、亲戚朋友去解释，也要去婚礼公司取消合约，各种琐事，林林总总。莳野的幸福正是基于洋子的付出，而洋子付出得越多，他就越是无法忍受自己停滞不前的音乐人生。

莳野在马德里音乐节上表现平平，年轻一代的出现也让他感受到空前的压力，最要命的是在巴黎的演奏会上竟然失手……前后的剧烈反差，让他有些焦躁。好在和洋子的感情已经修成正果，他可以稍微舒口气。

以往，莳野自然地就能感受到音乐创作的充实，眼下却大有江郎才尽之感。倘若音乐人生的幸福与洋子带来的幸福能够合二为一，该是多么欢喜啊。

他深知，绝不能仅仅依靠洋子给予的幸福而活着。

音乐才是人生的根本，是唯一发源于自身的精神慰藉。他人绝对无法替代，也不存在任何替代品。他耻于自身在音乐上的无能。长此以往，恐怕有朝一日连洋子的爱都无法拥有了。

他没有将这一苦恼告诉洋子。他不排斥洋子的爱可能带来的变化，不过骨子里还是个自立主义者，就像宫本武藏[①]说的那样，"佛神虽尊，不拜佛神"，有些事可以向洋子求助，有些事却不行。万一洋子的意见与自己不合，自己一赌气不知会搞出什么事来，想想都叫人

[①] 宫本武藏（みやもと むさし，1584—1645），江户时代初期的剑术家、兵法家、艺术家，二天一流剑道的始祖，以"二刀流"剑术闻名于世。

胆战。因而，莳野的结论是，外甥打灯笼——一切照旧。音乐上的困难，除了自主克服，别无他法。

莳野绝不认为音乐上的困顿源于洋子。

自己状态下降的苗头，在去年的巡回公演时就已经显现，而那时与洋子尚未相遇，此外还有来自年轻一代的压力。从目前的阶段来看，洋子的爱令他更加难以承受音乐上的困顿，这确实是个滑稽的现实，但是自己几十年的职业生涯难道会如此不堪一击，仅仅因为沉湎于恋爱就导致水平下降吗？

令他意外的是，三谷似乎认定原因就出在洋子身上。马德里音乐节上战绩不佳，她认为原因出在洋子身上；突然中断唱片的录制工作以及去年年末以来的各种变化，她也认为源自洋子的干扰。她不相信所谓的音乐人生低谷。

莳野并不怀疑三谷的热心肠，也正因为如此，才更加暴躁。三谷煞有介事地讲，音乐创作以外的事她全包了。莳野听着她认真的语调，不由抬高嗓门回敬说："那就先把唱片公司收购的烂事处理好！"

以前他看到其他音乐人训斥经纪人时都是一脸错愕，想不到如今自己也控制不好脾气了，不由得生出几许自我厌恶。最近有好几次，他都像这般没克制住，且起因都在三谷。三谷为什么屡屡跟自己唱反调呢？但是每次发完脾气，看到三谷一脸的气馁，又打从心底里觉得对不住她。

两个人的关系如果继续恶化，只能让音乐公司换人了，这样对双方都好。不过年初才把唱片公司的是永换走，在这个节骨眼上又要换经纪人，容易贻人口实。再者也要考虑木下音乐公司里是否有更合适的人选，思虑了很久，他竟然没想到有哪个经纪人比三谷更热衷于自己的音乐。

蒔野的想法是先把各种杂事解决好，然后再全身心地投入到自我重建、自我提升的练习中。临了却有些首鼠两端，这样的理想主义行得通吗？

开演奏会，录唱片，这些已经成了日常节奏，二十年以来对于维持他的演奏技巧具有重大作用。而所谓排除这些杂事就能获得音乐上的飞跃，是漫画中才有的热血情节，是抚慰心灵的妄想。这种企图，不啻为病急乱投医，只会让人更加手足无措。

另外从年龄上来看，这种自我封闭式的做法，也绝对难以收获丰富的音乐性，说不定还会产生相反的效果。

事实上，现在他取消了一切的演出计划，中断了所有的录音工作，年度安排里出现了少有的空闲。这反过来令他陷于深深的不安中。当下练习的时间不少，然而他的停顿状态，绝不是反复练习就可以克服的。

2

洋子与理查德解除婚约一事旷日持久，暂时看不到尽头。

她也不愿看到自己的一段感情，不清不楚地结束，好像是恋人之间拌嘴吵架后断绝联系一般。而始终不愿放手的理查德经常发来邮件，其中有些还非常情意拳拳。

大约过了两个星期，初始的冲动缓过劲来，理查德开始改变调子，说要原谅洋子的"出轨"行径。

> 你不顾生命危险，只身前往伊拉克，哪怕内心再坚强，最后精神上出现一点波动也是人之常情。这个时期，我不能陪伴左右，我也有一定过错。背叛固然是背叛，我确实受伤不轻，不过你毕竟处在"婚前抑郁"时期，也可以理解。
> 过去的事就让它过去吧！我们还是照常结婚。比起那个第三者，我更了解你，毕竟我们是从大学时代开始的。那时你就是那么可爱，与今日一般伶俐。我的爱丝毫没有动摇，甚至变得更强烈。这一点我深信不疑，也希望你相信。

在理查德看来，洋子与莳野并不是恋爱，不过是一时兴起的出轨。这样的逻辑，于他而言，十分自然；于洋子而言，却非常意外。迄今为止，她还从未在一段恋情的过程中出过轨。

理查德的口风转变，似乎是受到了某个高人指点，角度新颖，直截了当。他的邮件，就像深夜电视购物节目里推销园林大剪刀和高压冲洗机那样，很有说服力，似乎适用于所有分手的场合。

不过洋子没有半分要与他复合的念头，只是突然对自身所处的位置感到迷茫起来。

与理查德分手后，她获得了人身自由，不带任何愧疚，她全身心地投入并自认为已经行进到与莳野的恋爱中。然而在理查德的思维里，她尚且处在他的感情圈内，现在只是开了个小差出去呼吸一下新鲜空气而已。

洋子当然厌烦理查德的这套逻辑。只是这件事情如果处理得不好，可能就要在她心里留下难以抹去的阴影，就像钩到毛衣上的金属饰品一样，胡乱抽拔只会牵扯出许多毛絮。

理查德的一些东西还留在洋子家里，订婚戒指也没有还过去。那次表明态度时，洋子说要还给他的，他硬是不肯带走。

也不是没考虑过邮寄，但东西毕竟不便宜，万一出点什么差错就不好了。另外，洋子对理查德还是有些罪恶感，想着至少还是当面返还比较合适。

反过来，理查德觉得洋子暧昧的心态正好说明了她内心的摇摆，因此创造各种借口，一直与她保持联系。他每次联系也不是强求复合，而是回到之前谈恋爱时的口吻，有的时候甚至径直把事情说清楚后就挂断电话，大有放下一切的态势。

另一方面，来自亲朋好友以及理查德家人方面的调解也不少。尤其是理查德父母发过来的信件让洋子心痛不已，他们都是上了年纪的老人。

理查德的姐姐克莱尔和洋子特别合得来，并且由衷地希望洋子加入自己的亲人队伍中，两次打电话过来劝和。洋子就告诉了她莳野的存在，克莱尔仿若亲人一般地问道："对方已经求婚了吗？"

听到洋子说还没有到那一步，克莱尔舒了一口气。

"我们一家人没有谁会怪你。真的，你再考虑考虑，理查德真的很爱你。我作为姐姐，看得出来他是个很疼人、很老实的男人。他头脑灵活，经济状况也不错。我是第一次看到他这么痛苦，这也是正常的，绝对不会有比你更适合他的女人了。回到我们的身边吧！忘了那个第三者。"

很自然地，洋子与莳野经常展望两个人今后的生活。她觉得两个人是要结婚的，只是莳野还没有正式求婚。

那晚的拥抱，让莳野挣脱了一切，只记得"我爱你"三个字，另外考虑到贾莉拉也还在，最终就错过了求婚的机会。

回到日本后，他一直惦记着这个事。在一次视频通话中暗示了一下。洋子只是摇摇头，微笑着说："你这样是不是也太不解风情了？至少也应该当面求嘛。下个月我去日本。你现在求婚，我总不能跳到屏幕对面去吧。"

"也是。那先把这些话藏在心里吧，不过我想让你知道我的心意，我是认真的。"

打那以后，莳野再也没有提过求婚的事。然而，洋子却后悔自己说了这番话。

两个人都是奔着结婚去的，这一点毋庸置疑。只是原本计划七月在东京碰面的，却因故延迟到了八月后半段。洋子觉得早知如此，应该将订婚一事至少在口头上确定下来的，她感到了几分不安。

洋子之前计划与理查德一家一起度假，时间定在八月末，地点选的是加勒比海边的坎昆。理查德打算在此之前拿结婚证，然后将这次旅行打造成蜜月之旅，婚宴则待到洋子搬到纽约后再举办。他甚至觉得如果洋子觉得不尽兴，还可以在寒假的时候两个人单独再过一次蜜月。

为此，洋子之前向社里请了八月的假，而为了去东京见莳野，她需要把休假调整到七月。七月正好人手紧张，社里迟迟不予批复，等到好不容易批下来七月后半段的四天假期时，各家航空公司的机票都已订满了。而且，莳野的行程也不太方便。

所谓好事多磨，面对这么一个情况，洋子很无奈，莳野也只能对此表示理解。

短短个把月的延期，却让洋子生出一股类似透视的错觉。不安笼罩着内心。两条平行延伸的铁轨在遥远的地平线上汇成了一点，而实际上，走过一个站，再走过一个站，风景依旧没有变化，两条铁轨也始终不见交汇。站在当下遥望未来，终将交汇的两点，不过是她的幻觉罢了。

之前为了与理查德结婚，洋子提交了前往纽约分社的调职申请，这回又把申请给撤回来了，通讯社内部难免有人说闲话。两次外派到伊拉克的日裔美女记者，虽然很低调，也改了姓氏，毕竟是拍摄《幸福钱币》的那位大导演的女儿，还是很扎眼。想调到纽约分社去的人很多，一般都很难选上，最后是洋子拿到了批文。另外一个部门的女记者比洋子先提交却没有选上，难免抱怨，愤愤地对同事说是洋子抢了她的机会。

没想到，这个洋子又突然提出申请要到东京分社，理由竟然是结婚不成。她跟上司解释了前因后果也无济于事，刚刚浪费一个名额，这次无论如何也无法立即批复，说在未来的一两年之内同意的可能性很低。于是，洋子开始认真地考虑辞职的问题。

她要与苇野结婚。虽然双方尚未确定这一关系，实际上与已经订婚已经没有多大区别。

实际上。——但，真的是这么回事吗？

两个人仅仅见了三次面，肉体上也不过限于接吻而已，最多算是打了擦边球，根本没有迈开决定性的一步。——这也很少见吧？洋子告诉了巴黎的好友自己要解除婚约，与苇野开始一段新的恋情，却下意识地没有提到以上这一点。也是，将心比心，倘若自己听到类似的经历（排除宗教上的因素），肯定会说："肉体的交融也是很重要的，至少应该实践几次后再做抉择。"

毋庸讳言，洋子与苇野都是成年人，有理性判断的能力。恋爱有许许多多的形式，不能仅仅因为没有肉体上的接触就怀疑两个人之间的感情。如果因此而武断地给他们的关系下结论，是十分浅薄的情绪化的行为。作为一个男人，苇野应该更介意肉体上的接触，不过他完全没有提，估计也是出于这方面的考虑。

洋子一直放不下，说到底还是有理查德的影响。

在逐渐被苇野吸引的期间，理查德不断索求的就是肉体上的结合，他想以此弥补两个人不能长期相处的缺憾。倘若理查德获悉自己与"第三者"根本没有肉体上的接触，他肯定会狂喜。对他来说，这样的情感根本称不上移情别恋，根本算不了什么，根本不是出轨。

与理查德的缠绵，说不上刻骨铭心。洋子希冀的是，在与苇野的爱情里，自己能够沉浸于空前的荒淫之中——没有任何退路地，在苇野的怀抱里，彻彻底底地沉沦。

客观地讲，洋子对于婚姻实质的渴望，几乎与理查德在肉体上的渴求一模一样。她下意识倚靠的，正是这残酷的事实！

这一年，巴黎的夏季酷暑难耐，甚至超过了二〇〇三年（当年，多人死于天气炎热）。

大量员工暑期休假，通讯社人手紧张。洋子一面要去了解刚刚提交国会的新移民法，一面又要去采访医疗机构的防暑对策，以至数月以来养成的晨跑习惯也不得不搁置了。吸取了之前的教训，这次她在自家屋里装了空调，只是开着空调整晚整晚地吹也是不可能的。进入七月后不久，她就苦于每晚的睡眠不足。

贾莉拉的滞留，比当初预想的要久。洋子花了两百欧元购置了一张简易沙发床，开始一个人在客厅里睡。贾莉拉知道是自己的梦呓声吵着了洋子，想把卧室的大床还给洋子。

洋子笑着安慰说："你还是睡卧室，我有的时候也想睡客厅。何况我的睡相好，床小也没有关系。"

贾莉拉知道她在半夜还要看书、工作，以及和苻野视频聊天。虽然心里过意不去，还是放弃了谦让。

搬出卧室后，双方都能保持适度的隐私，洋子也放松了不少。唯一让她苦恼的是，搬出来之后开始屡屡做同样的噩梦。

每次都是马尔基娜酒店一楼自杀式爆炸前后的光景。

几个男的进入酒店一楼的大堂。实际上，洋子当时未必就与那几个恐怖分子正面对视过，事后她也不断提醒自己并未与他们对视过，然而在梦中，她与那几个男的离得特别近，他们有的时候狠狠地盯着自己，有的时候甚至用阿拉伯语在吆喝自己。

那是办妥一切身后事，随时准备退出这个世界的人独有的眼神。几分钟后，一声巨响，他们瘫倒在大理石地板上，成了死人。洋子的整个世界都在那一刻停止。男人的眼神亢奋到近乎战栗，永远定格在行将就死的那一刻。他们的瞳孔反射了酒店大堂的大吊灯散发出的璀璨光芒，映照出走进电梯时的洋子……

噩梦进展到这一步，洋子或是心跳加速着惊醒，或是继续目击现实中未曾见到的爆炸现场。

封闭的电梯轿厢一角，她瘫坐着等待救援。极度的恐慌让她几乎窒息，喘不上气，恐惧化出了实体，狞笑着欺压到她的身上。

以前也听人说起过循环地做同一个噩梦，但洋子自身经历过后方才意识到问题的严重性。她甚至有个幻觉，当日从巴格达回巴黎之际，还有一个自己并没有上飞机，她至今仍留在马尔基娜酒店，被不断卷入恐怖袭击事件。

与莳野聊完已经是深夜，洋子关上灯，躺在不太舒服的沙发床上难以入眠，担心自己又要做同样的噩梦。

巴黎的夜晚，巡逻警车的鸣笛声经常响彻大街。此时，她总会突然想起那一晚巴格达的寂静。

想梦见的人不出现，不愿做的梦却挥之不去。白天，她是自由的，可以做任何事。可到了夜晚，她从同僚、朋友身边被剥离，一个人被带回到死亡的世界中。

天气炎热，加之疲劳过度、睡眠不足，洋子犯了偏头痛，工作的时候也无法集中注意力。她总感觉到倦怠，无论何时何地，仿佛现实世界正逐渐离自己远去。不管怎么伸手，怎么奔跑，她总是抓不住这个世界。

夜晚的大脑,容量似乎已经饱和,以至于洋子在白天也开始产生幻觉。

第一次,是在地铁四号线去红城堡站附近采访的路上。

早晨的气温就已上升到38℃,涌进车厢的乘客头上冒汗不止,T恤也被汗水浸湿粘在了胸前。大家一个劲地用手帕擦拭,同时不停地用手抖动胸前的衣服。

巴黎的市民都避暑去了,游客也很少,毒辣的阳光填满了空荡荡的街道。通向地铁的阶梯,光线昏暗,适才根本没注意到的喷泉的明亮影像突然在洋子的视野里投下了浓重的残影。

进入地铁车厢后,她坐在了靠近车门的折叠座位上,开始翻阅采访的相关资料。

车厢内汗臭弥漫,空调的制冷效果也不佳,后面的乘客甚至直接打开了车窗。漆黑的隧道内,铁轨的摩擦声轰鸣刺耳,偶尔迎面驶来列车,带起强大的冲击波,裹得乘客都轻微地晃动了一下。因为没有游客,列车到斯特拉斯堡—圣德尼站的时候,只零星地上来一些住在巴黎市区北部的当地居民。

列车门关上后不久,洋子突然察觉有人在盯着自己。抬头一看,对面一个阿拉伯地区的青年,给她使了一个若有所思的眼色。

那个爆炸犯的眼神瞬间闪现,旋即又消失!

她竭力掩饰手中的颤抖,把资料放回包内,慢慢起身,身体倚到车门上。车内广播提示下一站到水塔站。她按了一下车门上的按钮,门没有开。车窗对面的黑暗中,是另一个自己,她还被困在噩梦中,为了打开马尔基娜酒店的电梯门,正在不停地按键。

车门一直不开。周围的乘客注意到陷入恐慌中的洋子,用异样的眼光注视着她。列车进站后,还没完全停稳,洋子就夺门而出,在站内找到一条长凳坐了下来。她用双手遮住脸,止不住地颤抖,甚至不敢看一眼已经关上车门开往下一站的列车。

洋子震惊的是,这一系列的不良反应只是起因于一个阿拉伯地区的青年。她最近还在新移民法相关的新闻报导中,批判社会上的"伊斯兰恐惧症",斥责他们一见到阿拉伯人就想到亡命徒。——真是讽刺啊。

无关正义感,洋子只是对这种歧视的思想一直深恶痛绝。首先,不管是从人种还是文化来说,她自己的人生经历就与"纯种"完全无缘。此外,毕竟她才是真正去过伊拉克亲历了恐怖主义,并与深受恐怖主义之害的穆斯林有过接触的人。伊拉克当地,因为无法区分平民与恐怖分子,确实有美军误杀平民的情况,为此还引发了当地居民的强烈反弹。然而,倘若事先认真做好调查,挑选信誉好的向导,完全可以规避这些麻烦。

就是这样的自己,竟然在一个闷热的地铁车厢内,将眼前的阿拉伯青年与自杀式爆炸的恐怖分子关联起来,还吓得惊慌失措!

洋子的内心已经开始有些失衡,她好似端着一个几乎难以承受的大盘子,上面摆满了许多滚珠,需要费尽心力去保持这些滚珠的平衡。顾此失彼,手忙脚乱之间,所有的滚珠反而都要跑出去了。就是这样，不断重复。

洋子找了原来一直给自己诊断的医生。从巴格达回来以后，她有一阵子没有去咨询了。

医生的结论是中度PTSD。她把贾莉拉暂住家中一事也告诉了对方，医生说即使睡眠环境得到改善，外伤性事件过后数月至半年内，PTSD的发作仍然比较普遍。

"PTSD的本质是，持续性回避外伤性刺激，以及全面的精神反应麻痹。那个伊拉克女孩的存在，唤醒了你逐渐淡忘的巴格达的记忆，而你的身体却在拒绝这些记忆，这种可能性也不是没有。"医生停顿了一下，继续担忧地说道，"不过一般论都是没有意义的。关键是，对你而言，贾莉拉到底有多重要？"

面对某些关键问题时，洋子总不会立即答复，通常都要沉思片刻。为了让医生全面真实地了解情况，她认真思考过后还是毫无隐晦地吐露了心声。

"我把她当作自己的亲人对待，这是我的心里话，我肯定也会努力去做到这一点。在地铁上，那个阿拉伯青年不过是看了我一眼，我的心里就突然生出'穆斯林恐惧症'，这令我很自责，马上又想到了贾莉拉。不，不是的，我并非恐惧穆斯林，我现在就确确实实地在关照一个从巴格达艰难脱险的伊拉克女性。我并不是种族歧视者，这一点，至少贾莉拉可以作证的。"

"原来如此。"

"在很多意义上，贾莉拉已经成了我的一种依靠。……我的内心，确实有什么东西破了，坏了，在巴格达。即使回到巴黎后，也与别人不太一样,我和同事的距离太大,聊不到一块儿。但是贾莉拉住进来之后,我觉得自己多了一个知己,有人能够理解我,她成了我心灵的支柱。不知多少次,她的存在本身就让我清静了不少。她来了,真好。比起她的经历,我在伊拉克的那点事几乎不足挂齿。正因为如此,即便我与巴黎的朋友沟通有障碍,也不好意思去强调当中的缘由。但是贾莉拉知道,她懂我,不用我说什么,她就懂我。那一天,我要是在酒店一楼的大堂多待一分钟,就会命丧黄泉……她知道,她为我哭,她一直很担心我。倘若巴黎这边有人大放厥词——'你不就是去了六周吗?前后两次合起来,充其量不过是三个月,又不是冲锋陷阵,不就是在酒店一直待着吗?'——贾莉拉肯定会义正词严地为我辩护。我在那边确实没取得什么显著的业绩,这种无奈和无力感,我比谁都明白。最后,我为了自身安全而罔顾了伊拉克人民的安全——诚然,这种说法有点自吹自擂的意味,但无论如何,眼下保护好贾莉拉是我唯一能够为伊拉克做的实事。伊拉克每天都有大量的平民丧生,我只希望尽一点绵薄之力,能救一个算一个,这个想法应该不能算浅薄吧。与贾莉拉的生活,让我更坚信这一点,让我体会到某种重量。"

洋子担心医生会劝自己与贾莉拉分开,越说心里越虚,所以强调贾莉拉需要帮助的同时也竭力证明自己更需要与她生活在一起。只是,她的这番话说得像精神科医生那般太有条理,虽然有一定的说服力,但缺乏了激情,没有热度,让人感觉千篇一律。

"对你来说,如果她很重要,并且你本人也对她有好感,一起生活肯定不是什么坏事。不过你觉得自己与她相比没什么大问题,这种掩耳盗铃的思维不可取。你确实是去过战场的人！你认为自己可以忍受并克服这些经历带来的问题，但其实不一定。你想想你以往实际采访过的那些人。"

听了医生的讲解，洋子咬住嘴唇不知道说什么好，她惊讶地发现自己的眼中蓄满了泪水。长呼一口气，她轻轻点了点头。

"你说得对。我好像明白了为什么弱者反而容易去责问自己，看来还是自尊心在作祟。"

"当然也有这方面的原因，自尊心本来就是很重要的。战争从一开始就超越了人类忍耐性的极限，你不该过于自信地认为自己可以轻松恢复。"

"为什么我老是做同样的噩梦？我自己找了相关的书来看，希望能弄清其中原因。那个梦到底是什么？如果我能用语言把它的意味表达出来，是不是就不会持续重复了？我想，它应该不是在暗示贾莉拉让我回想起过去不愉快的事，要远离她。"

"噩梦的解析，很棘手。不过至少可以说，你的身体发出了警告，它不愿再经历同样的事。你的身体就像一个高灵敏度的探测器，纵然你的意识清楚地明白普通的阿拉伯移民与恐怖分子没有直接关联，警报还是响了。你目前处在不稳定的状态，不宜过多地理性分析问题。你可能一厢情愿地认为没有什么大问题，但你的身体反应很诚实，它会告诉你至今受到的伤害实际上有多么大。一旦正式形成警告模式，就不太容易解除了，这也是问题棘手的地方。"

"那只能等？"

"药还是要用的，生活上也要稳定，这样应该会慢慢改善。不必悲观，一定会好转的。现在，不要试图回到原先的自我，而应该努力去适应事件之后的自我，如果能做到这一点，你的症状应该很快就会消退。"

"也就是，过去是可以改变的。"

医生考虑了几秒，点了点头："说得好，通过你以后的生活去改变。"

洋子露出了这天最平静的表情，轻声说："这是我最心爱的人，告诉我的一句话。"

洋子无时无刻不在想念着苟野。晚上睡不着的时候，她总是躺在之前与他缠绵的沙发上，不断地回忆往事。一年前的自己还没有邂逅苟野，真是不可思议啊。

十一月的那天，刚刚认识不久的是永如果没有邀请自己参加演奏会，那么现在，自己将是"未与苟野相爱的小峰洋子"。再假如，苟野前往马德里演出的期间，自己没有下定决心与理查德分手，那么现在，自己将是"放弃与苟野相爱的小峰洋子"。

她仿佛徘徊于有数个出口的迷宫中，比起走错路就不得不再从头寻找的迷宫，无论走哪一条路都会有出口的迷宫，来得更加残酷。

她一方面希望奉献一切，另一方面又觉得应当维持自我独立。她摇摆于互相矛盾的两种心理之间，不知该如何抉择，感觉要被撕裂了。

医生告诉洋子：PTSD的症状，快也要将近一年的时间才能治愈，因此要确保今后一年的时间里万事不能操之过急。洋子已经适应了当前巴黎平静的日常生活，但一年的静养，依然太过漫长。

咨询过医生的意见之后，她读了好几本PTSD方面的书籍。然而，她的大脑不断掠过在伊拉克期间经常听到的一个单词——uncontrollable。

工作时间里，她勉强可以控制情绪，因而同事中还没有谁注意到她的内心变化。

最让人担心的是，眼下情绪的波动是否会影响与莳野的重逢？去东京之前的日子里，她每天都在祈祷，祈祷上天能不能开个恩，使自己的身体奇迹般地恢复，恢复到在巴黎与莳野见面那晚一样健康平稳？

她也不是没考虑过把碰面的时机再往后延一延，但是延到什么时候合适？她的身体至少需要一年的时间，然而一年的时间却足以毁掉两个人的感情。

她等不了，也不想等。她想尽早见到莳野，尽快与他结婚生子。不知从何时开始，她有了这番切实的诉求，甚至为自己四十岁的年龄开始感到焦虑。

八月第二个星期的一天，时隔多日是永突然给洋子发来一封邮件。

去年十一月，听完莳野的演出返回巴黎前，洋子还单独与是永吃了一顿饭，自此两人成为好友。她在巴格达期间，双方也有过几次联络，只是最近没什么往来。

是永发邮件过来，一方面是咨询巴黎有哪些可以推荐的饭店，因为她的父母准备暑假去巴黎旅游；另一方面是告知自己换工作的近况，原来供职的唱片公司被收购了，过完这个夏天，她打算辞职去一家创意家电公司的公关部门。

洋子察觉到是永简短的邮件背后似有弦外之音，于是周末找了个时间，在网上小叙了一番。

是永挺高兴，各种话题前前后后谈了将近两个小时，顺便将邮件中提到的跳槽一事的前因后果讲了个详细。

以前，洋子就听说过音乐界的萧条，只是没有想到现实情况竟然如此糟糕。听到具体的唱片发行数目后，她不由得一惊。

"苻野的情况怎么样？"

洋子还没告诉她自己与苻野的关系，打算等谈话进行得差不多了再和盘托出。

是永对洋子突然提及苻野并不意外，只是半叹息着说道："这个……老实说，我已经不负责他的事了。"

"嗯？怎么回事？"

是永解释了一下原委：围绕苻野的新唱片《美好世界》，自己与他产生了意见上的分歧，最后公司介入，更换了负责人。从她的角度来说，自己已经尽了力，对苻野也做了最大限度的让步，因此这件事的冲击不小，也成了她对音乐界丧失信心的一个契机。

洋子完全不知此事，对是永也是一番同情。谈话意外生变，好像不太适合挑明自己和苻野的关系了，她接着问道："苻野在工作上不好相处吗？"

"倒也不是,作为艺术家来说,是很好相处的。有待人处事的基本常识,与你上次见到时一样,很随和,心也细。而且我之前从来没有与他正面冲突过,所以更感到意外了。"

"为什么会起冲突?"

"本来不该说的,既然你问到,也就顾不了那么多了。我判断,他极有可能是陷入音乐人生的停滞期了。这对一个音乐人来说,很痛苦。最近业内都在传这事,虽然他本人讳莫如深。"

"……"

"他六月在巴黎演出的时候,听说中途抛锚了,当时我的一个朋友就在现场,大家怀疑是他的手出了什么问题。我听了这个消息,也是将信将疑。不过前天在东京的一个音乐活动上,他的演奏平平庸庸,简直像是换了个人。"

"有这回事?"

"估计他本人也相当焦躁吧。你没有和他联系过?"

"呃……"

"我还以为你们有联系呢!去年的演奏会后见到你,苟野高兴得不得了呢,事后还到处跟人说你的事。"

"你当时不是说他见一个爱一个嘛,我特别警惕。"

"那一半是玩笑话。大家谈到他为什么不结婚这个话题时,总是开玩笑说因为他太受欢迎所以不结婚更方便。其实我也不是很清楚他的私生活,他本人也从来不讲,我们都是瞎猜的。说起来,这个世上估计也难得有哪个女的能配上他这个天才。我负责过许多音乐人,从来没有哪个像他这样能干,不管是拉大提琴的、小提琴的,还是弹吉他的，都没有他出色。虽然不知道他平日里是怎么生活的，但有的时候能在会场上看到他若有所思的表情，他的人生肯定不简单。唉，平时的练习，登台之前的紧张，那些事想想就够麻烦的了。大家都说，像他那样的人，最后还是得找三谷那样的伴侣。"

"三谷？莳野的那个经纪人？"

"对，就是上次喝醉酒黏着你的那个阳光女孩。最近唱片公司要被收购，莳野也不知道在干什么，只有三谷一个人苦撑着。对了，年初她跟我说过一段话，到现在我都忘不了。"

"什么话？"

"大家都想成为自己人生的主角，所以特别痛苦。她原来也是这样，不过现在已经不这么想了。自打成为莳野的经纪人以来，她想的是让莳野成为她人生的主角，自己只做最称职的配角。她打从心底里这么认为。"

"做最称职的配角？"

"演员中，有的人适合做主角，而有的人只适合演配角。她说她想象过在自己的人生中演主角，却一点儿趣味都没有，没有吸引力。'三谷早苗的传记电影，谁看？反过来如果是莳野的传记电影，想看吧？而在莳野的传记电影里，三谷早苗是不可或缺的出场人物，这不叫人激动吗？'这是她的原话。她还说只要自己能在莳野主演的人生里一直饰演重要的配角，就会很充实，并且一想到这个就激动。为了莳野，她什么都愿意做。啊，我听后真是一脸窘迫。"

"她这样想也正常……莳野确实有那种魅力。"

"她还提到你了。"

"我?"

"拿你举了个例子,倒不是说对你有什么意见。她说像你这样的女性,在人生中肯定是非常耀眼的主角,不过她不行。不管她的自我评价正确与否,对你的评价我还是很有同感的。"

"我做主角的电影,估计在一个电影院上个两周就要被下架了。"

"绝对不可能,我敢打包票。听三谷那么一说,我也觉得自己不适合演主角,怎么看都是演配角的料。不过三谷是要为某一个特定的人服务,得最佳女配角奖,我可不想那样。只要能在许多人的人生中扮演一个值得回味的配角,我就心满意足了。这样的人生,也不失为快乐的人生啊。"

"你肯定是抢手的香饽饽。"

"如果是洋子的电影,零片酬我也愿意演!有需要,随叫随到。可惜,莳野主演的电影已经没我的戏喽。"

不光是永,洋子也被三谷的人生观吸引住了。尤其是她所扬言的,要在莳野的人生中扮演不可或缺的人物,这让洋子格外在意。

是永毕竟不知道自己与莳野的特殊关系,因此在说到三谷时用了"伴侣"一词,这个词让人心里多少有些不舒服。假设告知了她实情,估计是永肯定要责怪自己为什么没有提前相告了。

但是越听,洋子越觉得自己对莳野的情况一无所知。

究竟能为莳野做些什么?自己对莳野的爱,其实质又是什么?

洋子偶尔也会不经意地问他的演出活动,莳野总是镇定地回答"老样子",一副不想多说的架势。反而是视频聊天时,他好几次说道,能够与洋子这样聊天真是莫大的幸福。如今想来,这句话的背后是他长期以来没有明示的苦恼吧。

之前听到苇野的表白，洋子只觉得从内心深处迸发出难以名状的喜悦。而明明沉浸在如此幸福的爱河之中，却迟迟不能从伊拉克记忆中摆脱出来，这也令她懊恼不已。她既想抛弃一切，从苇野身上获得最大的抚慰，同时也希望自己也能成为苇野的慰藉。这两个念头长期以来相互斗争却难分伯仲——但是，两个念头果真相互对立吗？只要两个人在一起，就可以成为对方的温暖，不需要任何的语言，就可以发挥各自应有的功能。

洋子第一次，对三谷这个女人心生嫉妒。

在苇野的电影中，洋子应该也是被分配到了角色。可是，主持整场电影拍摄的导演是谁，又在哪里？

她突然发现，唯独自己拿到的剧本与大家的不同。慌乱之中，她审视当下，回顾过去，不断地告诉自己八月末即将与主人公相聚的计划一切无误，方才安心。

3

苇野与洋子商量了一下休假的计划，打算头两天在东京，之后一起去长崎。

洋子的假期总共两周，但在日本只待短短一周，这是考虑到贾莉拉一个人留在家中，她不能离开太久。想到剩下的一周自己不能陪伴左右，苇野心里默默不舍，同时又对洋子的善良感到欣慰，自己爱的不正是这样善良的洋子吗？

洋子也觉得时间太短。

没有办法，一方面她确实是担心贾莉拉，另一方面也是担心自己的身体吃不消。

贾莉拉有些奇怪。"为什么不把PTSD的事告知莳野呢？他一定可以成为你心灵上的支柱的。"面对她数次的询问，洋子不仅断然拒绝，而且以前所未有、一本正经的表情告诫她不要再提这件事，并警告她在没有征得同意之前，倘若将此事告知莳野，两个人的互信关系立即失效。

事后回想起来，洋子对自己的严厉措辞有些后悔。她对贾莉拉并无恶意，只是恐惧少不更事的贾莉拉那毫无杂质的善意。贾莉拉并不知道莳野正陷于音乐上的困境，所以也就体会不到洋子的一片苦心，当然也察觉不到洋子对三谷的嫉妒。

与是永联系过后，她不经意的那几句戏言一直让洋子坐立不安。嫉妒的嫩芽一旦冒出土壤，洋子心里的三谷犹如夏日牵牛花的藤蔓，延伸到她情感的各个角落。藤蔓上是鲜艳的花朵，每一朵开的时间都不长，然而花蕾的数量总是不见减少，似乎能开满整个夏季——一直到与莳野见面为止。

如果莳野现在就在洋子身边，估计在嫉妒的种子发芽之初，他就会注意到，惊讶之余及时将它们拔除，并告诫她不要再胡思乱想。是的，洋子的心乱了。搅乱她内心的，其实并不是巴黎与东京之间的千山万水，而是自己与莳野之间每一分每一毫的距离！而今陪伴在他身边支撑他音乐创作的，却是三谷。

倘若将自身的症状告知莳野，只会令他更加分心，洋子无法承受这样的结果。另一方面,她觉得身体状况的恶化,也与理查德迟迟不愿解除婚约有关,因此更不愿将实情告知苇野。

与理查德解除婚约一事,起于苇野提出的强烈要求。但即便如此,她也不愿将理查德的影子带到与苇野的新生活中,更不愿以理查德前未婚妻的身份出现在苇野的面前。

洋子努力使自己相信,如果只是在日本待一周,身体应该能够保持平稳的。与苇野再次见面,互定终身,每天沉浸在与心爱的他在一起的幸福美满中,自己又怎么可能会被伊拉克的噩梦所困扰呢?

洋子希望自己能够忘却一切,以一个全新的自我去享受美好的二人世界。过去的就让它过去吧,眼下仍滞留在巴格达的另一个自我,终于也该回来了。

八月,苇野参加了一场日本国内的音乐节。其间,他又一次忘记了乐谱,所幸临阵处置得当,没有露出马脚,几乎没有被人察觉到。整场下来,他急躁浮动,再也不能给人之前那种精巧厚实的感觉了。好在他的技术过硬,至少在形式上还是给人指法灵活之感。

这次的演出规模并不大,与小提琴合奏之后是四个吉他独奏。苇野却空前地紧张,开场前,他在后台休息室进进出出了好几回。

本来他喜欢安安静静地等待开场,这次为了安抚心中的紧张情绪,他临时学了一些自我暗示的话反复唠叨,还在盥洗室的梳妆镜前扯开嘴角强迫自己微笑。

他有意识地去控制呼吸,准备从头到尾温习一遍乐谱,谁料内心的焦虑不断地将谙熟在胸的部分从脑海里抹去。他抽练了几个难点片段，结果在这些片段的前后又莫名其妙地冒出意想不到的空白。他不断地在脑子里后退，跃进，后退，跃进，进行得很不顺利。

　　长年的演奏生涯中，演出状态的好坏，呈现出一个周期性的反复。演奏找不到感觉本不是什么新鲜事，现场如何处置才是关键，这也是作为音乐家的一种技能。而让苛野困惑的是，自己似乎完全忘却了以往处置的方法。在并不紧凑的几个月内，连忘两次乐谱实在异常，何况两次都是他的压箱曲目，用他自己的话来说本应"闭着眼睛都能弹出来"。

　　苛野越来越期待与洋子的新生活，这期待依旧没有明确的轮廓，比之以往却强烈了很多。

　　在洋子的面前，苛野不想显得抑郁。而令人称绝的是，每次打开电脑，通过显示屏与洋子聊天时，他自然地就会浮现出笑脸。他努力地去回忆，那晚与洋子一同为贾莉拉弹曲子时的心境。当时，他并未恢复到足以登台的地步，却久违地与吉他进行了一轮愉快的"对话"，而最近他再也找不到那种感觉了。洋子朗诵，自己弹奏，短短的十分钟。那十分钟里，自己的吉他为九死一生的少女奉上了抚慰的音乐。无关任何目的和技巧。

　　与洋子在日本重逢之前，苛野打算着手整理一度杂乱无章的各项工作。

　　从巴黎回国后，通过三谷与格雷博音乐取得了联系。因为对口负责人暂未确定，加之他短期内也没有出唱片的打算，因此唱片公司暂时没有给予太积极的回应。

对口负责人本来计划是由原朱皮特的冈岛担任的,对此,莳野通过三谷表达了反对意见。

整个音乐界不景气,各种流言蜚语到处散播,莳野一时也难辨真伪。据说在朱皮特收购案中,冈岛以留住朱皮特的签约音乐人作为条件换取在格雷博音乐的工作岗位。实际上,他确实在到处拉拢原属朱皮特的音乐人,莳野去马德里之前的那次,就是一个例子。不管怎样,莳野不太想在新的环境里仍与他共事。

冈岛的确非常了解行业内情,这几乎也是他唯一值得炫耀的资本。他叹息当前唱片的销路不畅与现代人的艺术感下降,继而大肆宣扬所谓的"新尝试",而当作为部下的是永等提出具体方案后,又屡屡歇斯底里地斥责:"你们的方案,完全没有可行性!"

据是永分析,冈岛对自身未能想到部下提出的那些方案这一点耿耿于怀,又要厚着脸皮辩称自己早就想到了,只是因为各方面的原因未能付诸执行而已,算是典型的嫉贤妒能型领导。在这样的人手下干,她是有苦说不出。

莳野不想卷入这样的钩心斗角,此类事件一直都是当笑话听一听。但到了后来失去是永这个缓冲带,直接与冈岛打交道后,他才真真切切地感受到是永的难处。

《美好世界》中止录音后,莳野一直没有与是永接触。最近是永辞职,给公司所有员工群发了临别感言。莳野有些触景生情的意味,想当初她为了录音一事,也算得上是鞠躬尽瘁,仁至义尽。

格雷博音乐最后同意了苛野的要求，撤换冈岛，继而介绍了一个三十来岁的年轻人，名叫野田。

野田原来是歌曲推广部的，因收购后的内部调整，被调到了古典乐部门，对古典乐和吉他都不太了解。他本人说信心不足，不过公司很看好他，希望能尽快扭转古典乐部门目前的亏损状况。野田大学念的是信息工学专业，原本以为他在自我介绍时会简单讲一讲媒体研究方面的内容，孰料他径入主题，前前后后说了许多专业性的内容，概括起来大致如下——

艺术的价值，自康德定义以后，或为"嘉美（*beautiful*）"，或为"高尚（*sublime*）"。而二十世纪后半叶以来，尤其是进入现代网络社会后，美的标准又变成了"酷（*cool*）"，或者"炫（*awesome*）"。因此，在当代艺术家中，受人追捧的不是葛哈·李希特[1]的酷，就是安德烈亚斯·古尔斯基[2]的炫，而我认为苛野先生的音乐不仅有康德所说的"嘉美"，更兼具了"酷"和"炫"，这是我们的优势。不过遗憾的是，我们离普通民众还有很大的距离。

之后，他拿出了六十年代以后，几次乐团流行时期电吉他、原声吉他的生产数量图表。通过图表可以发现，这个社会上玩过吉他的人多如牛毛，然而其中大部分已经完全脱离乐团活动，最多是在家里自娱自乐，或者干脆将吉他丢进箱子里闲置着。但反过来讲，这些人本

---

[1] 葛哈·李希特（Gerhard Richter，1932— ），德国视觉艺术家，作品形式包含抽象艺术、照相写实主义绘画、摄影等，创作形式多样，不拘泥于单一风格。

[2] 安德烈亚斯·古尔斯基（Andreas Gursky，1955— ），德国摄影师，被誉为"当代摄影第一人"，作品以画面大、醒目、色彩和细节丰富而闻名。

质上是喜欢音乐的，倘若能够在家人朋友面前露一手，对他们来说依然是一件很酷的事。

"古典吉他的保留曲目应该很多，什么流行音乐、电影音乐，都是能弹的。我们不能把莳野先生仅仅定格于古典吉他这样一个脱离群众的世界里，更应当将他打造成所有吉他爱好者共同憧憬的偶像。我打算把乐谱和莳野先生演奏的视频放到官网上，让有兴趣的人不必拘泥于古典吉他这个限制，只按照自己的喜好和感觉去弹。如果可以汇集全世界的吉他爱好者，那将是一个极其可观的规模。我认为，正是古典吉他，才有可能做到这一点。倘若是大提琴或小提琴，情况就大不一样了。"

为了实现这个目标，野田提议莳野继续完成《美好世界》的录音工作。这一次，不仅要发售唱片，还要把素材放到网上以扩大受众群。达成这个先期目标之后，再考虑推广巴赫、罗德里戈的曲子。

莳野领会到了野田的意图。

以前，他上电视节目时，与摇滚爵士乐的吉他手一同演奏过。令他意外的是，大家对古典吉他的演奏技艺都很感兴趣。在应该用拨子弹还是用手指弹的问题上，分歧依然很大，但倘若是以琶音为主的慢节奏曲子，共享乐谱并不是什么难事。

继续完成《美好世界》这件事虽然很费劲，不过自从决定要将这个曲子献给贾莉拉之后，莳野还是渐渐找回了动力。他至今都无法忘却那晚贾莉拉的喜悦之情，比起行家里手的赞赏，她纯粹的感动，对眼下的他来说才是夺回自信的一个标杆。

倘若贾莉拉看到自己的名字出现在唱片的献词中,她一定会格外高兴吧。即便只是为了博取贾莉拉一笑,莳野也觉得有必要继续完成这项工作——不光是贾莉拉,一直陪伴在她左右并支持她活下去的洋子,也一定会对自己表示赞同。

对莳野来说,贾莉拉是一个不可替代的特殊存在。她是莳野与洋子,第一次同心同德伸出援手的对象。

关于洋子在日本停留的时间,莳野起初也争取过。

"一定要这么急着回巴黎吗?"

"贾莉拉,我放心不下。"

洋子的回复很简短。莳野一心想着要与洋子独处更久,刚听到这个消息确实不免有些失落,但同时,他也想让洋子知道自己对贾莉拉并没有任何意见。

贾莉拉获得了正式的难民许可,现在已经可以从洋子那里搬出去了,再过三年,甚至可以取得法国国籍。按照蛇头的安排,原来她打算流亡去瑞典,现在已经开始打算在法国安顿下来了。

对这个决定,洋子颇为担心,因为来自中东和非洲的移民在巴黎的生活其实很困难。但无论如何,这是贾莉拉的决定。再想到语言始终是个问题,于是她开始给贾莉拉教授法语。

至于婚后的生活据点,莳野与洋子暂定的是东京。能和洋子在一起生活肯定是最好的,但洋子能下决心将贾莉拉一个人留在巴黎吗?那天晚上,贾莉拉是那样纯粹地陶醉在自己的音乐中,自己又忍心将她一个人留在巴黎吗?

这个问题，等洋子来东京之后也必须要讨论一番。

为了贾莉拉，莳野决定继续完成《美好世界》的录音工作。不过前提条件是，待自己认可自己的演奏，同时在精神层面上稳定下来之后。倘若弹奏这一项本职工作做得不好，仅仅是整天被粉丝团包围，被人宣传成所谓的"酷"和"炫"，同样令人丧气。

与野田谈过之后，莳野认为他这样的员工之前从未见过，值得共事看看。等只剩下自己和三谷时，他让三谷与对方后续再深入聊一聊。

时隔好久才收到莳野派发的任务，三谷格外高兴。野田的想法是否可行，她暂时也没谱，不过既然莳野不愿与冈岛共事，这新方法倒也不妨一试。

三谷的心里还是在与洋子较劲——看看到底谁才能帮上莳野的忙！洋子八月末会来日本与莳野共处一段时间，这件事她心里是清楚的。

4

按计划，洋子八月二十九日下午四点半到达日本的成田机场。

莳野本打算去机场迎接的，结果洋子从巴黎打国际电话过来说："飞机晚点三个小时，不知道什么时候才能起飞，到达时间也不确定，我下飞机后直接去你家，坐上机场快线后再联系。"随后还笑着说，"心急吃不了热豆腐啊，本来想早点见面的。戴高乐机场经常晚点，真是烦人。"

苛野表达了也希望早点见面的想法，坚持要去新宿站迎接，洋子肯定是带了行李的。

之后，洋子发过来一则短信，告知飞机晚点三小时后终于起飞了。

这样，预计晚上九点左右她就能到新宿站了！晚饭时，苛野只简单地吃了一些三明治打底，接到人后是先在附近吃饭还是直接回家，就看洋子的身体状况了。

下午六点半左右，家里的电话突然响起，是师父的女儿小奏打过来的。

"稀客啊，有何贵干啊？"

"父亲脑溢血晕倒了，我们叫了急救车。"

"你现在哪儿？"

"医院。医生说情况比较危急，需要联络的人赶紧都通知一下，所以和你打声招呼。"

小奏听上去非常冷静，但声音微微颤抖，犹如一个人光着脚踩在冰冷的地面上一般。

确认医院院名与地址后，苛野看了看手表，说了声"马上过去"，就把电话挂了。此时，他完全顾不上其他的事了，脑海里涌现的都是各种坏念头——还能见到师父最后一面吗？就算获救，师父会不会因为后遗症再也弹不了吉他了？他查了一下医院的位置，就飞奔出了家门。

应该和洋子打声招呼的，但还是先了解清楚再联系吧，免得让她担心。说起来,年纪大了,这种突发事件也越来越多,亲朋好友都在逐渐老去的过程中。他与洋子在巴黎的第二次会面,也是险些被贾莉拉的事搅黄了。——苛野突然有点担心,要真有个万一,去不成长崎怎么办?

苛野走出大道,拦到一辆出租车,报了医院的名字。司机是一个五十岁左右的大妈,想都没想,径直说道:"不好意思,我对这一带的路完全不熟。"

"去赤羽桥①。"

"赤羽?北区吗?"

"不对,港区的赤羽桥。"

"我是个新人,活动区域只在小金井一块,这一带我真不熟。"

"用导航吧,我赶时间。"

"导航……您赶时间,是吧?要是不麻烦的话,您还是换个车吧。不好意思。"

车子刚开出去不远就靠左停了,随即车门自动打开。苛野有点摸不着头脑,本想发两句牢骚的,不过时间紧迫,也就极不情愿地下车了。远远地飘来司机道歉的微弱声音,急着赶路的苛野强行把随后开过来的一辆出租车拦了下来。

这回一切顺利。

---

① 赤羽桥,位于东京都港区,处于市区的南部;后面出现的赤羽位于东京都北区,处于市区的北部;小金井,位于东京都的西部郊区。

司机问道："刚才看您从前面那辆车上下来，发生什么事了吗？"苛野心不在焉地应承了一下，眼睛一直焦灼地望着窗外——也不知道赶不赶得及，几个月前一起演出的时候，师父明明还那么精神矍铄。

师父还有个儿子叫响，是一名小提琴手，在加拿大发展。师母长期患病，于两年前去世，师父这次突然倒下可能就是之前长期照顾病人留下的后遗症。女儿小奏是两个孩子的母亲，小的那个还没满周岁。

师父能救过来肯定是最好，不过那样的话，后面照顾老人的重担就将全部压到小奏一个人身上了。苛野不由得开始为小奏操起心来。小奏原本吹长笛，后来放弃了，现在是一名中学音乐老师。师父对响是寄予了厚望，对小奏是一直疼爱，想到她现在一个人在医院里担心父亲的安危，苛野也很想贡献一份力量。

路上下起了瓢泼大雨，大颗大颗的雨珠敲击着车窗，所幸很快就停了。

下了出租车，穿过医院的自动门，苛野正要给小奏打电话，突然发现自己没带手机。出家门的时候明明记得拿在手上了，难道是忘在车上了？他穿的裤子比较宽松，说不定手机就是从裤子的口袋里滑出去了。

这样一来，就没有办法与洋子联系了。幸亏还有时间，苛野径直跑到咨询台，问到病房后就先去找小奏了。

小奏一个人坐在长椅上，看到苛野后马上站起身，眼泪涌了出来。她憔悴了许多。苛野把手搭在她的肩膀上，安慰道："难为你了。"

师母去世后，师父开了一个吉他培训班，苛野经常会过去看看。他一个人生活，小奏每个月会和丈夫带着孩子去探望一两次。今天正好是探视的日子，发现的时候，他已经倒在地上很久了。

医院接诊后说，手术不确定能否成功，即使成功也会留下后遗症。小奏已经联系了哥哥，希望他尽早赶回来，其他人目前还没有通知。此时，医院给师父做完检查，手术刚开始不久，还需要三个小时左右。

苛野看看手表，沉思片刻还是放弃了今晚与洋子见面的初衷。考虑到贾莉拉的先例，他觉得洋子一定能够理解，毕竟这次也是一个突发事件。

洋子到了应该会很累，而且九点钟到新宿后还要去找旅馆，实在于心不忍，还是要让她住到自己家里。然而，怎么才能跟她取得联系呢？手机十有八九是落在第一辆出租车上了——记得出门的时候，确实是拿了手机的——但是，那辆车是哪家公司的？之前隐约听到司机致歉的声音，说不定就是在提醒自己忘了拿手机。如果是这样的话，司机可能已经把遗失物移交给警察了吧。

师父生死不明，苛野一不能专心祈福，二不能回忆过往，反倒是心乱如麻，一阵焦躁。

倘若一切顺利，现在洋子也快到成田机场了。

"突然把你拉过来，真过意不去。你是不是有什么安排啊？"

十几岁的时候，苛野和小奏两个人玩得像兄妹一样亲，之后彼此见面的机会少了，久别重逢之际，说的却都是客套话。

莳野先是说"不要紧",然后又借口出去打电话,抽出身来找了个公共电话。

买好磁卡,莳野久违地拿起了黄绿色的公共电话。电话筒的重量令人感到亲切。

该往哪里打,问104?不行,连出租车公司的名字都不知道,打了也白费。找个朋友帮忙吧?找谁?关键时刻谁的电话都记不得了。

他忽然想起三谷的电话。三谷有几次讲过她的号码里包含两个历史年份,因为比较少见,莳野也就记住了。

电话打过去,三谷好像正在一个热闹的地方吃晚饭。

"怎么了?"

"不好意思,休息天给你打电话。我的手机掉出租车上了,又想不起来是哪个公司,我现在只记得你的电话号码。"

"给自己的电话打过了吗?"

"啊,我怎么把这个给忘了!"

"这种情况,一般都会先给自己的手机打吧。你没问题吧?"三谷有些惊讶地笑道。

"师父脑溢血病倒了,进了赤羽桥医院。我现在在这边,情况不太妙。"莳野茫然若失地说明了一下眼前的情况。

三谷一听,先是一愣,马上一板一眼地说:"我马上过去。有什么要帮忙的,随时跟我说。我也不想给小奏姐添麻烦,我到了之后就在你们附近待命。"

莳野本没有招呼三谷过来的意思,既然她这么慷慨,多个帮手也是好的。万一师父扛不住了，也可以帮忙联系各个方面，这样也可以减轻小奏的负担。

"你要是能过来，就太好了。休息天的，给你添麻烦了。"

"这也是我分内的工作嘛。你的手机，我也顺便去出租车公司那边取回来吧。"

"太感谢了。那我先给自己的手机打个电话，确认一下在哪里，完了再给你回电话。"

"行，就这样，越是这样的情况，你越不应该客气。有什么事随时找我，这样我才知道做什么对你有帮助。"

5

三谷当时正在新宿与四个闺蜜一起吃饭。莳野回电话告知手机在小金井的出租车公司后，她先坐电车赶过去把手机取了回来。

最近一段时间，三谷感觉莳野的脸色一直不太好看，尤其是对自己，有的时候甚至颇为冷淡。不过自打与格雷博音乐的野田一起共事后，亲和了一些，或许是因为他逐渐在音乐事业上看到了希望吧。所以归根结底，他的幸福还是在音乐上。

到了出租车公司，三谷很顺利就把手机取回来了。莳野事先告知了解锁密码，她打开手机确认有没有问题，也因此意外地发现来电记录里有几个洋子打过来的未接电话。

三谷走出出租车公司，雨下得更大了。雨水拍打着夜的裙摆，泛起湿漉漉的白。

她上了电车赶往新宿。车上十分闷热，乘客们一边小心地收好自己淋湿了的雨伞，一边在车厢里晃晃悠悠。

原来这几天假期，苟野是要和洋子一同度过啊。

恩师突然病危，苟野唯一想起的是自己，因此，三谷接到电话后一心想着帮忙，连自己点的意大利面套餐都没吃完就匆匆放下，直奔车站。当时，几个闺蜜还大为不解："外面下这么大的雨，又是休息天，还要被拉出去工作？"她根本没有意识到，自己原来是在为人作嫁衣。

回顾过去发生的一切，三谷也很迷茫。她很想为苟野贡献一切。这是极为纯真的一份感情，却似乎不太受待见，更确切地说，她自己正在一步步地将这份没有结果的感情扼杀掉。

洋子应该是刚到日本，已经坐上了机场快线。三谷正想着，手中紧握的手机振动了。

她没有立即去看。到达新宿站后，电车仿佛承受不住似的，吐出了包括三谷在内的一大批乘客。顺着人流，她上了手扶梯，这才惊慌失措地打开手机查看了一下。

令她意外的是，洋子已经抵达新宿站，正在南出站口。因为没有办法联系上苟野，她似乎也很着急。

三谷突然意识到从出租车公司出来到现在，自己还没有与人说过话，虽然她本来就是一个人在行动，也没什么好奇怪的。走着走着，鼻子里呼出了热气，太阳穴上出了汗，后脖颈上出了汗，三谷不断地用手帕去擦拭。

双脚生出了自己的意志，自然地走向了南出站口。刚到检票口，就看到站外仍在施工的20号国道边，洋子正孤身一人，焦急地望着大雨瓢泼的夜空。

洋子的身边拖着一个又大又红的漫游家牌旅行箱。这么一个耀眼的箱子，与她却那么协调，三谷有生以来头一回见识到与这箱子这么相称的人。

莳野总说洋子绝美。在那之后，三谷不断地调取只见过一次的记忆，努力去回忆当晚的细节，那个人值得莳野这般夸赞吗？在新宿站杂沓的人流中，洋子一个人安静地站在大柱子边上，从她身边经过的行人都忍不住要看上一眼。她有着天然的吸引力。在还未决定到底要不要寻找的时候，洋子已然闯进了三谷的视野。

与莳野的爱情，让洋子变得更加美丽，而马上就要见到莳野的洋子，更加富有魅力。一股难以抑制的嫉妒之情，在三谷的心中勃然而生。

在人流巨大的检票口附近徘徊不前的三谷，好几次险些与他人相撞，有的人走过去后还转过头来将她打量一番。

焦躁不安。再滞留下去，可能就要被洋子发现，而且，不管在这里再待多久也不会有任何改变的。

情敌竟是一个比自己大将近一轮的女人，三谷还从没有遇见过这样的对手。与洋子相比，她感觉自己虽然已经三十了，却还是太小孩子气。

洋子与莳野非常般配，这个臆想长期以来让三谷很痛苦。而再次见到洋子，更加坐实了她以往的臆想。

洋子是天生的主角，过着自己做主的人生，简直光彩照人。而自己不过是莳野人生中的一个配角，将手机交到女主角手中，让两个即将擦肩而过的有情人再次结合，这就是她的使命！确实，这个重任除了自己再没有第二人能够承担。

三谷一脸惨淡，整件事就是个莫大的讽刺，可说到底是自找的。莳野根本没有意识到自己会因为洋子的短信而心生嫉妒，也正是因此，才把解锁密码告诉了自己。他，充分信任着自己。

三谷掉转脚步，上了扶梯，朝通往赤羽桥的检票口方向走去。她打心底里不愿看到莳野与洋子会面。这股强烈的愿望吞噬了三谷，她，终究是个女人。

下到月台，三谷坐在候车椅上，盯着洋子发到莳野手机上的信息看了许久。

来来往往的电车，大声喧哗的乘客，周遭的一切令她越发孤独了。

三谷突然生出一股奇妙的勇气，好似一个厌学的少年为了不去学堂，一狠心就要在自家纵火一般。在她看来，千事万事，今晚不让莳野与洋子碰面才是头等大事。

该怎么回信，才会让洋子彻底死心，放弃与莳野的恋爱关系呢？她的脑海中全是这个念头。问题不是他们，是他们的爱！

三谷慢慢抬起头来，自我安慰道：见过洋子以后，莳野长期陷于音乐事业上的停滞，自己这么做也是为了让他及时刹车。

心一横，三谷参考莳野给洋子写信的口吻，一口气写了一封长长的邮件：

　　非常抱歉，回复晚了。
　　有件事必须向你郑重致歉。
　　直到给你回复时，我仍在犹豫，最终决定还是不见面的好。
　　好几个月以来，我都在思考自己的音乐人生。你没有什么过错，但是自从与你建立关系以来，我就迷失了音乐。为了改变这个现状，我努力过，但我认为在表面上的粉饰装点既是对自己的不诚实，也是对你的不负责。
　　一直以来，我都很爱你。然而，将来是否还会一直如此爱你，我没有把握。在尚有回旋余地之际，早一点了结，对双方来说都是一件好事。
　　倘若见面，我肯定又要伪装自己，欺骗你。
　　所以，我们还是做回好朋友，期待将来某一天再相会吧。在此之前，我需要一点时间去调整适应。
　　非常感谢老天爷安排我遇见了你。感谢！再会！

　　写的过程中，不知为何，三谷感觉脸上既冰冷又火辣。写完后，她没有立即发送，坐上下一班电车，朝赤羽桥站赶去。邮件中的话都是她的心声，是她长期的愿望，是她希望能从苟野嘴里说出的话语。每一句都清清楚楚，不容洋子有任何误解的余地。
　　坐上电车后，她再次通读了一遍邮件的内容，忽然产生一种错觉，似乎整篇文章都不是自己所写的，字里行间听到的就是苟野的心声。手机邮箱中，有苟野与洋子往来的邮件，有三谷发给苟野的工作邮件，还有几封苟野写好未发的邮件。

不知为何，三谷觉得很困，闭上了双眼。她本打算在到站之前把写好的邮件删掉，然而现实的发展超出了她的预估。

在到站的这段时间内，即使曾短暂地梦到苟野把写好的邮件发给了洋子，也没有谁会责怪自己的。因为最终，自己会受不了良心的谴责，停止罪恶的步伐，装作一切都没有发生的样子把手机递给苟野的。这样一来，自己对苟野的爱，也将同步消失……三谷是这样想的。

但是，倘若现在将这邮件发送出去呢？洋子肯定会从苟野的世界里消失吧，只要有人用大拇指轻轻地按一下发送键，她就会消失，彻底地消失，就像施了魔法一样。在同样的情形下，谁都会这么做。是吧？谁都会这么做。

三谷无意识地蹭着脚上湿透了的皮鞋，痛苦地呼出一口气。车厢的照明很亮，刺得眼睑生疼。

想到出站口的洋子，她有些于心不忍，心中一阵绞痛。

然而不久之后，应该就会忘却此刻的煎熬了。每个人的一生中，都不可避免地要犯错，而迄今为止自己比任何人都认真地对待人生，还远远没有达到犯错的上限。还可以犯错的。

三谷睁开眼睛，看到一群喝醉酒的乘客。这帮人心中，不也有那么一两个不可告人的秘密吗？反正没有任何人会知道，只要事后将这件事忘得一干二净，一切就很完美。针头扎到手指固然很疼，却只是一瞬间。只是一瞬间。

三谷打开手机，颤抖着按下了发送键，然后再次闭上双眼。

十秒钟之后，突然感觉自己犯下了大罪似的，她又一次慌慌张张地拿出手机。屏幕上显示"发送完成"。三谷看到了孤单一人查看邮件的洋子。

看到这样的邮件，正常情况下谁都会觉得奇怪，或者回电话或者回邮件过来询问的。那自己所有的秘密不都暴露了吗？为什么要干这样的蠢事，三谷后悔不迭，却覆水难收，发出去的邮件再也收不回来了。

深深的绝望中，她的脸色一片惨白。

苅野绝对不会原谅自己。他愤怒、蔑视过后，毫无疑问会将自己从他的世界里抹去。消失的是自己。该如何善后？难不成要返回新宿站，把事情的原委都告诉洋子，向她请罪，祈求她为自己保密吗？洋子那么善良，她肯定会理解并原谅自己的。——但是做不到。或许应该拿着手机逃跑？

然而苅野正等着自己，此时此刻，他最希望见到的是自己。看到那样的邮件，洋子会不会不再自找没趣了？

雨一直下着。

到了赤羽桥站，三谷撑开雨伞走出车站。雨珠敲打伞面的响声，仿若有谁正在头顶敲着大鼓。她突然缓过神来，赶紧取出手机，从"已发送"一栏将刚才的邮件删除。

一边走一边操作，她全然没有注意到前方的积水。三谷踏出脚后才发现积水漫过了脚踝，赶紧后退。说时迟那时快，手机从她的手中滑落，掉进了积水中。可以保证，自己绝对不是故意的！

"啊！"

她迅速蹲下，不过没有马上将手机拾起。略作踌躇之后，还是将手伸进了混浊的积水中。手机屏已经黑了。她把水滴擦干，但无论如何操作，屏幕上再也没有任何显示了。

6

手机回到莳野的手上时，已经过了晚上九点半。师父的手术还没有结束。

三谷全身淋湿，一副精疲力竭的样子。来到莳野的面前后，她不禁哭了出来。

"怎么回事？"莳野有些莫名其妙。

三谷只说自己不小心把手机掉到路面的积水里，手机坏了。他接过手机按了电源键，之后按了许多其他的键，试图开机，不过始终没有任何反应。

"非常……对不起。"三谷浑身发抖。

莳野非常无奈，却也并未生气，反而十分内疚。自己的疏忽竟然令她这般战战兢兢，可见这段时间以来，自己对待三谷的态度确实有问题。

"这也不能怪你。本来就没打算能找回来，如今你把它拿回来了，本身就是功劳一件。我该谢谢你。"

他注意到了此刻三谷的异样，不过一想到这么大的雨，她还要为自己取手机，有点异样也是正常的。看她浑身都淋湿了，或许是感冒了也说不定。

　　不管怎样，现在的关键是怎么与洋子取得联系。洋子舟车劳顿，也不知道现在情况如何了。她随机应变的能力很强，估计不会一直在车站傻等吧……苛野很焦急，可是师父的情况尚且不明朗，也不好回家去用电脑和洋子联系。

　　他突然想到第一次与洋子见面时，三谷曾与洋子交换过名片。

　　"小峰洋子的联系方式，你知道吗？"

　　三谷被这一问惊得目瞪口呆，本来想说不知道，慌乱之中竟脱口说道："我这里应该有她的邮箱。"

　　"真的吗？太好了！我应该提早问你的。不好意思，我现在必须紧急联系一下她，能借你的手机发个邮件吗？"

　　"可以，没问题。"三谷不好回绝，在一阵不安中，把手机递给了苛野。

　　"今天约好和她见面的，幸好你这儿还有她的邮箱地址。"苛野一边说，一边在邮件中解释：师父病倒了，我现在脱不了身，今天只好让你先去住宾馆了。当然，如果你能来医院的话，我把家里的钥匙给你。

　　刚才已经让三谷帮忙去取了手机，这个时候实在不好意思再安排她跑一趟了。随后他继续写道：我一旦抽出空来，马上联系你。如果你睡得晚，我回去时直接去宾馆找你。

　　苛野在邮件中多次致歉，再在最后署上名。临发送之际，觉得毕竟不是自己的手机，稍微迟疑了一下，还是递给三谷说："你能帮我发一下吗？"

三谷无意识地扫了一遍内容，觉得胸口要炸开了。她假装发送的样子，偷偷地把这封邮件删了，之后抬头看着莳野，勉强扯出一抹笑容，点了点头。

莳野舒了一口气说："谢谢！之后可能会有回信，有的话，还请一定要告诉我。"说完他转过头来，一脸惆怅地望了望坐在手术室外的小奏。

7

洋子在西新宿找到了一家有空房的宾馆。她在前台办理入住手续，感觉自己仿佛遗失在了其他某个地方。

清脆的尖锐的杂音持续不断地回荡在她的耳边，就像听力测验时听到的那种，它不但妨碍了洋子的听觉，还有视觉，甚至触觉。周遭的一切，几乎都被排除到了她的意识之外。

此刻她一心只想尽快进房间，对现实环境的无感让她回忆起这几个月来屡屡袭扰自己的不安。

但愿眼下什么事都不要发生！

她咬紧嘴唇，呼出一口气，试图让心里踏实一些。服务员开房期间，她握紧汗津津的右手，不断地用大拇指去摩擦食指，突然又停止，将右手覆盖住放在柜台上的左手腕，半俯着身轻轻弹敲腕上的手表。

"让您久等了，服务员现在带您去房间。"

宽敞的宾馆大堂内挂着一盏巨大的吊灯，各国语言不绝于耳。她仿佛感觉自己刚刚在枪战结束后的现场目睹完悲惨的景象，回到了马尔基娜酒店。

这里是东京，很安全。不是巴格达，不可能是巴格达，这里不可能枪弹横飞。很安全，东京很安全。是的，自己不过是像一个设定值过高的传感器，总是对一些微不足道的小事反应过敏而已。

在东京，现在是在东京，不要怕。已经安全离开巴格达了……

在巴格达期间，洋子回到房间后总是牢牢锁好房门，先冲个澡，把身上的尘埃洗干净，然后慵懒地徜徉于苛野演奏的巴赫音乐声中。那比什么都能缓解精神上的紧张。

从巴黎飞东京的路上，她一直担心PTSD会发作，一心想着只要能到东京，一切都会好起来。她一方面害怕控制不好的情绪可能会把一份美好的感情搞砸，另一方面又迫切地希望从苛野身上找到安慰和希望。

孰料，现在将自己推向突发性精神恐慌危机的，竟然是苛野发过来的邮件：

"一直以来，我都很爱你。然而，将来是否还会一直如此爱你，我没有把握……"

这句话，久久地萦绕在她的脑海里。

洋子跟着服务员一起进了电梯，电梯往二十二楼上升。大吊灯刚才还在顶上，现在已经到了脚下，透过吊灯可以俯瞰整个大堂。钢化玻璃电梯逐渐远离地面，被黑暗的雨夜包裹。

眼前闪过一道强光，同时，一声带着悲惨预兆的巨雷顺着地面爬了过来，仿佛一棵大树被生生劈成了两半。瞬间，电梯被定格在了半空中。洋子不禁颤抖起来。一个人被困在电梯里，耳边传来人们四处逃散的声音，刚才还在与自己交谈的人已经成了血淋淋的尸体，躺在满是尘土的大理石地面上。大吊灯掉下来，碎片撒了一地。只要再多问一个问题，一个问题，自己也就成了他们中的一员。那个恐怖分子，正盯着自己走进电梯……

洋子记不得自己是怎么进的房间，只感觉一阵恶心眩晕，仿佛贫血了似的。

服务员帮忙请了医生。诊断服药过后，洋子要求一个人独处。

刚过十点半，换算成巴黎时间，应该是下午三点半。时间还早，这个点犯困确实有点尴尬。莳野上次去巴黎的时候，寒暄时讲的也是倒时差很费劲，还说从巴黎飞东京更糟糕。这次要是与他见上面，肯定还得从倒时差开始讲起。

本来想等情绪稳定下来后与莳野联系的，但是事到如今，还有什么好谈呢？他突然变卦的原因，已经在邮件里写得一清二楚。他在音乐上遇到了困难，此事已经从是永那边听说了，而且，自己不是也一直在顾虑自身的存在对他来说是否有益吗？

那封邮件，与平时收到的不一样。然而，自己对莳野的日常究竟又了解多少？或许，他好不容易才做回了真正的自己，那封邮件说不定才是他的心声。

"倘若见面，我肯定又要伪装自己，欺骗你。"

这句话最让她痛心。

苻野说，过去可以改变，过去肯定会改变。他那么愉快地说出这句话，他的笑颜，难道全部是在演戏？

　　绝对不可能。洋子迅速否定了这种可能性。然而不可否认的是，刚才收到的那封邮件已经给昔日美好回忆的每一瞬间都蒙上了一层阴影。

　　她不禁要问，为什么到了现在才说？转念一想，可能正是因为现在这个特殊的节点，才要挑明的吧。原来一直模棱两可的终身大事，因为自己从巴黎飞到了东京，所以不得不有个明确的结论，直到最后一秒他或许都在犹豫，终于在最后时刻选择了另外一条道路。

　　如果出发之前，苻野就挑明一切，那么自己会接受一切不来日本了吗？不，即便如此，还是会来的。至少见苻野最后一面，敞开心扉与他再谈一谈。

　　洋子自然地想起了当初对待理查德的态度，他当时也是这样，急匆匆地从纽约赶到了巴黎。应当像理查德对待自己那样去挽回苻野吗？即便去挽回，恐怕也是徒劳吧，这一点自己比谁都清楚。

　　洋子一直深爱着苻野，思恋到痛苦时甚至心如刀绞。但同时，她也是纯粹地喜欢着苻野这个人，哪怕只是将他视作一个普通朋友，也被他深深折服。

　　与他相向而坐，即使只是随意闲聊，也能在谈话的瞬间感触到人生无上的喜悦。其中的奥妙，仿佛奇迹一般。洋子甚至觉得与其亲自体验这个世界，毋宁去倾听苻野的体验，那样会更加精彩。他的洞察力敏锐且诡谲，接触之后总让人觉得可爱又可笑，禁不住想对他说：你还是这么犀利。也只有那种时候，她才会意识到，苻野确实比自己小两岁啊。

　　当然不管怎样,扎根心头最深的,还是对身为音乐家的他的敬重与憧憬。

　　洋子自问,是否应当多体谅体谅莳野?

　　体谅他的深思熟虑,虽然这个决断直到自己抵达东京,才最终敲定;体谅他的坚毅果断,不惜暂时伤害对方,也要将内心的决断告知;体谅他的真诚坦白,虽然历经了九个月才觉察到不能与自己共度一生。这所有的一切,倘若都是为了他好,又有什么割舍不了的呢?自己是那么的爱他。

　　竟然能如此体谅莳野,洋子自身都为之震惊。莫非是因为年纪变大而思想转变了?还是因为,对莳野,并非真爱?

　　她万分悲痛,却也不愿沉浸在毫无出路的悲痛中。尤其是现在。刚才与以往不同,她不是在回忆,而是整个人都要被巴格达的记忆吞噬了。短暂的瞬间,她对所处的现实世界完全丧失了真实感。同样的噩梦,今后还会再度发生吗?洋子很害怕。

　　原本以为已经开始恢复,但事实告诉她,她的身体状况正在不断恶化。倘若不能在这个关口挺住,最快一年的治愈时间就要无限期后延了。她在相关的书籍里,见过太多PTSD拖延许久之后酿成惨剧的事例。

　　即使莳野不在身边,在日本的这段时间,自己一个人也必须坚持住。为了将来,无论如何也要坚强。一个人,坚持住,最起码要坚持到回长崎见到母亲为止……

洋子自我命令：今晚把脑袋放空，不准胡思乱想。次日早晨醒来，苇野的邮件可能又会过来了。可能性固然不大，但还是可以有所期待。在此之前，只需静静地躺着，等着从不安的地方漂回到熟悉的领域。

她突然想到要用音乐去消磨时间，将播放器接好音箱后，开始挑选曲目。这时，她才发现里面儿乎全是苇野的曲子，好不容易找到一首与苇野无关的曲子——安娜·莫福①的《拉赫玛尼诺夫②练声曲》（Rachmaninoff Vocalise）。去年安娜·莫福去世的那一阵子，她经常听这位美貌的女高音演唱家的唱片。

洋子觉得自己挑了不错的曲子。此时此刻，她希望陪伴自己的不只是乐器，还有人的声音，但是太有意义的歌词又容易触景生情，现在这样正好。

房间里的灯熄了，她侧卧在床上，脸朝着东京西面的一大片夜景。雨稍微小了一些。是的，巴格达绝不可能下这么大的雨，有这么大的湿气，晚上也不会如此明亮的。此时此刻，自己正置身于安全舒适的东京。

悦耳的抖音，仿佛一阵晃动的烛光，照亮了她的心扉。

洋子逐渐恢复了平静。

---

① 安娜·莫福（Anna Moffo，1932—2006），生于宾夕法尼亚，美国歌唱家。
② 谢尔盖·瓦西里耶维奇·拉赫玛尼诺夫（Sergei Vasilievich Rachmaninoff，1873—1943），生于俄国的作曲家、指挥家及钢琴演奏家，1943年临终前加入美国籍，是20世纪最伟大的钢琴家之一。

每次听到总会被打动。安娜·莫福的声音谈不上高雅,算是偏艳丽。——啊,现在抚慰自己的,不是那个人的音乐。洋子想到这一点,心头一松,然后又被带向了思念莳野的引力圈。

她将音乐设置成单曲循环,反反复复不知道听了多少遍。

希望音乐一直播下去。

深夜两点半左右,手机响了,是短促的邮件铃声。不知何时,《练声曲》也停了。洋子横躺着,仿若被睡眠的海浪拍到了浅滩上。

她没有马上伸手去拿手机,先走到浴室把浴缸里的水放满,坐在洗漱台前,一直注视着镜子里的自己。

灯光亮得刺眼。出机场前,洋子特意在盥洗室里补了一下妆,告诉自己千万要忍住,不能笑。因为太过欢喜,笑容总是不由自主地跑上脸庞,为过往的行人所侧目。——再次面对自己,几小时前的世界似乎都已经成了遥不可及的过去。

邮件是莳野发过来的。她抑制住内心的激动,坐在窗边的沙发上,打开了手机页面:

> 终于到家!
>
> 晚上发给你的邮件,收到了吗?你没有回信,我一直在等。
>
> 你好不容易来一趟,结果搞成这样,真的很对不起。
>
> 事发突然,但也没办法,我想你应该可以体谅。今晚雨下得很大,我这边又赶上一些小意外,所以联系晚了,你没问题吧?
>
> 具体情况与之前在邮件里说的一样,比较严峻,不过总算是

脱离了危机。我只能去做自己能做到的事。想想自己这么多年的吉他生涯,不自觉地也开始意识到了年龄问题。

你现在是在酒店吗?下这么大的雨,真是过意不去。你先好好休息,安顿下来后给我打个电话。

今后的事,我们见面了再谈。今晚我也要休息了。

比起在新宿站收到的那封邮件,口吻大不相同,苛野的笑容浮现在了眼前。不过事已至此,他的这份从容只让她感到轻佻而已。洋子这回倒是很平静地读完了全文,可能刚才喝的药起了作用。

他到底去了哪里?"总算是脱离了危机"是怎么回事?是去练习了吗?是练习有了成果,不由自主地用了夸张的表达方式?不管怎样,洋子读完后的感受是,苛野已经彻底放下和自己的感情了。他平静的口吻比起第一封邮件更让洋子失落。

他完全没有和好的意思,却又关注自己的反应。刚读到第一封邮件的时候,洋子还难以置信。内心极不愿承认的残酷现实,现在,确确实实被苛野推到了手边。

"事发突然,但也没办法,我想你应该可以体谅。"

这句话,洋子看了好几遍。倘若苛野是当面说的,她肯定也就无奈点头了,最多也就抗议一句:"这话说的,真残酷。"

8

第二天中午时分,洋子仍没有回复。苛野开始有些担心了,又发了一封简短的邮件，然而与昨晚相同，没有收到任何回音。

邮件应该是发送成功了吧？他一大早就紧急买了个新手机，但是旧手机里面的数据很难恢复，他还是没有办法获悉洋子的手机号。他在网上也联系了好几次，就是没有回音。

师父经手术抢救，保住了一条命，但仍未恢复意识。

小奏让莳野先回家，说有什么情况会马上联系，之后又发邮件通知暂时不会有什么问题了。

起初，莳野以为洋子一直没有回信可能是因为国际漫游之类的问题。可是作为一名有着丰富海外经验的记者，她不可能被这样的问题困扰整整一夜的。莳野发了邮件询问她的电话号码，她也没有回信。到了这个时候，他才深刻地意识到洋子是生气了。

在医院的时候，没有办法联系，只好让她一个人在新宿站等着，莳野也一直焦躁不安。不过后来用三谷的手机发邮件把情况解释清楚之后，他觉得洋子应该能理解并妥善处理，就专心去关注师父的病情了。

对莳野来说，师父非常重要，这一点以前也与洋子提起过。在师父生死不明的关键时刻，他没有办法履行之前的诺言，实在不能想象洋子竟然会因此生气成这个样子。

说起来，那次在巴黎的时候，听完洋子没有如期赴约的解释后，莳野也并未因为她的爽约耿耿于怀，反而是认为情况特殊，理应优先解决贾莉拉的问题。这回虽然让洋子在新宿站干等了许久，但之后用三谷的手机发邮件，已经将事情的原委解释得一清二楚，按道理来说，洋子怎么会不能体谅呢？

或是昨天有什么特殊的意义,所以今天不行,一定要昨天相见?抑或是洋子遭遇了什么意想不到的麻烦事,交通事故,突发疾病?到底是为什么呢?

莳野不由得担心起来。

下午两点过后,莳野已经吃完午饭,没事可干就把吉他的弦给换了。此时,洋子终于回复了。

> 抱歉,回复晚了。
> 你的来信很突然,所以我一时不知如何是好。
> 邮件我都收到了。
> 你说我应该理解,这恐怕没有你想象的那样简单,不过事情我已经知道了。
> 我到长崎后,会和母亲两个人单独地、静静地待上一段时间。
> 我也需要一点时间。

洋子莫非要一个人去长崎?莳野反复看了好几遍,心生不安,火速回了邮件。

> 终于联系上了。
> 再一次为昨日的事情道歉。今天我一直都在家,随时可以见面。长崎,我也去,你把你那边的安排告知我一下。

这次洋子回复得也很快。

> 目前的情况下，不太可能两个人一起去长崎。
> 我没什么问题，不要担心。

确实，师父那边随时有可能出问题。现在应该陪在师父身边，这很像洋子的想法，不过字里行间她流露的却是因昨晚爽约产生的芥蒂。

苛野第一次感受到，洋子对自己的冷漠。

她难道是不想见自己？倘若不一同去长崎，那能见面的时间就只剩下今天和从长崎回来后的两天时间。如果一开始就是这么打算的，她为什么不早点通知？

> 我陪你一起去长崎或许也静不下来。但不管怎样，见面后再说，你现在哪儿？

等了一段时间，洋子才回复。她认真考虑某个问题的时候，总是需要一定的时间。看到回复，苛野顿时茫然自失。

> 其实我已经到长崎了。

> ——怎么回事，不应该是明天的飞机吗？

不要再问了，我已经撑不下去了。

——到底怎么回事？

自此，洋子的音信就断了，石沉大海。

9

到了长崎后，洋子的心情也无法平复。她并非决意就此与莳野永远分开，而是在考虑何时以何种方式再次相见。

提前一天到了长崎，只是她情急之下撒的谎。当莳野说要马上见面时，洋子觉得似乎有人正拽着自己的胳膊，根本难以拒绝，可是转念一想，倘若见面之后对方依旧说"我想你应该可以体谅"之类的话，自己真的能控制好情绪吗？她也很想体谅莳野，但实在太难了，而且她现在精神不稳定，再也经不起折腾了。

再者，莳野心里到底是怎么想的，她实在没底。倘若仅仅是为了安慰自己，如此频频交涉未免也太轻佻了。他骨子里竟是这样的人吗？万一真是如此，对洋子来说，不啻为莫大的羞辱，于莳野本人而言，这样的行径也相当自私了。

直到昨天，洋子都坚信自己对莳野来说是特别的。然而第一封邮件，准确地说，是那封邮件的口吻，深深地伤了她的心。

对于莳野长期以来无法克服音乐事业上的困顿一事，随着时间的推移，洋子反而生出了诸多同情。然而从他传达这一事实的悲怆口吻中，洋子却读出了随意，他仿佛是在应付一个无足轻重的、随便玩玩的女人！

以这种方式抛出所谓"艺术家的烦恼"那样荒谬的理由，大部分的女人都会惊慌失措，进而放弃与他的交往吧。

唯独对自己，他理应采取其他的方式。那样怯懦、陈腐的腔调，不管对谁都适用，或许他已经使用过无数次了，又怎么可以用在自己身上？长期以来，两个人之间的沟通明明是那么独特且亲密，比任何一个第三者都更加了解对方。也正因为如此，彼此需要，相亲相爱。这难道仅仅是自己的一厢情愿，抑或是他迷惑所有女人使用的伎俩，还是说他也曾一度相信两个人的独特与亲密，只不过最终放弃了？

那么，如果莳野是准备撤回昨晚的宣言，重新表达求婚的意向呢？虽然可能性不大，洋子还是没有彻底放弃这一丝的希望。只是即便当真如此，那些语句还是如鲠在喉，一直会存在她的心里。

不光是她的自尊心过不去，在莳野目前的苦恼前，自己应当是怎样的一个存在？在弄清楚这个问题之前，她也无法安心，所以两个人必须坐下来认认真真地剖析一番。可是以自己眼下的精神状态，哪怕是微不足道的小事也容易失控，又哪有自信再去面对呢？

现在她需要的是时间。至少眼下的这段时间，她希望莳野能够耐心等下去。

羽田机场的机舱内，每当有迟到的乘客走进舱门时，洋子都不由得有些紧张，因为一份微弱的期待与淡淡的不安。最终，身边的座席，没有人入座。飞机顺着跑道开始滑行，她难免有些失落，却也告诫自己，如此甚好。

母亲开车到长崎机场接洋子，洋子并没有提前告知计划的变更，看到她独自一人走出来，不免有些奇怪地问道："你的新男朋友呢？"

洋子下意识地摇摇头，露出有些生硬的笑容："说来话长。"

母亲注视着她的脸："你也和我一样，这辈子故事太多。"

洋子稍稍缓过神来，开玩笑地说："有其母必有其女。"

在不同寻常的单亲家庭中一起度过漫长岁月，母女之间有过反目，不过近年来成了无话不说的闺蜜。

可能是因为母亲年岁大了，洋子也成长了吧。

坐飞机的时候，洋子将手机关闭，下了飞机后也一直没去开机。

既然是静养，也就没有开机的必要了。

洋子的老家在市中心偏南的位置，哥拉巴大街往上走一点的一个小山丘上。

一幢带庭院的日式古宅建在石砌的地基上，宅子里随处可见母亲在欧洲生活时的物品，即使是一个带把的盛菜小篓，也能让人回想起当年在日内瓦生活时家里的情景。一切都是那么亲切。

母亲看上去挺健朗，但一联想到姥姥就是在院子里摔倒才故去的，洋子一直放心不下让她一个人这么生活。

洋子之前计划着要与莳野两个人去伊王岛的度假酒店住，从家里开车过去，二十分钟左右就能到。现在临时取消也要手续费，所以她准备和母亲一起去那边住一晚。

"应该多陪陪你的。只是我太忙，白天有各种安排。"

今年开始，母亲给选拔上来的高中生义务教授英语和法语。每年夏天，这群高中生都会作为和平大使前往日内瓦的联合国欧洲总部演讲。前几天他们正好从日内瓦回来，今晚有个庆祝晚会，母亲要去参加，邀请洋子也一起过去散散心。

母亲心境的巨大变化令洋子颇为惊讶。过去，她对长崎、对日本，明明那么排斥。

下午阴到多云。到了傍晚时分，洋子与母亲先是时隔三十年重访哥拉巴庭园，然后又去大浦天主教堂参观了一番，之后就去了庆祝晚会现场附近的宾馆。晚会规模并不大，加上洋子也不到十人。

孩子们和母亲完全打成了一片，他们一边递过从瑞士带回来的白葡萄酒，一边讲述旅途中的见闻。看到此番情景，洋子非常感慨。孩子们对瑞士的奶酪火锅特别好奇，一直聊着这个话题，洋子也加入其中。她说起在日内瓦生活的那段时期，看到日本动画片《阿尔卑斯山的少女》中的主人公是烤着吃奶酪的，非常惊讶。然而，孩子们没有半点反应。

"洋子，你当这帮孩子多大啊？他们可是一九九一年才出生的！"

"啊，这么说来，那个时候你们还没出生。"

经母亲提醒，洋子才意识过来，随后自然地笑开了。

孩子们总是说，母亲的英语和法语都很地道。在洋子看来，这有点可笑。她在瑞士一直待到高中毕业，然后去英国、美国接受大学教育，毕业后又长期在法国生活，用她的标准来衡量，母亲的英语和法语水平实在难以恭维，只能说饶有意趣。不过，母亲也正是凭着这两种语言爱过两个男人，同时也为两个男人所爱，虽然不太美满，但她确实经历过两次婚姻。倘若有谁认为这就足够，那也只好点头赞同了。

要是母亲的英语能力再差一些，性格再内向一些，或许洋子这个人就不可能出现在这个世上了吧。

至于母亲当年为什么要离开长崎，洋子听到的理由只有"厌倦"一词。

按照父亲的说法，母亲害怕的不只是婚姻歧视。她是对爱本身没有信心，不敢去爱，也不确定是否可以获得爱，所以对遭遇美军原子弹核辐射一事，长期以来讳莫如深。哪怕面对眼前这帮天真无邪的孩子，她也要刻意强调"我没有遭遇当年的核辐射"。

在欧洲，母亲一个人带着洋子生活，肯定是很艰辛的。即便如此，她也从未说过要回日本之类的话。

但同时，长期在国外生活的期间，母亲唯一不肯丢掉的又恰恰是日语。她很注意培养洋子的日语能力，希望洋子在日语的阅读与写作方面不逊于任何一个在日本国内长大的小孩。十几岁的时候，洋子对此感觉很吃力，觉得即便是为将来考虑，也没有必要花费如此多的精力去学习。当时的她除了日语，还坚持修拉丁语和希腊语，简直到了自虐的程度，实在是精力不支。

注意到她的抵触情绪后，母亲非常慌张，赶紧拿出《日本近代文学全集》，和她一起阅读。

母亲也说不上有多喜欢文学作品，买回来的书并没怎么看，书里自带的书签从来就没移过位置，甚至有好几本的纸张还粘在了一起。

也是从那以后，母亲和住校的洋子之间开始相互通信交换读后感，往来的书信最后堆满了整整一个纸箱，现在应该还留存在家里的某个地方——当然，那些书信全都是用日语写的。

洋子长大后，逐渐体会到了日语的珍贵。不管是在欧洲的哪一家咖啡馆，日语都可以让母女俩完全沉浸在自己的世界里不受他人干扰。这让她感觉到一种特殊的亲密。

不能用母语和父亲交流已是憾事，倘若日语也说不好，那必将使她丧失与母亲用母语交流的机会。语言不一定会严重阻碍亲子之间的感情交流，但要想好好地理解母亲，比起她的"地道法语"，洋子认为日语绝对是更好的工具。

母亲对日本复杂的乡愁，洋子自认为是理解的。但如今，看到眼前这样一个"有点奇怪的当地老奶奶"与一群高中生谈笑风生，她突然意识到，母亲希望回到长崎的愿望可能比自己想象的还要强烈。

以前很长的一段时间，她只是在长崎这块土地上幸存下来；现如今，她要在长崎这块土地上重新开始自己的人生。也正因为如此，比起同龄人，眼前的年轻一代，才成了她可以谈论核辐射问题的对象吧。她的长崎人生，中止于离开的那一刻。与那些留在当地坚强地活下来的人相比，她的内心有一种难以言说的愧疚，而只有面对这帮孩子的时候，可以暂时放下这份愧疚。

母亲出门后，洋子一个人在家，任凭悲凉充斥心间。

她搬了一把藤椅到面朝院子的走廊上坐下来，一边喝着加了冰块的麦茶，一边侧耳倾听远处传来的轮船的汽笛声，不免有些感伤。

眼前的大石头，正是使姥姥摔倒的那块。小的时候，洋子经常与表姐妹一道在那上面玩过家家。第一次与莳野见面的晚上，她还谈到了这个话题，当时自己很为他的理解而感动。

心里烙了个洞。洋子感觉自己目前就是这么一个状态，真真切切地空了一块。

每次与莳野交流过后，她都觉得快活感在瞬间充满胸腔，它的余热至今还留有痕迹。而她与其他任何人交谈时，都不曾出现那般愉悦的笑。唯有与他的交谈，无论抽出其中的哪一个片段，除了想说的，剩下的就是想听的，再无其他。

在与莳野相处的过程中，洋子体会到了从未经历过的爱恋，是莳野教会了她全新的活法。除了莳野，无论和谁在任何地方，她都不可能如此舒坦。即使只是在房间里独处，她也会自然地幻想他就在身边。洋子渴望一直成为与莳野相恋的自己。

失去莳野，就意味着今后她再也不能如此这般生活下去，如果想重温那种幸福，只能回到过去的美好记忆中。此时此刻，洋子心里烙下的空洞，正在不断扩散，染出一股荒蛮的孤独。

从今以后，她还会是那个一直活在巴格达的她，还是那个将雷声听成自杀式爆炸声的她，还是那个被陌生人盯一眼就会产生遭遇胁迫错觉的她，滑稽愚蠢至极的她……

洋子第一次察觉到，在她不能见的自我意识里，其实混杂着不想见的羞耻心。

不想让莳野见到现在这副德行，莳野把她想得太完美了。虽不能至，心向往之。所以即使达不到莳野心中那么高的理想模式，作为一个女人，她至少也要努力往那个方向靠近。

洋子从未如此切身地感受到这样的自卑感，自己是不健康的。并且，这种羞耻心完全不合常理。设想有朋友生病后说出这样一番话，她肯定会摇着头，鼓励对方说："为什么要这么想，没什么可羞耻的！"

然而轮到自己时，她只会认为这样的态度傲慢至极，这样表态的人站着说话不腰疼。

并不是自尊心作怪，她不愿接受同情，只是不想让莳野看到自己突然发作，陷入恐慌之后的丑态。

那么，这样的恋人关系，能称得上是爱吗？说到底，两个人的感情，还远未走到"爱"那一步吧。

当年，母亲是怎么把遭遇核辐射的事向父亲坦白的？洋子不由得想象。站在爱人面前，告诉他自己的身体曾经被核辐射所污染，这件事对母亲来说，肯定也是羞愧得难以启齿。或许生不了孩子，即使生了可能也不正常，这种无论如何都打消不了的焦虑与不安，如黑夜一般笼罩着她……

洋子本打算等身体恢复过来，回法国之前至少去见莳野一次。然而在长崎安逸的时光中，情绪渐渐稳定了下来，她反倒逐渐倾向于另一个出路。她想就这样，顺其自然地割断对莳野的思恋。

开车去伊王岛的路上，母亲一边开车，一边不经意地问："要不和理查德和好吧？"

母亲从太阳镜的镜片后不时地瞥一眼洋子。洋子盯着她的眼睛看了一会儿。以前在国外生活的时候，她通常会将眼线拖长，在眼角部分斜斜地往上飞，画得很浓，现在已经不画了。

"反正你也不讨厌他吧？"

"不可能和他复合的，也没有这个打算。我们已经结束了。"

"你的达秋已经没了，老待在威尼斯也不是个办法。"

洋子一脸惊讶地盯着母亲："我跟你说过'魂断威尼斯'综合征的事吗？"

"从你父亲那里听说的。"

"你们相互间还有联系？"

"因为担心你，前段时间你父亲联系了我一下。"

"原来是这样。父亲说的不是这个，是之前我去伊拉克的事。他是想说，我为了返璞归真结果却走向了自我毁灭的道路，这种做法大错特错。"

"在恋爱方面，你不也是如此吗？之前那么好的一桩婚事，全部搞砸，你毁灭得还不够吗？"

洋子一直挺喜欢母亲这种尖酸刻薄的口吻，这当口儿却也想不到什么好的说法顶回去。

手机的电源一直关着。她本来就没打算去开，如今更是畏惧去开。

等回到法国，回到属于自己的生活中，回到有什么事隔壁的贾莉拉随时都能跑过来的环境中，再好好地理一理情绪吧。那时，应该就可以平静地给莳野写信了。比起当面交流，写信的方式或许更能准确地传达自己的心意。只是按眼下的身体状况，等到那一天不知还要花多久的时间。不管怎么样，她还是宁愿坐在书桌前多考虑考虑，不愿就在此时此刻草率地按下键。

那么，写完信后要期待莳野的回信吗？不知道。只是不经过这个步骤，她知道她的人生没有办法向前推进，必须要经过这个步骤。而即使要再见一面，那也是这个步骤之后的事。

从长崎出发的那天早上，与从前在国外一样，洋子和母亲一起在厨房里做早饭，然后一块儿安静地吃。沙拉，酸奶，法式面包，火腿，简简单单。

母亲若有所思地沉默了一会儿后，突然用英语说："我实在看不下去了。"

洋子忽地抬头，看着母亲，她激动得满脸通红。

"从来没有和你说过，原先我年轻的时候身体也一直不好，特别是在你现在这个年龄段。我去医院检查，也没查出个所以然来。"

"核辐射的后遗症？"

母亲并不惊讶女儿已经知道了核辐射的事情，继续用英语说："我也不知道……我到最后也没搞明白自己的身体到底是个什么状态。结婚前，我和你父亲说过一次：我可能生不了健康的孩子，还可能随时会生病，而且是莫名其妙的病，这样你还会与我结婚吗？因为一直憋在心里，实在太难受了。"

"父亲，怎么说的？"

不知道为什么母亲要用英语来说这件事，可能是心里想着父亲，下意识地使用了英语，抑或是不想用日语来阐述自己遭到核辐射这个事实吧。洋子考虑了一下，也回以英语。

"你父亲说：我不相信这些，而且即使生出来的小孩有缺陷，也会一辈子爱他（她），你要是生病了也一样，这是我作为丈夫应尽的责任。"

"很遗憾，事实最终证明这是一个谎言。"

"他没有说谎，他一直深深地爱着你这个女儿。"

"那也只是在远处爱着，我小的时候，多么希望他就在身边。"

"真实情况不是这样的……你误会了。"

"算了，事到如今再去深究也没有意义。我只是想着父亲有言在先，后来又离开了，这算什么呢？我小的时候还算健康，那如果在某个年龄段里突然生出缺陷，他还会回来吗？"

"这不能怪你父亲。"

"你总是这么说，可是正因为你不告诉我你们为什么离婚，所以我才一直不理解的啊。我很同情你。说起来，和你分开后，父亲去做什么了？他有好几年都是空白。"

趁着这个机会，洋子把原来自己搞不懂，莳野也问过的话拿出来问了一遍。不过马上就要出门，时间仓促，她其实也没指望能从母亲那里得到答案。吃完饭后开始收拾碗筷，这样的问题，或许应该去问住在洛杉矶的父亲。

母亲摇摇头:"我现在想说的,不是这些。"她的眼角微微发红,嘴唇发颤,换回日语说道,"你能够健健康康地成长,对我来说是最大的好事,你能体会妈妈的这份心意吗?"

"我没什么问题,生下来的时候就挺健康的。"

"不好说,不知道什么时候可能就出问题了。"

母亲明显把自己幼年遭遇核辐射的事与洋子现在的身体状况联系到了一起,对此,洋子有些哭笑不得。她从来没有往这方面去想——当然,这也是因为母亲从来没把女儿当"核辐射二代"来抚养过。

"真没问题,我现在身体欠佳主要是因为在伊拉克那边的事……还有,就是失恋。"

"不管怎样,身体要紧。你有权利去做自己想做的事。还有,也老大不小了,凡事不要太自信,你也想要个孩子吧?这样不如……"

洋子摇摇头,一阵苦笑,看着母亲的眼睛说:"我心里有数,您自己更应该保重身体。"她站起身来,从上往下抱住了仍坐在椅子上的母亲。

母亲好像比以前小了。洋子小时候和母亲两个人住,经常就是这样被她抱住的。她在无意识间,也选择了这样的拥抱方式。

洋子临时决定,要在长崎的家里多住一晚。

对贾莉拉的同情变成一种责任感,维系着洋子精神世界的平衡。同样,来自迟暮之年老母亲的关怀,也让她坚定了平安返回巴黎的念头。

独自在东京过一夜,她实在没有自信,那是莳野所在的东京。不如趁着现在心态平稳,继续沉浸在与母亲生活的种种记忆中,就那样一直到巴黎吧。

在那之前，就不要开机了。

最终，洋子还是接受了眼前的现实，她不愿将分手搞得太伤情。

10

好几天都无法与洋子取得联系，苕野不得不考虑事态的严重性。

洋子显然是不愿见面了。原本还期待着她会在返回巴黎前联络自己，然而随着时间一天天地过去，距离她返回巴黎的日子也越来越近，苕野实实在在地感受到了她拒不相见的坚定意愿。

师父的意识仍未恢复，苕野本就静不下心来。日常犹如一条吞象的大蛇，将各种突发事件吞入肚囊，沉重得令时光都停止，压迫得他喘不过气来。

重读洋子发过来的最后邮件，苕野察觉到她的心已经离自己而去了。

为什么？他忽然想起来，那晚一直惦记着洋子是否回了信，他还联系三谷帮忙查看过，甚至连垃圾邮件都查过了，她确实没有回信。

因师父的紧急手术导致不能见面，或许并非洋子心境变化的原因。如果是这件事的话，他已经多次申明并且道歉，但洋子的沉默太不正常了。她的沉默仿佛在无声地宣告，原因不是这个。

苕野回忆起唯一一次洋子表情严肃时的场景。他永远都不会忘记，那是在巴黎的餐馆里，在自己说完一句话之后。那句话是：如果将来有一天，洋子小姐不幸在地球的某地遇难，我也会身殉的。

那时，洋子已经对莳野抱有好感。然而她的表情——甚至带有一股轻蔑之色——显示，她绝不愿接受自己的表态。

他为洋子的这般个性所吸引。或许，自己现在被拒于门外，并非因为某个具体的行动，而是作为人这个整体被她否定了吧。除此以外，他实在没有办法想通这几天一系列的事件。九个月的时间里，邮件往来、视频通话、只有三次见面的结果竟是，洋子最终认定自己并非她的良人。

假如真是如此，莳野依然要怀疑，洋子的态度为什么会转变得如此之快？她出发前，双方还通了电话，从当时的口吻来看，没有丝毫异样。那为什么在短短一天之内，事情就逆转了？难道那通电话本来就是醉翁之意不在酒，东京与巴黎空间距离的消失，反而于瞬间引爆了她内心的焦灼吗？

然而，即便是心态转变，至少也该打声招呼吧。双方都不是小孩子了。

莳野试着至少在心里责问洋子。按道理，他应该发脾气，应该生气，可是不知为何他就是没有办法责怪洋子。

他不止一次地考虑要去长崎找洋子。虽然不知道她老家具体在哪里，但只要去住宿的度假酒店等着，应该就能碰上。然后，在酒店再发一通邮件。——不过最后，这些都没有付诸实施。并不是他不愿去做，只是隐隐察觉到对方似乎不希望自己这么做——不过莳野觉得这样的逻辑有些荒唐，不光令自己憋屈，同时还有转嫁责任之嫌。

思前想后，他决定在洋子回东京的那天，去羽田机场接人。

即使见了面可能也不会改变分手的结局，但无论如何，莳野还是想当面与洋子再谈一谈。倘若可以心平气和地谈下去，或许能求得以朋友关系继续相处下去的资格。他依然恋恋不舍，他不愿看到双方彻底断了联系。他相信，经过一个足够长的时间间隔，待到双方都平静下来，那时候再碰面也是可以接受的。

机场的出站大厅里，苛野焦急地等待洋子的出现。直到最后一刻，都在设想两人今后的可能性。透过玻璃窗，他一直在行李转台的人群里寻找洋子的身影。直到行李转台停下来，最后一名乘客取下旅行箱走出来，依然未能等到洋子。

他事前已经通过邮件告知了接机一事，结果洋子连最后一次碰面的机会都没有给。苛野不是没想过洋子可能出了什么意外，但是，他彻底厌烦了时至今日还不断为洋子寻找借口的自己！

到了此刻，苛野决定今后不再主动去联系洋子，直到对方先联系为止。而倘若洋子一直如此杳无音信，那也只能自己去治愈这段情感的伤痛。

两周后的一个午后，洋子发过来一封邮件。与她从巴格达回到法国后发来的长信形成鲜明对比的是，这次的内容简明扼要，她已经与之前的未婚夫理查德复合结婚了。

第七章　爱的魔法

1

二〇〇九年夏,蒔野作为评委参加了台北吉他大赛,在台湾滞留了一周左右。

这个大赛属于新设赛事,原定由祖父江师父当评委。不巧两年前师父因脑溢血倒下,现在仍在恢复治疗中,因此组委会方面转而邀请了他的徒弟蒔野。

无论是从年龄还是业绩来说,蒔野当评委,大家都没有意见。此事还在业界的音乐杂志上以采访的形式刊登了出来。在这之前,还没有人可以请得动蒔野去当评委,不论国内外,他一概固辞不就。而此次蒔野本人的说辞是,师父举荐不好推辞。实际上是,随着年龄增长,他的态度变得灵活,而且最关键的似乎是他在经济方面有些窘迫。

说来也是自作自受。自从在两年前出了《阿兰胡埃斯协奏曲》和《美好世界》两张唱片以来,他没有参加过任何重要的演出活动。前者是二〇〇六年秋在三得利大礼堂演出时的录音做成的唱片,后来荣获"日本录音金像大奖";后者的主题曲被用在了威士忌酒的电视广告里，反响甚好。然而，他并没有趁热打铁举办相应的促销公演，不管是个人演出、共同演出，甚至是客串的形式，都没有再在舞台上出现过。

偶尔也能看到他出现在电视或电台中，看上去不像是得了重病，只是稍微胖了一些，脸有些浮肿，开玩笑的时候也不像以前那般活泼。业界的人都在传，莳野可能得了严重的抑郁症或是手指出了问题弹不了吉他了。也不知放出这些谣言的，是担心他的人，还是嫉妒他的人。

台北的这场大赛集中在一天，早上十点开始，晚上七点半结束。颁奖仪式结束后，获得第一名的芬兰选手以及其他拿到三等奖以上的选手，与评委一块儿转移到了庆祝晚会的现场。

这里是主办方选的地方，据说是台北第三好吃的餐馆，十五个人坐在一个大长桌前。

啤酒上来后，众人首先干杯。累了一天，都非常疲惫了。

不知道是谁先提议的，大家开始聊自由曲的发展趋势。在十几岁的参赛选手里，竟然有两个人选的都是罗德里戈的超难曲目《托卡塔曲》（*Toccata*）。

莳野分析导致这种现象的原因，一方面是音乐教育水准的提高，另一方面是现在大家都可以通过各种视频网站观看到世界各地的演出。随后，他又稍微谈了一下评审过程中的几点感想。一名初次见面的德国吉他手一面盛赞莳野的意见条理清晰，一面向获胜选手透露莳野正是他得以优胜的伯乐。

五个评委里，莳野最年轻，发言并不太多。评判过程中，第一名与第二名的差距很小，大家犹豫不决之际，正是他以明晰的分析左右了最终的结果。

莳野轻轻摇头以示否认。他喝了一口鱼翅炖汤，用餐巾擦了擦嘴，看上去不是谦虚，而是尴尬。等缓过神看到眼前这帮既疲惫又紧张的选手，他突然想起什么，说：

"今天上午，有段时间无事可干，我就在酒店周边转了转。没想到前方走来一个大美女，比斯嘉丽·约翰逊、林志玲两个人加起来还漂亮。我心里一惊，应该说什么呢？"

"还有这样的人？"

对面坐着的一名年轻吉他手，笑着睁大了眼。

"真就有！不知道她是模特还是演员，肯定不是一般人。她从我身边走过去，留下一阵余香，更是妙不可言。我深吸一口气，简直如痴如梦。可以肯定，那不是刚喷的香水，里面还夹杂着她的体香呢。"

"你没有追上去吗？"一名来自西班牙的评委笑着加入这个话题。

对这样一个不算意外的挖苦，莳野有些狼狈，很快缓过劲后接着说："没好意思追过去。总之，沉浸在她留下的余香中，散步都很有劲头。不过，那香水味确实很浓，那人走出去很远，还能闻到，一直就那样包裹着整条路。你们说，在大马路上尚且如此，要是在家里该会是个什么情况？美女的芳香大家都喜欢，不过细想，又觉得哪里不对劲。"

"欸？"

"之后，我试着稍微走快了一点。没想到香气非但没有减弱，反而越来越浓，像是追着自己似的。"

"欸？"

"心中百思不得其解，我本来想回头去问她用的到底是什么牌子的香水，结果突然注意到有个大叔走在我前头。气味是从大叔身上发出来的！"

大家被莳野的话吸引住，听得聚精会神，没想到故事却突然反转，搞得众人先是面面相觑，接着又是一阵哄堂大笑。

"那个大叔，丝毫没什么特别之处，大街上随便就能碰到的类型。不胖不瘦，不高不矮，头发黑黑的，顶部有点秃。我再用力地闻了一下，确定是这个大叔无疑。气味真的很好，不过与他本人反差太大，也不知道到底是什么香。"

"不会是洗涤剂吧？现在有的洗涤剂味道强烈得堪比香水。我有一次坐飞机就碰到过类似的，差点没把我给熏晕过去，据他说是媳妇给洗成这样的。"

"洗涤剂啊？原来是这样！总之，因为那个美女，我先前几乎把香气吸了个彻底，没想到却看到一个皮下脂肪丰饶的大叔，穿着一件被汗水浸透的衬衣，不禁要作呕。于是只想要赶紧跑到一个空气清新的地方去深呼吸一次，好把血液里的氧气全部换一遍，结果我就绕了远路……"

作为一名吉他手，这两年间一事无成，莳野本来就有些羞愧。刚才意外地因评审意见而受到尊奉，他感到极为不好意思，故意岔开了话题，同时也是想博众人一乐。结果讲了这么一个段子，可能是英语表达得不太好吧，听众的反应不如他预想的那样好。

正遭遇冷场之际，后面传来一声日语，直呼莳野的大名。

回头一看，是一个瘦瘦的男士，穿着一件天蓝色的格子衬衫。原来是老朋友兼同行武知文昭，莳野赶紧起身，笑着迎了上去。

"两年没见了吧，刚到的？"

"早就到了，一直在大赛现场呢。我下了飞机就径直去了现场，结束后才回的宾馆办理入住。"

"是吗？这次真的不好意思，事情来得有点急。"

"哪里，哪里。平时还没有机会出国演出呢，我还挺期待的，就是不知道能不能达到莳野你的要求。"

"客气，客气。大家肯定会很高兴的，我现在这副样子实在是不好意思献丑。"

"你最近还好吧？我挺担心你的。"

"啊……已经有一年半左右没有碰吉他了。"

"到底怎么回事？"

武知从来就是有什么就说什么的爽快人，听莳野这么一讲，丝毫不掩饰内心的惊诧，好像看到了什么了不得的伤痕。莳野倒不讨厌武知这样的性格，只是他的表情太过夸张，让他突然就觉得自己似乎被世界遗弃了。小的时候，人总是格外容易受伤，估计就是因为有武知这样的朋友吧，莳野不经意地想到。

吉他手都知道，三天不练习，手指就生疏。要是一年半都没有碰吉他，那就很难再捡起来了。不光是武知，来台湾后遇到的其他吉他手，听闻他的情况也或多或少地显露了担忧之色。

"我有一肚子话要讲，坐。"

莳野为武知腾出放椅子的位置，招呼服务员加了一副碗筷。

倒上啤酒小酌一杯后，武知先开口："今天三谷没来？啊，不好意思，不能再叫三谷了，应该是莳野夫人了。原来三谷叫习惯了，一时改不过来。那不叫三谷，叫她的名字'早苗'，行不行？"

"叫三谷就行，虽然结了婚，工作上她还是用的娘家姓①。这次她没有过来，手头上还有工作没有处理完。"

"三谷竟然成了莳野夫人，现在想想都还有点不可思议。不过要是问除了三谷还有谁，也确实想不到第二个人，大家都这么说。"

莳野缩了缩肩："确实，像你说的一样，我自己都觉得不可思议……不过我亏欠她太多，就拿师父生病这件事说，虽说师父是我的恩人，但她照顾起来，简直是一种献身的态度。"

"老爷子现在情况如何？"

"已经出院了，不过瘫痪还是很严重。"

"还能弹吉他吗？"

"完全不行，现在还在努力康复中。"

"这样啊。"

"想把师父送到护理机构去，申请已经递上去了，人太多，要排队。眼下是护理人员每周来家里看两次，剩下的时间全靠小奏那边照

---

① 日本女性婚后一般从夫姓，近年也有保持原姓的例子，不过户籍上大多统一为夫姓。

顾。小奏自己还有两个孩子，实在太辛苦，我有空的时候也会过去帮忙。"

"据说你可是'形影不离'地照顾着啊，我们都很佩服。"

"'形影不离'有点言过其实了。师父开了一个音乐培训班，我只是帮忙带着。班里小的还很小，大的都已经是高中生，说是要去法国留学。"

"你这又是何必呢？本来就很忙了。"

"话说小奏的小孩，老大得了手口足病，你知道吗？"

"没听说。"

"四肢，还有嘴里，长满了红斑，还发烧。总之是夏季感冒的一种，一周左右就能治好。可是不知道怎么回事，冬天，幼儿园里竟然流行开来。有段时间我帮她带孩子竟然也被感染了，大人得这个可不得了，狼狈不堪，有点类似长水痘。一嘴全是口腔溃疡，连喉咙里面都长满了，吞口唾液都疼得要命。"

"想想都疼啊，因为这个你瘦了？"

"瘦了不少。后来四肢大面积脱皮，现在我两只手上全是那个时候长出来的新皮，最糟糕的是，连指甲都剥落了。"

"太吓人了吧！"

"先是指甲底部松了，指甲一点一点地往前顶。一不小心碰到其他东西，疼得扎心，于是我干脆把松的部分剪了，结果就全部剥落了。"

武知惊诧得都快跳了起来。

"你那些剪掉的指甲，花了多久才重新长回来？"

"半年，其间完全弹不了吉他。"

"太恐怖了，看来我也要注意一下。"

"真的。我一开始都绝望了，不过事已至此，也只好从头再来。那以后好长一段时间内，我完全找不到感觉。"

"要想找回以往的感觉，很困难吧？"

"是啊，那么长的时间，完全没有碰吉他。连吉他的维护也只好拜托给别人，真是没想到会搞成这个样子。"

武知都不知道该怎么接话，只好先拿起筷子吃了几口已经有点冷的饭菜以掩饰尴尬。莳野一边给杯中的绍兴黄酒加冰块①，一边环视了一下围坐在桌子旁谈笑的每一个人。

过了一会儿，武知注意到莳野的右手指甲似乎修剪过一番，一脸凝重地问道："今后，都不弹了吗？"

莳野轻轻摇头："有的时候偶尔想起来，还是会走到吉他箱跟前去看看。不过也就是看看，从来不会伸手。"

"道路是曲折的，相信你一定可以恢复。"

一直若无其事的莳野，此刻却忽地感觉视线有些模糊。他盯着杯中的冰块看了一会后，旋又含糊地笑开了，说："你看，难得重逢，我尽讲这些伤心话，真是不好意思。"

"言重了。"

"我也想摆脱眼前的困境，毕竟还要生活下去。跑到电视节目里，随随便便当嘉宾这样的事，我开始厌烦了。"

---

① 日本人喝酒水、饮料时，喜欢加冰块。

"教音乐,也不行吗?"

"那也要自己能弹才行。师父的培训班,现在都请的别人。小奏因为孩子把手足口病传染给我,一直很愧疚。但我一点儿都不怨她,也不怨她的孩子。"

"话是这么说,不过看到你的手变成那副模样,连指甲都掉光了,她肯定会愧疚啊。"

"还好在那之前我刚把《美好世界》的录音工作做完了。"

"你们那个不设门槛的网络公开大赛,挺有意思的,我还想要不要偷偷地报名参加一下呢。"

"你的曲子,一听我就知道。那个活动是格雷博音乐的新人野田做的,不知道你认识不认识,他很年轻,所以想出这样花哨的点子。不过我无法直接登台,结果就有点美中不足了。最后想出的法子,是把我以前的影像资料整理出来放上去,勉强算是把网站给弄成并推出去了。"莳野叹了一口气,忽地抬起头来,开玩笑说道,"你最近怎么样?好像这段时间没怎么给我送唱片啊,我倒是给你送了。"

"我根本就没有出唱片啊。以前的就不好卖,今后估计都不会出了。我和唱片公司提过新唱片的事,结果对方不答应,不愿出,演奏会也迟迟定不下来。所以这次真的是亏得有你介绍,当然,我也知道肯定是因为时间太紧,很多人都接不了,所以才轮到我的。"

武知说完后,笑着耸了耸肩。莳野对音乐界不景气的状况当然很清楚,只是没有想到武知的处境竟如此糟糕。

"去年的金融危机以后,更加不景气了。"莳野也不晓得该说什么，似是而非地接了一句。

"你要是复出，马上就能开演奏会，唱片也很快出得来。你比我强多了，肯定没问题。"

"要真是那样就好了，关键是，能不能复出成功我都没有把握。"

"要我说，你真是浪费了个难得的机会啊。"

莳野稍微感觉武知话里带刺，也不知该怎么继续往下说了。

过了一会儿，大盘大盘的菜肴鱼贯入席。莳野一边吃着，一边用英语与旁边的人聊天。

刚才说冷笑话时，别人问他怎么没追上去。这个问题，此时伴着醉意，以奇特的韵律一直回荡在他的脑海里，他突然想起了洋子。

一晃都过去两年了，不知她现在过得如何。

那个时候，自己本可以多做一些，来挽回两个人之间的感情。

每当沉浸在这些过往的记忆中时，莳野总会摇头并告诫自己，凡事要向前看。他之前甚至趁着醉意在别人面前开玩笑说过洋子的坏话，但是说不了多久，就没有办法继续下去。他从心底里厌恶那些随声附和，嘲笑那个"匿名女人"的人，虽然提起这个话茬的明明是他自己。

说起来，自己和洋子算得上恋爱关系吗？两个人总共只见过三次面，甚至到最后，自己都无法去责怪她。这应该称不上是爱吧？

两年来，莳野选择了忘却，不去想起这段往事。对于洋子突然变卦一事，他长期搞不明白缘由，一直在心头存有疑问，但是将这些疑问带到与三谷的婚姻中，显然有悖作为人夫的伦理。现在对他有意义的，并非洋子不爱自己的事实，而是三谷深爱着自己的现实。

另一方面，蒔野长期不能从音乐上的困顿中走出来，这令他很意外，也很焦躁。照现在这个样子，可能永远都无法复出了。他一边苦恼，却又对拿起吉他练习这唯一的解决办法非常抵触。

而今天，突然回想起来的几个有关洋子的美好记忆，让他对现状越发不满了。趁着武知没说话的空当，蒔野又用日语开始搭话。

"要是可以的话，下次我们俩一块儿做个项目吧。对我来说，有个具体的目标可能好一些。我尽量抓紧练习，不拖你的后腿。"

他的提议既认真又缺乏底气，武知乍一听，赶紧把含在嘴里的炒饭吞了下去，条件反射地点了点头："那我们一言为定！到现在为止，还没怎么与你合作过呢。和你搭档，唱片公司肯定会愿意出唱片的。"

武知自嘲地笑道，刚才的醋意完全没了踪影。看看他纯真的眼睛，蒔野再次觉得他是个好人，充满感激地说："不知道能不能走到那一步，总之我们先干。万事开头难，你有什么想法随时告诉我，我绝对相信你。"

2

纽约曼哈顿翠贝卡街区内的一栋豪华空中别墅里，洋子将一杯变温了的鸡尾酒放在桌上，然后走到沙发边坐了下来。理查德注意到她起身，但是没有跟过去。

沙发银白色，流线造型，由扎哈·哈迪德①按照弯月形象设计而成，和谐地存在于这个可以俯瞰哈得孙河的奢华空中大别墅里。循环播放的音乐喧闹不堪，墙上挂着的克里斯托弗·伍尔②的巨幅抽象画看上去就像是一堆泼墨，极为醒目。一群富豪大佬扎堆于此，真是好不热闹。

凑近昏暗的照明灯光，洋子看了看手表，刚过晚上十点。

这幢空中别墅是一个四十五六岁的房地产老板名下的产业。晚会开始后的三十分钟之内，他一直在炫耀自己是如何购入布加迪威龙——一辆价值两百万美元的高级跑车。洋子好不容易才逮着机会从中脱身出来。

要买布加迪威龙，据说要事先考察买主是否够格，考察通过之后，位于阿尔萨斯的总公司将提供头等舱机票，邀请备选买主前来详谈具体的规格。简单地说，就是这么个事。三分钟之内还能勾起人的兴趣，然而那个房地产老板竟然一个人喋喋不休，连续讲了三十分钟，真是够了。

只要某个人抛出一个话题，其他人马上附和。洋子的身边一直在不断重复着这样无聊的谈话。

两年前即二〇〇七年，世界金融危机爆发；去年九月，雷曼兄弟控股公司破产；随后，美国国际集团陷入经营危机；再之后，美国众

---

① 扎哈·穆罕默德·哈迪德（Zaha Mohammad Hadid, 1950—2016），伊拉克裔英国建筑师，于二〇〇四年成为首位获得普利兹克建筑奖的女性建筑师，在国际建筑界享有盛名。
② 克里斯托弗·伍尔（Christopher Wool, 1955— ），美国当代杰出艺术家、摄影师，自20世纪80年代开始创作观念艺术，最为人称道的是白色画布上的大尺幅字母画作。

议院否决《经济稳定紧急法案》。一系列的噩耗导致股价大跌,甚至在一段时间内关于世界性经济大萧条的传言日盛。然而,聚在这里的金融业者,各个都气派得不得了,仿佛与世间的不景气绝缘。

来之前,洋子就做好了思想准备,但还是被眼前的景象搞得心烦意乱。

《紧急法案》被否决后,考虑到临近总统大选,各方又相互妥协,将法案适当修改后最终还是通过了,美国政府投入七千亿美元救市。危机的罪魁祸首原本就是华尔街的金融业者,反过来政府却要花费大量的公共税收为他们擦屁股,一般老百姓对此当然会愤恨不平。道理虽是如此,来自民间的怨言却根本无人理会。

今年二月,纽约道琼斯指数跌到了7062.93点,之后触底反弹,股价一路回升,在这周终于超过了10000点。今晚,这些人正是为了庆祝此事——同时又要避人耳目——召开了一个如此秘密的"夜宴"。

洋子不经意地朝窗外望了望,夜晚的黑暗笼罩着河面,一直延伸到哈得孙河对岸的新泽西。窗户里不时地映出客人们走动的身影,洋子自己也在其中,手里没有端着酒杯,看上去就像被踢出了群体一般。她后悔刚才将酒杯放到了桌上。

"为什么男人都那么喜欢炫耀?"

有人从身后搭话,洋子回头一看,一个丰腴的金发女士穿着红色紧身连衣裙,正端着两杯鸡尾酒站在眼前。刚才理查德已经做了介绍,是他工作上的伙伴。洋子接过对方递过来的一杯,一边道谢,一边腾出了位置。

"车子、房子、女子,永远的话题。"

"也不是每个男人都这样。"

洋子微笑着答道。如果没有记错,对方的名字应该是叫海伦,在理查德当顾问的银行里供职,此前刚离第二次婚。在刚才的交谈中,她好几次套用金融危机以后新闻媒体批判华尔街的"贪婪"一词,来形容自己的婚姻,引得众人捧腹大笑。

"男人本质上都一样,我还从没见过不一样的男人。我觉得必须要对这帮男人抱有怜悯之心,要不女人怎么能跟他们相处下去呢?"

可能是喝醉了,海伦看洋子的眼神妖艳而懒散。对方不由分说地就来兜售高论,想谋得自己的共识,洋子有些疑惑。

"在你这么漂亮又能干的女性面前,每个男人都会极力自我宣扬以掩饰他们心中的自卑的。"

洋子回答得不痛不痒。对方的脸被高高鼓胀的苹果肌彻底锁住了表情,但看她松弛的手背,怎么着也比自己大个五六岁吧,看来应该是整形与注射的成果。

学生时代时,洋子并没有过多注意,到了现在年龄增长,加上交往圈子的原因,她发现自己身边竟然有那么多的人已经做过整形手术,一时间不能适应。可惜岁月不饶人,即使大家做好了全面对敌的准备,战果也不甚理想,甚至可以说是全面溃败。然而在那些女人看来,任衰老攻城略地的洋子才是不正常的,肯定是哪里出了问题。

海伦虽然美貌,可说话的时候,脸颊、眼角这些传神的部位却纹丝不动,使人不得不思考,她说的到底是真是假。交谈了几句,洋子甚至感觉自己的表情都要被锁进她紧身衣式的脸庞中去了。

理查德朝这边看了一下。莫非，他心里也希望自己能稍稍打理一下素颜的？

"和我没有什么关系，都是男人的本性啦。不一定是布加迪威龙，还有别的，只要是能炫耀自己经济实力的，他们哪个不是变着法子在臭美呢。说起来，你老公就不夸别的，老夸你！"

洋子听后，随即摇了摇头。不管别人怎么说，这一点，她无论如何都难以赞同。这个圈子里的男人或许确实如海伦所说，然而回顾自己人生中遇到的其他男性，就会发现事实并非如此。

比如自己的父亲索里奇，就根本不在人前炫耀。他生来就不爱说话，以前有人问他在戛纳电影节获奖时的感受，他也不过是寥寥数语就应付了事。还有，在伊拉克工作期间的同事菲利普。作为一名新闻记者，他的阅历非常丰富，绝不是用金钱可以换来的，然而没有一次见他以此炫耀，有时候反而给人谦虚过度的感觉。

难道美国的男性特殊？今年，洋子的儿子肯刚满周岁，她一边带孩子，一边在语言学校教法语，还在家附近的美术馆上班。她回想工作中接触到的美国男性，并没有在她面前炫耀过什么。

想着，想着，洋子久违地想起了苆野聪史。

——也不知道他现在怎么样……

通过与苆野的短暂交往，她意识到真正有才的人不用吹嘘，自然就会流露出优于常人的品质，而这样的人反而真心向往平庸。她并没有特别的才能，但在今天这个觥筹交错的场合，却深刻地感受到了这一点。回想到今天为止的这一生，只有与苆野的交谈，她总是很享受，发自内心地感到愉悦。

莳野也是男性，这个例子足以让她有足够的自信去反驳海伦的观点。与此同时，她也意识到，莳野并没有完全从自己的记忆中消失。往事依旧令人怀念！

一晃已经过去两年了，仅仅只是过去两年……洋子仿佛听到某个非常亲近的人不断在脑海里提醒她。往事之痛，不禁教她低下头，闭上了眼睛。

看到洋子模棱两可的反应，海伦更加来劲了："炫耀就是男人可怜的自慰。都是圈子里的人，知根知底，如果在他们面前都不能好好地炫耀一把，不就丧失了活下去的意义吗？想想他们也挺可怜的，因为有钱反而遭人仇视。"

"那些想炫耀的人，心情可以理解。不过即便只是在自己人面前，开个高级跑车去兜风这事就那么爽吗，值得大提特提？"

刚才开了小差，思绪有些跑偏，不小心说完真心话之后，洋子就意识到自己煞了风景。

今天这个场合，洋子知道只要开口，就不可避免地会这样，所以打算不发言。不想恰好回想到莳野，思维不自觉地切换到原来在网上与他视频聊天时的状态。与这帮人聊天真是憋屈，但要把这经历与莳野交换一下意见，肯定又会很有趣吧。

"明明知道次级房贷那样的债权肯定难以回收，还要把它证券化，抛售到全世界，谁都知道这是在瞎折腾。等出了事，让政府用税金擦屁股，难道大家内心就不会愧疚吗？要知道有多少人因为这次危机丢了饭碗，流落街头，甚至妻离子散。"

海伦喝光了手中的鸡尾酒，嗤笑道："你真是美丽的人儿啊，心地善良，和我们这帮人完全不一样。看你的穿衣打扮，好像是圈子里的人，骨子里毕竟还是个记者。但是没有人可以轻轻松松就成为富翁，每个人都是在现有的规则之下，最大限度地发挥自己的本领才获得了今天的生活。游戏就是游戏，作为玩家必须遵守游戏规则，而为了在竞争中存活下去，每个人都在发挥自己的智慧，也付出、牺牲了许多。那些在寒冷的夜空下无家可归的人确实可怜，但他们原先不正是借着次级房贷的东风，才有可能住进原本一辈子都不可能拥有的豪宅吗？哪怕只是短暂的一瞬间！我们也希望借贷者定期还钱，欠账还钱是天经地义的事。那你说谁是坏人？那些没有还贷的人吧，那些人才是危机的根源，我们都是受害者！"

"但是你们撒了谎，不管是对那些借钱的人，还是对那些买入这个评上3A信用等级危险证券的人。"

"大家都是成年人。世界都已经全球化了，哪有那么单纯的事？所以自己不好好钻研，受了损失，能赖别人吗？"

洋子知道是自己的言语刺激对方在先，但她傲慢的口吻实在让人不舒服："这个世界的风险，变得越来越复杂，越来越难以捉摸，而且速度越来越快。这一点我们都懂，也都承认，但掌握专业知识的人与门外汉实际上处于信息极不对称的关系中。你们对金融很熟悉，是因为你们将毕生都投入金融领域并且垄断了这方面的知识。你认为所有的人都应该自己去钻研金融学方面的专业知识，那你自己掌握了转基因食品、全球变暖、中东政治局势方面的专业知识吗？就算你是超人，这些都掌握了，难道就可以认为每个社会成员都必须像你一样这么能干吗？设想一下，一个与你面对面谈话的人，因为他不知道债务担保证券是什么，就应该接受你的批评吗？何况，你们还在这个证券中捆绑了各种东西，让它变得更加复杂，更加捉摸不透。"

"这是无知导致的误会，我们不是为了骗人才把产品复杂化的，是为了分散风险。当然，难免会有些不可预测的东西混了进来，所以都投保了呀。"

"即使原理当真是为了分散风险，但你们在实际放贷与销售金融产品的过程中，显然都越过了底线。按揭付款开始不过两个月，就产生持续性的滞纳，怎么看都觉得合同有问题。"

海伦似乎觉得很荒谬，高声笑道："你丈夫理查德不就是金融理论的专家吗？这种复杂的金融产品是怎么生成的，又是如何评上3A信用等级的，里面都有学术上的理论依据。难道说，你是在批判理查德为'诈骗'集团效力，违背了作为一名学者的良心？说起来，你们母子的生活不正是靠理查德在银行当顾问的薪水吗，你现在能进入美国这百分之一的富人圈，不正是靠着理查德积攒的人脉吗？只有你自己是出淤泥而不染，是正经八百心地善良的美人，这怎么都让人难以信服啊。站在道德的制高点上发表一些完美的正确主张，心里自然是很舒畅，但是不把握分寸的话，也不知道谁才是厚颜无耻之徒呢。大家其实半斤八两，彼此彼此而已。"

海伦说到最后，简直就像在教导一个天真的高中生，毫不感情用事的口吻甚至令人敬佩。很明显，她在这件事上不以为耻反以为荣，她是在随意而冷酷地践踏着人性。洋子越发生气，但对方关于理查德的反驳,她确实也无话可说。海伦所说的,也正是去年以来他们夫妻间吵架的根本原因所在。

理查德似乎察觉到了海伦与洋子之间微妙的气氛,表情僵硬地迎了过来。

"怎么样,玩得开心吗?我们差不多回去吧,说好让保姆十一点回家的。"

洋子随即起身,与海伦道别,理查德强作欢颜地看了看海伦。海伦略有醉意地目送着这对夫妻,说道:"不用担心,女人之间的闲聊而已。"

理查德挽住洋子的腰,一起走出了会场。

从别墅到家,坐出租车不一会儿就能到,理查德有些迫不及待地想知道两个女人刚才到底谈了些什么。

"也不是什么新鲜话题,就是那些你不想听的话。"洋子草草地回答,又觉得自己这话说得有些矫揉造作了,补充道,"海伦订正了之前我对你工作的误解。"

他们就这个话题已经争吵过无数遍,彼此都厌倦了。不想理查德听后,反而出人意料地流露出安心的神色。

"这事,本来就不好理解。和海伦她们多聊聊,你的想法应该也会逐渐改变,你会重新找回对我的信任。我相信,你是一个公平的人。世人都觉得搞金融的是恶魔,但你看,实际上现在市场已经在逐步恢复中。问题只是暂时的。这是一个变化的世界,不可能随时随地总是那么圆满,最重要的是,我们要去构建一个解决问题、稳定市场的系统。"

"理查德，整天和那帮人打交道，你心里开心吗？还是说，因为迫于生活，没有办法？"

"这真不像是你提出来的问题，要知道凡事都不可能非白即黑。我也不是什么事都附和他们的，他们喜欢冒险，打擦边球，但那些事都与我无关。不过这帮人从本质上来讲，都是很优秀的，我和他们也谈得来。之前我也说过，你要是不乐意与他们交往，完全不用屈就，之前你就一直是这样嘛，我不介意。只是为儿子考虑，我们必须保证经济上的稳定，这个非常重要。说到底，我不过是一个经济学者罢了。"

洋子轻轻叹了口气，悲哀地看了丈夫一眼。长期以来隐忍的某种东西，仿佛在这一瞥之间消散了，理查德不耐烦地狠狠跺了一下地面。

两年前的夏天，洋子到达东京后收到莳野发过来的分手邮件，于是独自回到长崎陪母亲度过了几日美好的时光，之后就飞回了巴黎。下了飞机，她意外地看到理查德与克莱尔在出站口迎接。是母亲联系了理查德，她担心洋子，便拜托他陪在身边。

当时金融市场已经开始混乱，理查德也很忙。即便如此，他还是和姐姐克莱尔一起飞到了巴黎，仿佛老父亲喜迎败家子回归一般，在机场等待。事后，母亲告知了事情的来龙去脉，洋子没有责怪她。

当时到底发生了什么？

克莱尔先抱住了洋子，较之单纯的见面礼仪，抱的时间有点长。

洋子当时已经全身无力，站都站不稳了，长久的拥抱令她心安了不少。她想，要不就这样轻松地生活吧。

随后是来自理查德时隔三个半月的拥抱，这个拥抱彻底断了她的回头路。她本来打算回到巴黎后再给莳野写一封邮件的，然而似乎不应该了——此刻，正是她斩断前缘的最后机会。被自己那样伤害过的理查德就站在眼前，不计前嫌，慷慨地伸出了双手。这双手，她应该握住吧？那就握住吧。

洋子告诫自己不能再放开理查德的手，要将过去遗忘掉，就当从未发生过。今后，她将与理查德结婚。过去的一切，正像理查德说的那样，不过是"婚前抑郁"而已，不必挂怀。

如今回首，那时也正是洋子PTSD症状最为严重的时期。类似于在新宿的宾馆电梯里产生的强烈幻觉，回到巴黎后，逐步得到了缓解。这当然不是自然治愈，与理查德的陪伴有着莫大的关联。

在东京期间，莳野发了好几封邮件和信息过来，因为一直关机，她并没有注意到。回到巴黎后，为了斩断退路，她发现未读信息后索性没有打开来看就彻底删除了。这种一刀两断、不给自己留半点退路的方法，与洋子本身的性格有关系，但最重要的还是因为她当时糟糕的精神状态。

洋子最后发邮件告知了莳野结婚一事，只是对方没有回音。当然，一开始她也没指望过回音。

莳野的音乐，自那之后她再也没有听过。不光是莳野的音乐，连古典吉他这个音乐体系也逐渐疏远了，即使偶尔在哪里听到也会努力将它摒于耳外。

她甚至认为古典吉他或许也会让自己联想到在巴格达的记忆，会使体内本已消停的传感器突然响起。

结婚后，洋子搬到了纽约，把工作也辞了，休养了一段时间。

唯有贾莉拉的事，她一直放心不下。趁着有一次菲利普从巴格达回国，她找他商量了一下，最后决定由菲利普的一名女性朋友来暂时照顾，后面还是让她一个人独立生活。获悉洋子即将结婚，贾莉拉也由衷地祝福，并强烈建议她离开巴黎前往纽约，不必为自己的事犯难，说有什么事可以在网上随时联系。

后来，她一直很难忘掉苛野，洋子觉得自己没出息，然而怀孕之后，想起他的时间自然地就少了。

今夜时隔许久再次忆起苛野，似乎是潜意识的暗示。而这一夜，这一夜的派对，也成了她与理查德夫妻生活中的一个转折点。

今年三四月，洋子就暗暗察觉到了理查德出轨，后来证实出轨的对象正是海伦。所以说，这一夜与海伦面对面的交谈，是两个女人第一次也是最后一次交锋。

3

与海伦的关系让理查德在肉体与精神上得到了巨大的安慰，也让他滋生了罪恶感，然而罪恶感丝毫没有妨碍这种享受。相反，来自良心的苛责发挥了意想不到的绝妙的作用——作恶却未被发现，这种优越感让理查德变得更加踏实与收敛，也促使他敞开胸怀接受无法随心所欲的现实。

忍耐，大体上都伴随着得失盈亏的算计，而多于常人的忍耐往往会带来数倍的煎熬，压迫得人喘不过气来。此时，若能偷偷地打破社会约定俗成的禁忌，心中的愧疚反而会转换成一股清凉剂。

每当遇到朋友在面前吹嘘夫妻恩爱时，理查德就不禁垂头丧气，因为他与洋子之间的夫妻生活太过平淡了。不过再听到对方斩钉截铁地表示从未想过要去出轨，他又暗自宽慰不少，因为自己正沉浸在对方尚不了解的人生逸乐中。

时至今日，理查德仍然爱着洋子。只是每次面对她，他的自尊心不免受损，即使再怎么强颜欢笑也持续不了多久，一回到自己的房间马上就会焦躁不安地踱来踱去。唯有与儿子在一起的时候，他才可以体会到家庭生活的快乐——虽然他偶尔也会认为，他和洋子之间的问题可能是儿子出生太早的缘故。

理查德并不是一结婚就这样，他的自信是一点一点逐步丧失的。探究其根源，还要追溯到洋子婚约期内变心一事，虽然他当时宽恕了她的"放荡"。

在洋子面前，理查德一直是自卑的。所以面对结婚前夕突然杀出的那个叫莳野的第三者，他倾尽全力，并终于取得了胜利。婚后的一段时间内，他沉浸在这种幸福中，如痴如醉。然而劲头消退后，徒留空荡荡的虚脱感，这种虚脱感久久不能退去，而且有愈来愈强之势。

洋子与理查德是旧知，在一起的时候年纪也都老大不小了，夫妻生活从一开始就缺乏销魂的甜蜜。再加上洋子的身体状况不佳，深陷PTSD的痛苦，理查德只能陪伴在身边认真履行丈夫的义务。

对此，洋子是非常感激的，也因此，她无法怀疑自己对丈夫的爱。

后来经一位颇有名气的妇产科大夫指导，洋子成功怀孕。这大大超出了夫妻俩的预期，同时也给她带来了无尽的喜悦，让她重新看到了人生的希望。理查德以及双方的亲人也都沉浸在幸福中，他们的笑容既让她舒心，同时却让她感到了一丝压力。

洋子已经四十一岁了，这次怀孕估计也是她最后的机会。怀孕期间，她孕吐反应强烈，甚至一度有流产的危险。夫妻俩一切以孩子为重，因此床笫之欢也是克制的。理查德没有说什么，只是日常性的拥抱、接吻都很容易激起他胸中的燥热，性欲就像一个小顽童，他实在处置无方。晚上实在无法入眠时，他也暗示过洋子用其他的替代方法，洋子配合了，只是不久他本人都觉得害臊，不再要求了。

在此需要澄清的是，理查德绝不是因为洋子怀孕期间不能行房而心生不满。只是洋子被孕吐折磨，内心焦躁，这焦躁确实也传染到了他的身上，且产生了微妙的后果。说起来，订婚阶段，理查德一旦心生不安怀疑洋子移情别恋，就通过激烈的肉体交融来缓解不安情绪，而这似乎成了一种习惯。

原本苗条消瘦的洋子怀孕后，肚子一天天大起来，已经遮挡不住。那天，她突然想吃点油腻的东西，夫妻俩一块儿去了附近一家颇有格调的披萨店。突然，理查德冷不丁地来了一句："你不后悔跟我结婚吧？"

这家店的披萨里加了许多蘑菇，在当地很有名气。他这次却一反常态，仅仅尝了两块半就停下了。

"怎么突然问这个？我根本没有考虑过。"

"因为你不像以前那样爱笑了。"

"是吗？你看着我的脸，这不笑着吗？怀孕是很辛苦的，你要是在肚子里放三千克的秤砣生活一天，就明白是怎么回事了。"

"你难道不后悔没有跟那个日本吉他手结婚？"

"为什么现在要去翻这些旧账，你自己后悔了？"

"不是。"

"你原先不是把这些都归作'婚前抑郁'吗？我现在懒得去刨那些陈年旧事。"

"我现在还嫉妒他呢。"

"没什么好嫉妒的，我已经说过好几次了……"

"艺术家都不是什么好东西。"

"说的也是。"

"不，那个，岳父大人例外。"

"他更是这样，简直是个典型。"

洋子忍不住笑了起来，轻轻覆住理查德的手背。

"我爱你，我现在很幸福！"

纽约切尔西的披萨店里，与身为经济学家的丈夫相对而坐，再过三月，腹中的胎儿就要出生，而丈夫此时一脸茫然，就像米歇尔·

维勒贝克①笔下的人物那样。这一瞬间,洋子感觉到自己正置身于从未想象过的未来中。

这是为什么?

忽地,她想起是永讲过的一段话,关于人生的主角与配角。发表这番理论的三谷,据说已经与苛野成婚,她如其所愿,可以在他的电影中继续扮演最佳配角了。

为什么?

苛野现在也有孩子了吗?他会不会也像理查德这样注视着自己的妻子?

……

在洋子休产假期间,社会上对金融界的批判声越来越高。在这样的大背景下,她破天荒地开始仔细阅读理查德的学术论文。其中的几点内容,让她感到几许不安。

她不懂经济理论,对论文里各种复杂的数学公式,也不太能理解。理查德根据企业的不动产融资欠贷率计算个人住房贷款的呆账率,再以这个计算结果作为证券化风险的依据。在她看来,这样的做法无论从哪个角度判断都是有问题的。首先,借贷的动机因人而异;再者,债务违约的过程,个人与法人的情况不可混为一谈。如果是欺诈性质的贷款,个人远比法人更容易受骗。现实情况是,借贷人无法偿还的个人住房贷款与优良债权捆绑在一起,它们就像发了霉的面包

---

① 米歇尔·维勒贝克(Michel Houellebecq,1958—),原名米歇尔·托马(Michel Thomas),法国作家、电影制作人、诗人。

一样，散布在全世界范围内，在金融市场的各个角落里引发食物中毒的惨剧。除了这些，论文里还有其他几个地方也叫人生疑。

洋子的指摘，令理查德情绪激动，他好像被人偷看了日记一样紧张。她原本只是希望理查德能够给出合理的解释，以修正自己的无知，拂去心中的疑云，然而对方的反应出乎意料。可能是自己的言辞有问题吧，洋子道过歉，又重新再问了一遍。可是心情平复下来之后，理查德的答复仍然不得要领。

"你的疑问固然有道理，不过非银行金融机构的个人住房贷款呆账，本来就没有任何统计数据，我这么做也是出于无奈。"

洋子与理查德职业各不相同。她是记者，工作上的话题与一般人大多也可以聊上一聊；他是搞金融的，太过专业，没有相关背景基本上无法交流。所以洋子也从来不问。

她对理查德的好感与他的职业毫无关系，这与喜欢茆野时完全不同，她爱着茆野的同时也深深地爱着他的音乐。

理查德解释，自己现在研究的新型金融产品将市场的多余资金提供给那些经济状况不佳的人，使他们可以买得起住房，所以是一个共赢的结局。

"像你母亲那样，一个人带孩子的单亲家庭，也想买得起房子，也想给孩子提供一个舒适的环境。然而现实状况是，哪怕眼前就站着这么一个人，也没有谁愿意贷款给她，因为会担心她没有还款能力。那么，不让放贷者看到单亲妈妈的实际状况就好了。为此，我需要将这些人的房贷整合在一起，给利息再裹上一层利益的外包装，在这个基础上，与可以获得切实收益的债权捆绑打包销售出去。这样就看不到单亲妈妈的形象了嘛,大家都很放心,投资者才会出钱。看起来很荒唐,但这其实就是数学构建起来的新科学,把富人与穷人串联到一个互信、互动、双赢的平台上,也可以说是穷人大团结取得的胜利,我只是略施魔法,把富人的'贪婪'转变成了慈善而已。要改变这个世界,你有你的方法,我也有我的方法。你是在揭露世界的不公,我则致力于创造一个将世界变得更好的体系,再也没有比我们更完美的组合了。"

理查德的说法,让洋子嗅到了来自陌生金融世界的清新的善意,心中有些动摇。这些话并非网络上随随便便就可找到的陈词滥调,而是她丈夫——这个爱着她的男人——发自肺腑、带着热切的人生信条。她不希望这是混入杂质企图遮盖某些东西的空谈。

然而,随着交流的深入,洋子发现理查德不可能注意不到金融理论与实际情况之间的差距。倘若他确实并未注意到,那作为一名学者,他很有问题;反过来,倘若他明知其中有猫腻还同流合污,并且故作高尚,那就非常无耻了。洋子怎么看怎么觉得,理查德其实是积极地利用数学的伪装掩盖残酷的现实。面对这种情况,作为妻子,自己该如何做?洋子的内心纠结不已。过去自己一直毫无顾忌地揭露社会的不公,一旦问题发生在丈夫身上,就要睁一只眼闭一只眼地混过去吗?

肯出生的前一天,正好是雷曼兄弟控股公司破产的日子。大约两个星期后,纽约证券交易所道琼斯指数创下史上最大跌幅,达777点。

理查德没能赶上儿子出生的那一刻。等他赶到医院时,还没有取名字的一个男婴已经依偎在了洋子的身旁。他激动得手足无措,直愣愣地站立了许久。洋子躺在病床上,蒙蒙眬眬地看到投射在理查德脸上的阴影,感到无比真实。她爱这个表情。理查德含着泪,微笑着拥抱了自己的妻子。

孩子最后取名叫肯德瑞克,洋子喜欢叫他肯,因为肯(ken)这个音,在日语里有健康的意思[①]。

看到理查德这么疼孩子,洋子每次都会联想起他本人的成长经历,他恰恰成长于一个幸福美满的家庭。他不但会给孩子换尿布,喂奶粉,还主动承担给孩子洗澡的任务。更重要的是,他对这个家庭具有强烈的责任意识。他极力去还原幼年时代自己成长过程中的家庭环境,对母爱有着近乎信仰般的重视。他从未想过洋子可能有别的想法,只一味地认为她童年不幸福,需要温柔的抚慰。

理查德的老朋友经常说他是个妈宝,但不管是他的母亲还是姐姐,对自己都很好,所以洋子对此也不甚介意。

从日本返回法国的那天,如果来机场接她的仅仅是理查德一个人,估计洋子是不会与他那样拥抱的。她确实很渴望家庭的关爱,就像克莱尔关心理查德那样。而理查德自身也洋溢着属于家庭的温暖,在那个时间点,恰好将她感染了。

与海伦见面,是在肯刚过完周岁生日之后不久的那个派对上。

从那天起,一直到理查德主动交代出轨为止,洋子度过了一生中

[①] 日语中,汉字"健"的发音为"ken"。

最孤苦寂寞的一段时光。

当时正流行美国嘻哈艺人杰-Z和灵魂乐歌手艾莉西亚·凯斯合作的《帝国之心》(*Empire State of Mind*)，走到哪儿都是"身处纽约，自然无所不能"。以至于后来只要听到这个曲子的旋律，洋子就会立刻回想起当时那无处安放的孤独。

不管去哪里，洋子都可以比较顺利地融入当地的生活。唯独那段时期，她始终觉得自己是一个外人。她能理解隐藏于《帝国之心》中的淡淡哀愁，但无法与它产生共鸣，大声唱和。

工作方面，除了之前的语言学校和美术馆，受记者朋友委托，洋子写了一篇关于诺贝尔文学奖得主的报导，刊载在一个荐书网站，没想到此后不断有约稿过来。时隔多年，她重新投入文学的世界，内心开朗了许多，而且随着身体状况的好转，她意识到是时候去从事一个更加有意义的工作了。

她需要一个可以投注精力的平台。理查德的外出明显有问题，她权当看不见，说到底不过是因为自己软弱罢了。所以，她自然地把注意力全部集中到了儿子的身上。

肯每天都在成长，速度很快，快到现在回想起来，好些记忆甚至是模糊的。所幸留下了大量的照片与视频。因为年代的原因，洋子本人的童年照极少，在有了自己的孩子后，她通过各种媒介为儿子留下了生命最初几年的模样，在他还不能记忆的时候。

她最喜欢的是肯刚洗完澡，单手拿毛巾站立的一张照片。小小年纪，他身为男性的骨骼、肌肉已经稍具雏形，那姿势与米开朗琪罗的大卫像简直一模一样。

洋子专门给双方的父母各寄了一份，在朋友面前也展示了好几次。经常，她还会用日语打趣道："瞧，我威风凛凛的大卫。"

每次听到母亲这么叫唤自己，肯仿佛听懂了似的，咿咿呀呀地笑出声来。

肯出生后的第二个跨年夜，理查德计划一家人去时代广场参加倒计时活动。不巧跨年夜前一天，时代广场发现了可疑车辆，洋子于是提出了反对意见。室外温度降到了零摄氏度以下，有积雪，她担心肯会感冒而且更重要的是她对自杀式汽车爆炸事件还是心有余悸——对此，洋子并不回避。

"没问题的，你已经完全恢复了。"

理查德第一次对洋子的病情显露了心中的不耐烦。这天他休假，在家待了一整天，眼看没有什么话题的时候，突然一反常态，讲起工作上的事情。他说元旦假期过后，联邦住房金融局将起诉雇用他当顾问的金融机构，他现在正忙着应付这场恶战。

他再次向洋子强调：金融机构没有任何违法行为，金融产品的说明也非常到位，虽然目前的情况不容乐观，但是作为一名学者，他在职守范围内没有任何过错。

洋子不置可否，问道："你自己觉得好吗？"

这一句反问——准确地说，是反问时的眼神，令理查德突然情绪失控。洋子的眼神里没有斥责，却映照出了理查德的原形。他内心的抵触，突然化作愤怒迅速蔓延开来，埋伏在胸中的芥蒂也一并萌发，他再也忍不住了。

"你是不是哪里有问题?咱们儿子现在健健康康地成长,咱们夫妻俩本该同心协力,为什么你要这样?"

"你要相信我,我也想和你一起努力。正因为你现在是肯的父亲,所以才更应该注意操守,不是吗?"

"跟你强调过多少遍了,我就是一名学者,底下实际的情况根本没有办法掌握。我不过是站在一个中立的立场,提供了一个客观的理论而已。"

"都说吃人家的嘴短,拿人家的手短,拿了人家的报酬,别人可不会认为你是中立的。"

"现在这种情况,你不说好话也就罢了,还落井下石吗?岂有此理!你刚从伊拉克回来患上PTSD的时候,我可是全身心地在帮你。本来还不想说的,你精神不稳定,又要陪你又要工作,你知不知道我费了多大劲?我不是要你感恩戴德,只是想说,既然彼此相爱,我做这些也都是理所应当的。所以也请你记住,在这个家里,你是我的妻子,也是肯的母亲,不是记者!"

"我并不是要否定你或者你的工作,就是想搞清楚,你作为一名学者,是怎么考虑自己的职业道德问题的。哪怕像你先前说的那样,你最多是个连带责任也行。肯能够健健康康地成长,当然很好,那你看着电视里那些和他同龄的小孩在街头哭泣,流离失所的样子,就不会心痛吗?"

"当然,我也很同情他们,但是责任在那些小孩的父母身上。你难道希望我锒铛入狱吗?我现在要是丢掉学术上的地位,咱们儿子今后怎么办?在我的人生辞典里,只有自强,没有求人。我这么说,你又要批判我是新自由主义[①]了。不过事实就是这样，这才是这个国家传统的思维模式。你毕竟是个外国人，或许理解不了。"

"要是讲历史，那也是斯宾塞主义[②]，它可不是什么新鲜的主义，也不是美国人创造发明的。"

"什么？"

"……没什么，你继续说。"

"资本主义快到临界点了，在这场洪荒中，唯有自救，这是我们家的家训之一。话说到这个份上，不妨摊开来讲，在我的人生中，我本人还有我的家人比什么都重要。对那些命不好的人我当然也会怜悯，但是除了怜悯，我能做什么呢？个人的力量终归是有限的，你去了伊拉克，有改变一丁点儿东西吗？"

"再微不足道，至少也比什么都不做要强。你的工作也一样。"

"好，那我问你，如果你不去做你的工作，我也不去做我的工作，结果会怎么样？结果就是和现在一个模样，因为还会有其他人去做。"

"我不这么认为。对你来说，工作很重要，同理，对我来说也很重要。我会问自己，截止到目前的工作有什么意义？我去寻找自己的答案。那你呢，你扪心自问，真的没问题吗？"

"你这是自相矛盾。你是在担心我，怕我的良心过不去吗？你简

[①] 新自由主义，经济自由主义的复苏形式，支持私有化，反对由国家直接干预和生产，反对最低工资、劳工集体谈判权等政策，反对社会主义、贸易保护主义、环境保护主义等。

[②] 斯宾塞主义，即社会达尔文主义，是将达尔文进化论中自然选择的思想应用于人类社会的一种社会理论，最早由英国哲学家兼作家赫伯特·斯宾塞提出。

直就是在责问我为什么没有对这个世界尽到义务。"

"两方面都有，但不是责问，我只是希望你告诉我你内心的真实想法。"

"你听好了。你当初从伊拉克回来之后，我一直陪伴左右，并不是因为我认为你做了正确的选择，而是因为我爱你。同样，我也希望你这样。你要是认我这个丈夫，哪怕我犯了过错，我也希望你永远支持我。"

"我当然支持你，但这并不意味着我要去肯定你的一切。这是两码事。"

"你的心就是这么冷酷，一直都是这样，不近人情。长期以来，我都惴惴不安，不知道要是哪天我遇到大麻烦，你是否会一直陪在我的身边。你很自立，可以，这或许与你的成长经历有关。我相信，不管和谁结婚，你肯定都是这样的。因此在这一点上，我不苛求。但是咱们的儿子，不需要这样一个冷酷的母亲，需要的是一个随时随地都能够用母爱温暖他的母亲！"

洋子虽然不同意理查德的说法，却被最后一句话击中了软肋。他强调"不管和谁结婚"的时候，显然是指莳野，而这个暗示达到的效果远远超出了预料。

此刻，洋子的脑海里回想起当初那封诀别邮件。

莳野写的"你没有什么过错"，与海伦嘲讽的"心地善良"、理查德挖苦的"自立"，似乎说的都是一回事。在这句话后面，莳野紧接着说："但是自从与你建立关系以来，我就迷失了音乐。"

他当时也是身处困境，却最终未能相信自己能够一直守护在他的身边。或许，问题不仅仅出在理查德的工作上吧。

洋子并不认为自己过得任性自我。然而，当理查德指责自己在爱与被爱面前总是太冷酷的时候，她竟也没有办法去反驳。

次年二月，一个大雪天，理查德突然一脸凝重地交代了自己与海伦的不伦之恋。洋子不愠不怒，仅仅是沉默着。随即，他提出了离婚的要求。

4

苛野与武知的联合公演，计划于二〇一〇年春天在埼玉开场，之后依次在全国八个城市举行，预计于同年夏天结束。对武知来说，这是一个难得的机会，他的热情不光表现在脸上，从他频繁更新的博客中也可窥见一二。

自苛野在台北提出这个计划至正式开场，前后只有七个月的准备时间。这件事，除了新换的经纪人五十岚和格雷博音乐的野田外，连音乐公司的社长都直接参与了进来。

日程确定后，苛野立即提出准备时间过短的问题。

"如果我是爵士乐吉他手，或许还有自由发挥的余地，但我不是。我是古典乐吉他手，很难在现场调节，就像花样滑冰选手，不能因为状态不好，就把三个一周半改为两个一周半吧。我想你们也明白这个道理。"

虽然说的确实是实情，但一张嘴就灭自家威风，他本人也非常厌烦。经他这么一说，大家都不知该怎么接话了，个个缄默不语。

"算了，我们就按这个安排来吧！"

苟野抱着胳膊沉思了良久，突然改口，反而搞得大家面面相觑，不知该如何是好。紧接着他又发了一会儿牢骚，然而，这牢骚却让人又窥到了从前那个充满干劲的苟野聪史的影子：讲起话来不着边际，但只要登台，完美的演奏一定会再度让观众陶醉。这是复出的一个好兆头。

不止苟野，他身边也从来没有哪名吉他手经历过长达一年半之久的事业空白。

师父进养老院这件事终于有了眉目，这天，他提出要去庭院美术馆看装饰艺术展。苟野陪同着前往，顺便也说了自己复出的事。

看完展览后，两个人一道在宽敞的园林内散步。师父说话还不太利落，基本上都是苟野一个人在说话。

"我原先在巴黎的时候，看过这样的展览，很壮观，很有色彩感。今天再看，却觉得没意思，太老气。当然，他们肯定也是花了心思的，我估计是用了太多木头的缘故。"

师父一边走，一边注视着树冠上悄然泛红的树叶，只不时地用眼睛示意，自己正在倾听对方一如既往的高论。

花了将近四十分钟，两个人终于走到池塘边上的长凳处。苟野和师父并排坐下来，静静地凝视着水天之间的景色。天气晴好，稍微有些冷，水面上无风无澜，脚边的茅草没有半点动静。两个人好一会儿没说话。

"我要和武知一块儿去巡回公演,已经恢复了吉他练习。"

师父表情柔和,吃力地调动起脸上的肌肉,吐出简短的两个字:很好。

"偷懒偷得太久,再重新捡起来很困难,我现在比当年刚进师门时的水平都差。唉,哪能想到自己会有这么一天啊。"苛野想起以前,挠了挠头笑着说道,侧脸一看,师父竟然在流泪!他因神经麻痹的左脸没有表情,右脸却在不停地颤抖。

要麻烦苛野照顾自己,他的心里一直很过意不去。可是不找苛野的话,所有的负担都会压到刚刚生完二胎的女儿身上。而自从知道苛野再也不弹吉他后,他日夜操心,又不想给苛野增加负担,因此一直默默压在心里。关于这件事,小奏跟苛野提过很多次。

苛野察觉到师父内心的纠结,笑着安慰说:"师父的学生这么多,我心里可嫉妒了。现在能够撇开其他人与师父独处,高兴还来不及呢。"除了苛野自己,妻子三谷不仅帮忙照料师父,还帮着小奏带孩子、做家务等,可以说任劳任怨。说起来,苛野之所以会被三谷吸引,就是因为她的这种态度。

师父稍稍收了一下下巴,抑制住右脸的震颤。他想拿出手帕来擦脸,不想左手不灵活,手帕掉在了地上。苛野赶忙拾起,拂去混着土屑的小树叶,递了过去。师父用右手接了,也不擦眼泪,只是团在膝盖上。

他坐姿端正,精神矍铄,从远处看完全不像病人。可以想象,手脚不便之后日常生活中肯定有很多烦心的事,但是他从没表现出烦躁的一面,对苛野、早苗如此,对小奏亦是如此。

莳野不得不再次感慨,自己确实遇到了一位优秀的老师。

"比起师父的康复治疗,我这个不算什么。说实话,您出事的那天,我都做好最坏的打算了。所幸老天帮忙,您后来不但醒了过来,还恢复到现在这个程度。"

他的脑海里浮现出那晚师父倒下后的记忆,自然地,也就想起了洋子。莳野始终认为,那晚自己一直陪伴在师父身边是没错的。按道理,洋子也应体谅自己,第二天两个人就可以见面。倘若事情按他想的那样,今天一起看展览的,就应该是三个人。洋子肯定会有一些异于常人的感想,可以把师父哄得开开心心。这样一幅美好的画面,或许确实存在于另外一个世界吧,在那里,自己正沉浸于幸福中。

毫无预兆地与洋子分开,天各一方,这是莳野做梦都不曾想到的结局。为什么自己最后抽到的是下下签,没能成功进入另外一个世界,被甩在了眼下这个孤寂的现实中呢?他凝视着倒映在水面的蓝天和低垂的树枝,思绪却飘向了梦幻的理想国。

"凡事都不要急,慢慢来。"师父的语气中没有训导,更多的是请求与忠告。莳野没有缓过神来,还以为是有什么吩咐,下意识地环顾四周,好一会儿才明白原来他说的是练习吉他的事。

"时间紧,太慢也不行,关键是要戒躁,这个我知道。不弹吉他的这段时间里,或许因为心中不安,我经常回味您以往常提的阿兰[①]的

[①] 阿兰(Alain,1868—1951),原名埃米尔-奥古斯特·沙尔捷(Émile-Auguste Chartier),法国哲学家、忠实的人道主义者。

名言：不受人所敬，则必为人所忘，此人类最美定律之一。对演奏者来说，这是一个很残酷的定律，不过确实是至理名言。这段时间里，有越来越多的新人出现，我总会去思考，自己的演奏是否有足以警醒他人的地方。本该朝着更高的目标努力，却……"

师父的目光变得尖锐起来，右脸扭曲出痛苦的悔恨之色，说道："那些话，是我说得太多了，像你这么有禀赋的人，应该更加自由地去发挥。我当年教的，你只当作少年时代的回忆就行，不要多想。"

听到这番话，莳野诚惶诚恐，一时不知该如何回复，舒缓了一下后回答道："不，师父您说得没错，我对您的敬仰之情一如当初。……我听师父的，慢慢来。"

师父轻轻摇了摇头，只追加了一句："好好对三谷，她是个好女人。"

言者无意，听者有心，莳野忽地产生一种错觉，似乎刚才的神游被识破了一般，心中一阵紧张。他咬紧嘴唇，点了点头，说："好。"

这一声，同时也是对自身的叮嘱。

重新开始练习的那天，为了缓解内心的抵触和犹豫，莳野认真地做了一遍舒展体操。这是他过去养成的一个习惯。

他一边有意识地去呼吸，一边纾解全身的每一寸筋骨，尤其是手腕。感染手足口病指甲全部脱落后，他也把这套体操教给了师父培训班里的学生。

做完后，花上一小段时间闭目养神，莳野终于伸手拿起了乐器。

这是他三十五岁后最喜欢的弗列塔吉他,握住琴颈的那一刻,心中那个黑暗了许久的小屋子霎时有了光辉。

少年时代以来,莳野习惯于从音阶开始练起,这一次他试完音后开始直接弹奏曲子。先是《维拉-罗伯斯练习曲一号》,接着是《维拉-罗伯斯练习曲三号》。在这过程中,他好几次苦笑,摇头,好不容易终于挨到曲终,不禁仰天长叹,无声地自嘲。他低头看着自己的双手,仅仅两曲,它们就已经不堪重负了。

真是够糟的,不过总算是克服了不能弹、弹不了的障碍。越过这个障碍后再回首来看,之前一度拘禁他的炼狱是如此恐怖,他从心底里不愿再陷进去。

琴弦磨薄了皮肤,留下指尖纯真无邪的余热与疼痛,忸怩的喜悦于不经意之间传遍了全身!

练习前,莳野担心手指会动不起来,结果大大超出了预想。他不由得对自己的,不,应该说是对人类的身体生出一种敬畏。

不过,这仅仅是开了个头,就像蹒跚学步的小孩终于能够完整地走出一小段路。距离登上舞台,还有很多要走的路。莳野不悲观,他已经重新站在了起跑线上。对于过往失去的一切,此刻他反倒看开了不少。事已至此,不进则退,不过如此罢了。同时,这一天算不上太好的成绩,确实也让他看到了曙光。

后来好几次在接受采访之时,他回忆起这一段,总是说心中坦然了不少。这话有故作矜持之嫌,却是发自他内心的真实感受。

此后,莳野坚持每天十个小时的强化训练,一直持续了三个月。

其中一大半的时间他都在重复基础练习，希望通过高强度高频度的苦练重新找回原来的手感。

陪伴师父康复治疗的过程中，莳野也经常与主治医生谈论大脑和身体的关系，比如，人的大脑里既有保存思维意识的"陈述性记忆"，也有保存身体运动意识的"非陈述性记忆"，大脑发出的信号是如何通过神经传达到手指，等等。

医生之前对祖父江、莳野一无所知，自从接手康复治疗后，开始对他们萌生出了兴趣，甚至还拿来唱片让他们在上面签名。治疗的过程中，为了便于他们理解，他还经常拿乐器演奏来打比方。

莳野毕竟只是个演奏家，在实际演出的过程中，不可能一一套用这些神经医学的理论，他不过是略听过某些大众的说法而已。把艺术表达划分到陈述性记忆，运动能力划分到非陈述性记忆，他是认可的；然而两者具体是如何相互结合，相互影响，并最终实现整体统一的，他不清楚。现在弹奏的旋律不能划出之前那种跃动的曲线，和音也是模糊的，并且很快就消散了。这到底是为什么？一年半的空白，他的体内到底发生了什么？

抽象的分析没有什么结果，将所谓陈述性记忆和非陈述性记忆分割开来，也不一定就正确。不管怎样，指头动不了的话一切都是徒劳。他要做的，唯有练习。除了演奏会上的曲目，莳野还从曾经的拿手曲目中抽出有代表性的，进行反复练习。

事实证明，这次的孤注一掷成功了。三个月后，他的手指的运动能力超出本人的预料，身体顺利地与乐器合为一体，即使长时间连续训练，也没有哪个关节会出来闹罢工。

蒥野不但恢复了以往的演奏技艺，并以此为契机，逐一修正了左手运指以及右手拨弦过程中的旧弊，使整体的演奏风格变得精简。他再次尝试弹奏《维拉-罗伯斯练习曲》时，感觉犹如驾驶了一辆新车，在乐谱上驰骋得更轻松，更舒适。

当然，并不是所有方面都顺风顺水。技术上还是不够稳定，头一天的状态良好，第二天可能就找不到感觉了。然而与练习初相比，整体确实有了突飞猛进的进步。

这个过程，让蒥野在客观上重新认识了自我——在演奏技艺，尤其是手指的灵活性方面，他确实拥有超群的天赋，而且喜欢练习，一旦不努力内心就会不安。

以往大家评价他音乐性不足的时候，特别喜欢说："演奏技艺固然超群，基本功也很到位，这些都让人心生敬意，可是……"这样的先扬后抑，在他看来不啻为最让人气愤的詈骂之辞。年轻的时候，他还不知道收敛，难免要正面反驳："照你这么说，弹得蹩脚就有音乐性，弹得传神就是低级趣味？"这自然是火上浇油，只引来更多的诋毁。

练习进入第四个月后，他开始把精力投入到曲目的演奏上，将拿手曲目逐一锤炼了一遍。

长时间的练习告一段落后，他集中阅读了包括《赋格的艺术》（*Die Kunst der Fuge*）在内的巴赫的相关书籍。此外，还把原先在洋子家里看到后来买回来一直搁置的几本书也拿了出来。

苛野特别着迷于勒内·夏尔①的诗集。原先仅仅是通过布莱兹②的曲子，知道这个诗人的存在而已，现在第一次读就爱不释手。

夏尔独特的格言诗体晦涩难懂，苛野很快在空白部分写满了笔记。其中《伊普诺斯的书页》里的一句话让他格外动心——清醒，即是距离太阳最近的创伤。

这句话像闪电一样贯穿了他的脑海，留下了长久的深刻的印象。

他忽地意识到，这是对自己的演奏最尖锐的批判，似乎与师父提到的"应该更加自由地去发挥"也相互呼应。他能切实感受到某种东西，想要整理成文字用语言表达时，却一片茫然。它，就像天边的云朵一样。

为什么早先与洋子视频通话时，自己没有读到这本诗集呢？苛野万分后悔。

真想与洋子聊一聊，心里沉淀了太多的话题。

5

联合公演的排练一开始，武知就惊叹："这么短的时间，你就恢复到这个状态了？不愧是苛野啊。你说完全没有碰吉他的一年半时间

---

① 勒内·夏尔（Rene Char, 1907—1988），法国当代著名诗人。第二次世界大战期间，为下阿尔卑斯地区游击队头目，在抵抗运动中与加缪（Albert Camus, 1913—1960）成为挚友，后获得骑士勋章。

② 布莱兹，全名皮埃尔·布列兹（Pierre Boulez, 1925—2016），法国作曲家、指挥家、音乐理论家。

里，还是偷着练习过吧？"

莳野却是心有余悸，倘若决心下得再晚一点儿，估计这辈子就再也登不了台了。

"恢复起来确实很难，幸好有你在。"

他说的确是心里话，不过实际上与武知搭档并不理想。原计划是两个人提出各自想弹的，通过不断的排练，决定最终的曲目。此外，他们还专门准备了几首新编的曲子。然而对武知编的曲子，莳野就是找不到感觉。那三首曲子曲风稳健，却没有新意，陈腐且乏味，就和武知本人的演奏一样。

不避讳地说，一场演出下来有没有"料"，确实是一个演出家才能的表现。而有还是无，观众的耳朵是最敏感的。倘若非要解释有与无的区别，那只能搬出直觉了：所谓有"料"，就是有料。

接触得越多，莳野越发觉得武知是个好男儿。他的演奏很平稳，值得人信赖，然而正是因为太平稳，反过来限制了他在音乐上进一步的发展。

也不是该客套的时候，在保持基本礼数的前提下，莳野商量着改动了三首曲子中的两首。最后一首拉威尔①钢琴协奏曲的柔板属于管弦乐编曲，靠两把吉他很难弹出效果，他建议全面重写。

"我也很喜欢这个曲子，但是我们只有两把吉他，怎么撑得起来呢？"

---

① 约瑟夫-莫里斯·拉威尔（Joseph-Maurice Ravel，1875—1937），法国印象乐派作曲家、钢琴家。

蒔野最开始都想让武知放弃这个曲子了，但对方无论如何也不愿放弃。商议的结果是调整整个曲子的结构，包括把开头的钢琴部分全部改成武知的独奏，以最大限度地突出他。

离正式演出越来越近，蒔野的话也越来越少。他开始失眠，总是半夜里起来，到四楼的起居室看着电影才能睡着。早晨，三谷从三楼卧室上来，总是看到躺在沙发上的丈夫正紧锁眉头，挣扎着要从浅眠中冲出来。

时隔两年半的开演当天，蒔野也是睡在沙发上，电视机开着很小的声音。三谷上前替他轻轻地盖上一块毛毯。

蒔野即将复出，最激动的当然是她。两年半的时间，她等得如此焦灼！

三谷早已在心中立下誓言，要为蒔野奉献一切，要永远陪伴在他的身边。这是因为爱情，同时也是想要"赎罪"。

那天给洋子发了冒名邮件后，她一直害怕自己粗俗卑鄙的行径随时会被蒔野发现，在绝望中度过了数日。然而之后蒔野仅联系了她一次，他打电话来问洋子是否有过回信。对这个问题，她没有必要撒谎，如实回答了"没有"。

令人难以置信，她犯下的这一可怜罪行竟然没有暴露，所有的事反而都走上了她预想的轨迹。这个过程充满了谜团，具体细节，她至今仍然不甚了解。唯一可以肯定的是，那一夜过后，蒔野与洋子再也不是恋人了。

罪恶的奇迹般的幸福突然降临，三谷却隐隐感到了不安。将来的某一天，莳野一定会知道其中的奥秘。

恐惧无法消退。然而，一个月过去了，没有发生什么。两个月过去后，一切依然平静。她开始意识到，自己犯下的罪过在不知不觉中已经逐渐淡去，没有任何人发现，今后也不会再有任何人发现。或许，再也不用胆战心惊了吧。她一边觑着内心的罪恶感，一边向心安理得伸出了手。

与洋子分开后，莳野并没有马上与三谷在一起。

在野田的督促下，当时他全身心投入到了《美好世界》的录音工作当中。休息时，他一如既往地与工作人员聊一些不着边际的话题，逗得大家哈哈大笑。但不管干什么，总有几分心不在焉，特别是停下手头上的工作时，惆怅不经意地就爬上了脸颊。他很快察觉到自己的不妥，一激灵，马不停蹄地又去追求空虚的欢愉。

这一切，三谷全部看在眼里。她只能祈祷时间快点过去，有时也会不痛不痒地慰问一下，有时也会为自己的所作所为感到羞愧。不可能不痛苦。然而于她而言，心中的痛正是赎罪的一种方式。

她不知道可以为莳野做些什么，所以专心宣传推广《美好世界》的同时，也在祖父江师父的培训班里做点杂务，之后开始帮忙照顾老人以及帮小奏带孩子。

莳野虽然觉得不好意思，但也没特别制止，顺其自然地就接受了她的好意。待到意识过来时，他已经将大量的琐事抛给她了。三谷的高明之处在于，不去料理莳野的日常生活，只是任劳任怨地照顾他的师父。很明显，这个做法非常有用，她一点点博得了莳野的信任。

与洋子热恋的那段时间，他曾对"经纪人三谷"积蓄了很多不满，这不满也在不知不觉中消散了。最后，他甚至把家里的钥匙都交给了她，外出时由她负责家中物品的管理。

三谷拿着钥匙走进房间，感受到一股类似于女人余韵的东西。这是平时的工作中，没有体察到的。整理得井井有条的起居室，弥漫着隐约香气的卧室，这个家里不止苛野一人。

然而，对于她敏锐感知到的东西，她并不像当初与洋子对比时那般嫉妒和自卑了。露水情缘罢了，根本不会有任何深入发展的可能。现在的苛野，没有任何人可以夺走，不用焦躁。三谷坚信，现在，只有自己才是苛野最亲近的存在。

因为手足口病，苛野的指甲几乎掉光了，手掌上的皮肤也剥落得不像样子。这种情况下，除非是相亲相爱的一对，否则很难想象会有哪个女人愿意与他缠绵，不是吗？

但，洋子是个例外。

三谷自认不会毫无缘由地去嫉妒一个人，也不可能无缘无故地干那种丧天良的事。客观地讲，当时的苛野确实迷失了作为一个音乐人的方向。那么，总得有个头脑清醒的人告诉他洋子的存在不会带来任何裨益的。难道不是吗？

在找到这个聊以自慰的理由之后，她一遍又一遍地告诉自己：既然选择了这条路，不管以后会发生什么，必须竭尽全力让苛野复出。

头半年时间里，三谷一直在静静地等待。人非草木，孰能无情，苛野已然确信了三谷对自己的心意。刚开始他还有些抗拒，想着应该是自己想多了，但观察了一圈，发现这件事只有他一个人还蒙在鼓里。

三谷可能很早以前就对自己有好感了。这样一想，之前她对洋子表现出来的微妙态度就好理解多了。

颇具讽刺意味的是，正是由于莳野从未将三谷当作恋人对待，两个人反倒容易往结婚的方向发展。

莳野觉得自己再也不会像爱洋子那样去爱另一个人——这样单纯的想法本应属于失恋的少年，但其实正因为年近四十，他的内心反而平静下来，在良久的思考后得出了同样的结论。

二十五年的时间里，他作为一只恋爱的生物经历了很多。像洋子那样的女人不可能只有一个，肯定还会有第二个并且出现在自己眼前——这个想法本身就让人恶心，被他牢牢地摒除在脑海外面。倘若爱情再一次来临，那也不可能重复过往。于现在的他来说，需要的是更加现实、更加宿命的人。

不弹吉他、整日无所事事的日子相当无聊。什么时候，他的人生竟变得如此奇怪？莳野意识到他必须想办法回到正轨。而现在正是最好的机会，何况身边还有这么一个无私奉献的女性。

三谷比自己小很多，加上又有经纪人这层关系，莳野的心里多少有些别扭。不过她都已经迈出了这一步，何不尝试去爱呢，在这个已经不可能更坏的人生阶段里。莳野相信自己还是拥有爱的能力的，不，只要将眼下对她的好感冠之以爱的名义就可以了。以往在洋子身上获取的所有种种，都不应该再奢望追求。将洋子和洋子给予的全部，都交给时间吧。莳野相信，时间会了却一切。

苛野挑明爱意求婚的那一刻，三谷内心的激动简直无法言喻。

长久以来，这样美好的结局，对她来说可遇而不可求。一旦变成事实，她又禁不住怀疑其真实性了。幸福来得如此突然，令人难以置信。不光是三谷，身边的人也都啧啧称奇。

——然而，倘若在获取爱情的过程中犯规作弊，这其实也没有什么好奇怪的。

在那一刻，三谷的内心几乎没有对洋子的愧疚，对亲手葬送苛野姻缘的罪恶感也很微弱。唯一令她惴惴不安的是，自己担不起苛野这份毫无保留的信任。她因此非常痛苦。

没错，苛野确实爱上了三谷早苗，然而他爱上的三谷早苗与自己根本就是两个人。他爱上的三谷早苗，不可能在那晚以那么卑鄙的手段，强行将他与洋子分开。他爱上的三谷早苗，是出于纯粹的爱，为苛野，为他的师父，为小奏一家，竭尽全力，任劳任怨。

她最畏惧的，还是有朝一日真相浮出水面！所以，还是要继续欺瞒下去。持续的欺瞒又逐渐加深了她对自我的嫌恶……

最后的最后，三谷又回归到自我辩护的路上，一如那晚。

没有哪个人可以做到一生完全不犯错误。谁都会犯错，只不过有些错比较重，有些错比较轻，而错误的总量是恒定的。在以往的人生中，她过得异常认真和努力，几乎没有犯下任何过错，今后应该也不会。因此，她还有相当多的犯错空间。那次过错，放到整个人生旅程中来看，不过是一瞬间的事。何况并非预谋，只是临时起意而已，一次性的起意并不能说明人格的本质。只要今后较一般人都更加善良地活下去，老天爷也必将对那唯一的过错睁一只眼闭一只眼。那么，这样的一个自我，与荩野爱上的三谷早苗应该也不是差得很远吧？

这种交警扣分式的思维，成了她的精神安定剂。

三谷没有想到的是，荩野在音乐上的困顿并没有因为与洋子分手而有所缓解，反而越发棘手，以致到了最后不得不停止一切的演出活动。

手足口病痊愈，双手重新长出新指甲后，他还是没有再次拿起吉他的迹象。三谷问过理由，得到的回复却仅仅是"还需要时间"这样的寥寥数语。为了散心，荩野会去拜访平时不太见面的人，或者临时起意独自出游。到了深秋时节的某一天，他极为突兀地说起要去看日本海，径自就要出门。三谷突然预感到了什么，大吵大闹地阻拦，反而搞得他一脸懵懂。

荩野在孤独的深海中茫然挣扎，自己却只能在一旁看着。是本该自己承担的报应，阴差阳错地落到了丈夫的身上吗？三谷也不是没有动摇过。

因着这些缘由，荩野重新开始练习吉他准备与武知同台演出时，她首先想到的是，老天爷终于给了她赎罪的机会。

三谷开关电冰箱的声音吵醒了荩野。

"啊，把你吵醒了？"

"现在几点了？哦，已经这个点了。"荩野看了看窗外，稍微伸了一个懒腰，然后静下心来感知身体的状况。

"我来烤两片面包。"

他把两片面包放进烤面包机，又拿出冰镇矿泉水喝了几口。苛野是看着电影《阿波罗13号》，临近破晓时才睡着的，其中一段解说词到现在都还印在他的脑海里。

  要安全突入大气圈，必须通过一个角度仅为2.5°的通道。角度太大的话，剧烈的摩擦会把飞船烧毁；角度太小的话，又像在水面上撇石子，飞船在进入大气圈之前就会被弹射出去。

"阿波罗"再次突入大气圈这一段，让他突然联想起过去与洋子分手时的场景。当晚的东京重逢计划，多多少少与这段台词有些类似。

本来就是明知不可为而为之的一场恋爱，成功与否只在于两个人各自的想法能否通过仅为2.5°的隘路。就其结果而言，他们的爱情并没有因激烈的碰撞而焚毁消失，而是像在水面上撇了个石子那样，弹射出去，永远不会再次相交。

不过是一对男女的离别，用这样的比喻显得有些小题大做，然而苛野并不这么认为。

极大即极小，极小即极大。这种看似自相矛盾的神秘主义说法中，实则蕴藏着生活的体悟。

"阿波罗"上的宇航员在月球上回望地球之际，苛野思考的是，在广袤的地球上，自己与洋子见面的概率有多少。这完全不是人力可以左右的，只因为老天爷给了每个人一股爱情姻缘的绳索，可以将偶然牢牢地系成必然。

苛野的思绪不断回溯。师父病倒的那晚，两个人分手后的那几天，初次相识之后的十个月，洋子在巴黎首次听到自己演奏后的二十多年，各自的父母相识相爱的过去，他们曾经为人子女不断成长的经历……岁月如梭，沧海桑田。凝视着飘浮于黑暗之中的地球，他陷入了对时光年华的沉思。

偶然无所谓善恶。然而，假设历史的某个节点突然发生变故，一个很小的变故，当今的世界或许就不会是现在这副模样。那么，自己与洋子就可能不会见面，甚至根本就不会存活于这个世界。

他再次深刻意识到，自己的确深爱着洋子。偶然的突发事件导致两个人无法于东京重逢，当时他已经尽力将前因后果解释清楚并向洋子再三表明自己的爱意，然而洋子毫无反应。他回忆起在羽田机场等候洋子从长崎返回东京那天时的情形。当时，除了等待，是否还可以有其他的行动……无法入眠的深夜，突如其来的思绪令他强烈意识到：时至今日，自己仍然如此深爱着洋子！

而苛野之所以能如此肯定对洋子的爱意未曾变过，恐怕也是因为他逐步找回了一名音乐人的自信。但也正是因为如此，心中的不安才难以平息。

如果有机会，他想让洋子再听一听自己的演出。分手以后，他头一次这么想，并且欣慰于自己终于能到达如今的心境。同时，他也很想让洋子听听自己如今内心的不安。在这一点上，没有人能够取代她的位置，他只想说给洋子听！

"烤焦了，快拿出来吧。"

三谷的招呼声将苛野带回了现实。他赶紧关掉电源，拿出来一看，面包还是焦了。

"哎呀，又烤焦了。"

"你每次设的是几分钟?"

"……看心情。"

"嗯!?"

"我每次都设的五分钟。拿出来的时候，火候正好。"

"没听说有人这么烤的。这个烤面包机，四分钟，再算上余热刚刚好。"

三谷有点无奈地说道。原来当经纪人的时候，她就知道莳野在有些方面傻乎乎的。结婚以后，她也没少把生活上的这些糗事抖出来，搞得同事们哈哈大笑。比如那天晚上，莳野把手机落在出租车上后，最先想到的竟然是打自己的电话，三谷认为简直太"莳野特色"了。——但唯有这件事，莳野自己是绝对不会拿来开玩笑的。

莳野笑了笑，担心烫伤手指，去拿长筷子夹面包。他盯着三谷敲鸡蛋的手，问道："怎么瘦了?"

早苗转过身来，脸上看起来也掉了肉。她忽地有些紧张，不过马上露出了笑容，随手关上灶台的火。

"我怀上了。去医院检查，说是三个月了。"

莳野瞪大眼睛问："什么时候的事?"

"一个星期前吧。因为你要准备演出，就想着等你第一天结束了再说，结果还是说了。哈哈。"

"这样啊……我的错，一直没注意到。"

"不怪你，表面上看不出来嘛。你高兴吗?"

"哪里的话，怎么会不高兴？……只是事情来得有点突然，我没有心理准备。啊，怀孕了，好事。"

"那你抱抱我，也抱抱我肚子里的孩子。"

看到三谷略有不安的脸色，苛野来了一个大大的拥抱。

人生又往前迈了一步。昨晚突然高涨起来的思恋，也到了该斩断的时候了。这一次，确确实实要和洋子说再见了。

三谷环在自己腰间的双手，蕴含着一股要保护腹中孩子的力量。今天的演出必须要成功，不光是为了自己的音乐人生，更是为了全家人的生活。

第八章　真相

1

洋子与理查德的离婚案,按照美国惯例,双方各自通过律师在法院办理。

理查德提出分手,洋子充分理解并同意,两人之间不到三年的短暂婚姻就这样结束了。她一直没有察觉理查德早已暗下离婚的决心,知道他与海伦的关系后,也就明白了前因后果。他与海伦不只是玩一玩而已,是打算结婚一起过日子的。听到理查德的剖白,洋子的心里并非静若止水,却也没有责怪他的背叛。

唯一担心的,是儿子的抚养权问题。

按照理查德的说法,美国在这方面采取的是共同抚养权制度,即只要不存在家暴行为,父母双方都有抚养权。洋子调查并咨询律师后,也得出了同样的结论。所以在共享抚养权的基础上,如何分担监护权、如何分配抚养时间等问题,就需要夫妻双方协商解决。

"要是通过律师,费用又要增加。几个月就可以搞定的事,我们也没有必要浪费一两年的时间。我不想给你增加过多的负担,所以还是希望商量着找个合理的方案。"

理查德虽然自觉理亏,却也表现得不卑不亢,总之是希望稳妥地、快速地把事情解决好。他以前一直批判洋子"冷酷",知道她干什么事都很理性,到了现如今,却开始依赖起这份冷酷来了。财产分配方面,他一开始就让步了,只在儿子的监护权上,强调一定要做到公平。

小肯刚刚学会走路。

有一次洋子带他的时候,故意躲到门后,然后突然蹿出来大叫一声,逗得他开心得不得了。他不管去哪里,总爱模仿洋子的这个动作:找到藏身的地方,一只手撑在膝上,冷不丁地露出脸来,"哇"地大叫一声想吓唬别人。

看到电视里的大象,他会说:"大象好大啊!"洋子问:"儿子,你喜欢大象吗?"他回答道:"太大,我怕。"他的脸上并没有害怕的表情,只是告诉你内心的答案而已。小肯与理查德说话用的是英语,轮到与洋子说话的时候,自然地就切换成日语。

洋子是所谓的"老古董",既没有写微博的习惯,也不会在每次吃饭前拍照发朋友圈。以前她不能理解有些人将日常生活中的点点滴滴都展现给他人看的心情,但是看到小肯为每一个微小的发现欢天喜地,叫嚷着要她看这看那的劲头,她突然明白了。或许,这种特质本来就根植在人类的基因中吧。

不过有一点可以肯定,小肯希望的绝不是随便某个人关注自己,他希望的只是自己的母亲。洋子也想时刻关注儿子的动向。晚上睡觉的时候,小肯都会找她;每天去保育院接人的时候,小肯都会飞奔过来——这些见到自己母亲时特有的表情,与见到其他任何一个人时的都不一样。

今后一起生活的时间要减半,小肯应该会不适应,会寂寞吧。一想到他在理查德与海伦的新家里哭着找妈妈,洋子就心痛不已。走在大街上,偶尔被什么东西吓到时,小肯的小手总会不由自主地拳紧,一股幼嫩的力量通过牵着的手传递到洋子的心头,让她也跟着紧张起来。海伦没有生过孩子,在这样的时刻,她能哄好小肯吗?也是个问题。

不过小肯毕竟只有一岁半,无论起初有多么孤单寂寞,用不了多久就会适应。假设自己完全丧失抚养权,今后再也见不到他,他肯定会忘记自己这个生母,转而将海伦视作真正的母亲长大成人的。当然,在这个过程中,他可能偶尔会对自己亚洲人的体貌特征产生怀疑,即便如此,他还是能够身心健康地茁壮成长。这就是人类值得称赞的顽强生命力。自己不就是个很好的例子吗?生父不在身边,在继父的养育之下长大成人,如今已经为人母了。

洋子一边担心小肯会孤单寂寞,一边又害怕他很快适应新环境。两种不安自相矛盾,悄悄地,不知不觉地,折磨着她。

离婚手续不断推进,理查德也逐渐恢复了平静,或者说,此刻的他才是真正的他。

婚后生活过得郁闷不如意,回过头一看,他发现生活中的自己鲜有笑脸,度过的俨然是一场他人的人生。因为不能从心底里爱着对方,就无法爱上与对方共同生活的自我,这对双方来说,都是巨大的不幸。

一直担心惹上官司的理查德，最终并未受到法律上的牵连。他也不管伦理道德的问题，只是一如既往地在大学里教书。

五月底，洋子和理查德就监护权的分配问题最终达成一致。

听律师说，这个离婚案办理得很顺利。因为孩子还小，所以灵活地做了一些人性化的处理。今后每个月的前半段，周日至周三由理查德抚养，周四至周六由洋子抚养，到了后半段双方对调。这样下来，两个人的抚养时间正好是对半开，包括寒暑假也是公平分配的。理查德与海伦再婚，搬到了姐姐克莱尔家的附近。洋子则是一个人，今后的生活难免会有一些不便，但是也没有办法。

出乎洋子预料的是，答应离婚后，克莱尔对她就变得非常冷淡，理查德的父母也是如此。说起来这也算人之常情，不过前后的反差太大，让她再回望他们当初的热情时，都带上了寂寞的色彩。

双方各自的新家都还没有筹备齐全，暂时还在原来的家里轮流带孩子，房租由理查德承担。洋子在附近的诊所村租了个小房子，理查德与海伦据说是在翠贝卡街区找了个大房子。

离婚正式生效的周日一大早，洋子把小肯的换洗衣服、尿不湿以及最喜爱的玩具等装在一起，与理查德一一交代之后，一家三口一起到附近的高线公园最后一次散步。这天下午开始，她就要暂时把小肯交给理查德与海伦了。

高线公园原来是中央铁路西区线的一条高架货运支线，长期弃用，后来被开发成了现在的空中绿道。去年对外开放以来，不止周边的居民纷纷前来散步，还有很多外地人慕名过来，俨然成了一个小有名气的旅游景点。

整条绿道，弯弯曲曲，有如迷宫一般。很多地方还可以窥到原有铁路线以及枕木的身影，道路两侧则栽满了各式各样的绿色植被，据说有二百一十多种。

阳光明媚，三个人走过仍在施工的二十号大街，沿着右手边的哈得孙河往南边的肉类加工区走。

在曼哈顿生活了多年的理查德不时地探头去看高架下的马路，抬头眺望远处的高楼，直说这边风景不错。他对身边一栋大楼的第三层房间似乎有什么顾忌，一边偷偷地瞟一眼窗户，一边嘀咕："啊，那就是……"

洋子也很喜欢这一块，每次去切尔西市场买东西时，都和小肯一起经过此处。刚开始，小肯在婴儿背带里，之后在婴儿车里，而现在呢，他正独自到处乱跑，好几次险些撞到晨跑的人。可怜老母亲的一颗心脏，洋子不得不叫着小肯的名字追上去。

此情此景，于洋子与理查德而言，不免都有些感伤，但一想到今后还要经常相见，心里又有一股说不出来的滋味。理查德话不多，看起来显然轻松了很多。

"我们俩离婚后，肯定能处得更好。"

洋子沉默了一会儿，看着手上牵着的儿子，微笑着回答："有可能吧。"

既然已经生下了儿子，与理查德的这场婚姻就不算错误。——不过，当初理查德如果没有去机场接人，抑或她当时并没有那般身心俱疲，或许就会与莳野再次见面，把积在心里的话都说开了吧。这样的念头突然划过了脑海，不，应该说又一次划过了脑海。之前，她已经多次克制过自己，这是被禁止的假设。然而时过境迁，她现在已经离婚了。离婚之后再考虑这个问题，意义也就不一样了。

小肯努力要挣脱母亲的束缚，使出浑身的蛮力。洋子有点抵挡不住，不自觉地露出了笑容。

他还什么都不懂，所有的事都要以后一点一点去领会，也不知道他会怎样看待自己这个母亲。

那晚的派对后，洋子再没见过海伦。不过初次见面的坏印象，已经根植在洋子的心目中。在她与理查德重组的新家庭里，小肯势必将在与自己相反的价值观体系下长大。

在两个家庭间交替生活的成长方式，又会对小肯的价值观造成怎样的影响呢？待成长到一定阶段后，这样的生活应该有助于他更加全面地了解社会。然而，在到达那个阶段之前呢？他会遇到许多烦恼吧，因为他不知道应该相信谁。何况在教育方针上，自己与理查德之间也有鸿沟。

不管怎样，单就家庭环境来讲，现在理查德那边显然要比自己有优势。

一直以来，洋子都在考虑从事一些新的工作。此时此刻，作为孩子的母亲，这种念头更加强烈了。

"祝你好运！"理查德真切的表情毋庸置疑。

洋子仔细咀嚼"好运"这个应景词背后的意味，笑着回答："也祝你好运，希望你和海伦幸福。"

2

与理查德正式离婚,洋子开启单身生活一周之后,菲利普突然发来一封邮件。他又去巴格达了,与以往的工作模式相同,在巴格达工作满六周后回巴黎休整两周。现在正好处在两周的假期之内。简单介绍完这些之后,就是此次邮件的主要内容。

有一个坏消息要告诉你。

贾莉拉留在伊拉克的父母遇害了。你也知道,她原本一直想把家人接到巴黎来住,最后还是晚了一步。我们也很心痛。

眼下的伊拉克,比你当初在的时候更糟糕。美军战斗部队不久就要撤退完毕,说得不好听,其实就是败退。事态每况愈下,完全看不到任何改善的迹象。新政府残酷镇压逊尼派,将来必会招致强烈反弹。这种冤冤相报何时了的事,想想就心寒。

贾莉拉获悉父母遇害的消息后,整个人都垮了。生活上不断受挫,她看不到活下去的希望,我虽然与她见了一面,但也不知道该怎么帮她。据说她有一段时间没与你联系了,你什么时候有时间,和她联系一下。她很怀念当年和你一起生活的日子,同时也一直在担心你的身体状况。

你在纽约肯定过得很幸福。孩子一切都好吧?想来我们也许久未见面了,这次时隔很久再次去到巴格达,想起了当年与你共事的情景。

有机会一定要来巴黎。带上贾莉拉，我们三个人一块儿去吃饭，我在这边发现了一家不错的伊拉克餐馆。

看完菲利普的邮件，洋子不禁用手捂住双眼，摇着头自言自语："事情怎么会搞成这样？"

洋子搬到纽约后，与贾莉拉一直保持着联系。只是在过去的一年里，有几次她发邮件过去，对方都没有回复。因为要照顾儿子，一直抽不出时间，加之精神上的空虚，洋子发过去的邮件一般比较简短，没有什么实质性的内容。

在外人看来，洋子过得很幸福，贾莉拉肯定也是这么认为。然而，这种大家公认的幸福与她实际所处的窘境形成鲜明的对比。这也让她不好主动与贾莉拉沟通太深入的东西。菲利普介绍的那名叫奥尔扎的担保人，人倒是很和蔼，值得信任，但她在旅行社上班，工作很忙，不可能一天到晚都关注到贾莉拉的情况。

她最后一次与贾莉拉视频聊天，还是在理查德主动交代出轨一事的前几天。当时是二月，纽约正下着大雪，室内室外都异常安静，时断时续的对话让洋子有些焦躁。贾莉拉的精神状态不是很好，洋子除了鼓励她振作精神，也帮不上忙，大感心有余而力不足。之后，小肯睡醒开始哭闹，两个人的视频也就草草结束了。再往后，就是离婚的各种手续，两个人之间的联系也就暂时中断了。

这回与贾莉拉联系之前，洋子想多了解一些情况，于是先和菲利普在网上视频聊了一下。当初还没有完全走出PTSD困扰之时，她会有意识地避开与伊拉克相关的报导，此次联系时，心里自然有许多要问的事项。除了贾莉拉亲人的情况，还有在巴格达一起工作过的同僚们的去向。

菲利普每提到一个人名，总是一脸凝重地摇头，搞得洋子都问不下去了。稍事沉默之后，她把话题转移到了伊拉克目前的政治状况上。前前后后两个人讲了差不多一个小时，自从搬到纽约之后，这还是头一遭。

最后讲到自己的近况时，洋子顺带提及了离婚的事。

菲利普乍一听非常惊讶，很快又说："祝贺你，开始新的人生。"随即他抽出一根烟，点火吸了一口，接着说，"我之前一直以为你肯定会和那名日本吉他手结婚，因为在巴格达的时候，你每天都听他的唱片嘛。那个时候虽说你已经和理查德订婚了，不过订婚毕竟还不是结婚。对了，你原来不是还申请要调到东京分社去吗？"

洋子苦笑了一下，低下头看着地面，轻轻撩起长发按在颈边，说："那个时候，我真的很爱他，从来没有那么爱过一个人。但是，他不要我。"

菲利普简直不敢相信自己的耳朵，皱着眉头说："他还挺拽！"说完一声叹息，呆呆地沉思了片刻，又自顾自地摇了摇头。

"要不你回巴黎来吧，大家都挺寂寞的。"

"好倒是好，但是儿子在这边，我放不下啊。"

"我还是单身。"菲利普凝视着洋子，看不出是不是开玩笑。

"哎哟，太阳是打西边出来了吧！你要是能把烟给戒了，我可以考虑考虑。"

"你以为我不能，所以才故意这么说的吧？"

洋子怜爱地看着笑着灭掉烟头的菲利普："你还是老样子，明明工作这么辛苦，这么危险。"

"你也是老样子嘛！时至今日还是这么有魅力。……从伊拉克回去后，你身体状况的恶化，我也有责任。可能就是这个病症，打乱了你的人生。"

还没等菲利普说完，洋子就打断了："我走后依然有人出现类似的状况，你作为管理者，固然有需要反省的地方，但绝不全是你的责任。而且，我觉得我可以成为一个案例，正好帮助改善你们的工作制度。我不怪任何人，包括我自己。菲利普，我从心底里敬重你，这是真心话。这段时间，我正好对今后的人生很迷茫，能坐下来与你聊这么多，很痛快。"

听完洋子的这一席话，菲利普脸色大变。他本想说点什么，却又不知道该说什么，似乎领悟到自己不过是她人生中的一道风景。洋子发现了这个异变，只是没有说话，一直静静地温柔地盯着对方。菲利普的表情有别于以往，好像在说他本来也有机会拥有一个别样的人生。

最终，他说出口的仅仅是再寻常不过的道别。

洋子永远不会忘记的道别。

第二天，时隔多日洋子再次与贾莉拉在网上视频聊天。贾莉拉的法语大有进步，洋子表扬一番后，她一如既往地开心，只是父母遇害后的悲伤还是清清楚楚地刻印在眼睛里。

巴格达大学毕业，这样的学历在巴黎没有半点用处。洋子曾经推荐她到一个网页设计师的朋友那里去当助理，很遗憾最后未能成功。她现在巴黎郊区圣但尼的一家超市当收银员。

贾莉拉试图相信，只要活着就是幸福。然而她不明白的是，自己是否值得这份幸福？她苦恼困惑的是，为什么自己活了下来而父母却遇害，为什么当初没能说服执意留在伊拉克的父亲，全家一块儿逃命……

联想到自己原先罹患PTSD的经历，洋子深知，即便只能在精神上鼓励支持对方，也是很有必要的。对于此时贾莉拉摇摆不定的精神状况来说，心灵的慰藉比什么都重要。但同时，让她客观把握自身的情况也是很重要的，贾莉拉必须认识到她面临的是社会问题，没有必要一个人孤军奋战。

为了让她明白这个道理，洋子讲了一个心理学上的概念——幸存者罪恶感。"9·11事件"后，美国重新关注这个概念，最近在涉及伊拉克、阿富汗的美军归国士兵PTSD问题时，也会提到。

战争、自然灾害或事故，导致大量的生命陨落。那些九死一生的亲历者，事后并不会窃喜有幸生还，反而会陷入极度的苦恼中，严重者甚至会自杀。

洋子给贾莉拉解释这个现象的时候，没有用美军的案例（贾莉拉对美国的憎恶比在伊拉克时期更加高涨），而是以遭受纳粹屠杀的犹太人以及在广岛、长崎遭受原子弹核爆后的生还者为例。她第一次告诉贾莉拉，自己的母亲曾经在长崎受到美军原子弹核辐射的影响。这一告白令贾莉拉非常震惊，也使她顿时生出了同是天涯沦落人的亲近感。洋子还讲道，自己的母亲在原子弹核爆事件中虽然侥幸生还，长大成人后却逃离了长崎,而这件事最终成了她巨大的心理包袱。死者以及生活在死者身边的人无法体验的幸福,对于逃离现场的幸存者来说,是内心愧疚的根源。看似不合理,事实却是如此。

"眼睁睁地看着别人死,或让别人替自己死,甚至是在真刀真枪的战争中杀死对方,即使没有经历这些,对于活下来的人来说,'幸存'这个事实本身就会成为拷问心灵的利剑。活下来的人总会想,老天爷没有让别人活下来,唯独让自己活了下来,那肯定是有某种特殊的意义;意义在哪,要是找不到这个意义的话……我和你的经历没法比,不过也多少能明白。"

贾莉拉好几次用手擦眼泪,努力整理自己的思绪:"原来你与苛野相爱的时候,一直摆脱不了PTSD的折磨,也是因为这个吗?你觉得自己不能获得幸福,是吗?"

这突如其来的一问,让洋子进退失据,一时不知该如何回答:"不是的,当时我的身体对巴格达适应过度,所以回到巴黎后一直调整不过来……"

她虽然矢口否认,却连自己都解释不下去了,反而怀疑事实或许正如贾莉拉所说。她明明知道"幸存者罪恶感"这个心理学概念,却一次都没有用在自己的身上,或许还是因为下意识地回避这个可能性吧。苛野提出分手,自己至少应该通一下电话,把话说清楚,然而偏偏在那时候PTSD发作了,恐惧与不安牵扯住了迈出这一步的手脚。这到底是为什么?不清楚……

难道是因为一心想要忘却那个生活在伊拉克的自我,因为急于将一切归零,内心的警报反而反应得更加剧烈了?抑或是沉浸在与苛野爱情中的自我一味想要抹杀那个留在伊拉克的自我，所以才导致了留在伊拉克的自我疯狂地谴责自己？倘若这两个相互抗衡的自我——不管是哪个——无休止地攻击自己，说不定自杀的念头也会于某一个瞬间闪现在脑海中吧。

主治医生并没有给出这方面的解释，但是莳野说过你要是自杀，我也自杀。他当时的牵挂，莫非也是因为这方面的缘故？那个傻子啊……他，还记得自己说过那样的话吗？

"不，也可能就像你说的那样。我从那个自杀式恐怖袭击案中侥幸生还……"说了一半，洋子就止住了。贾莉拉的疑问，逐渐改变了于她刻骨铭心的那晚的记忆。那么为什么是与理查德并不幸福的婚姻才最终治愈了她的PTSD呢？这一点她无论如何也想不通。

洋子顺势把离婚的事也说了出来。贾莉拉听后简直不敢相信自己的耳朵，同时迫切地想知道具体的细节。

两个人已经聊了两个小时之久，离婚这件事一两句话也说不清楚，洋子于是提议下周按照以往的方式，双方边做饭边继续聊。贾莉拉对这个突然的提议，开心得眉飞色舞。之后，她们约定双方各做两道菜，下周聊天前互相告知需要准备的食材。

洋子打算近期去一趟巴黎，去之前要给贾莉拉准备一个大礼包，包括衣服、食材等生活必需品以及一些稍微昂贵的物品。

考虑清单时，她时隔三年在亚马逊上再次搜索莳野的唱片。刚结婚的那段时间，"不识趣"的亚马逊官网总是依据之前的订单向她推送莳野的唱片，不知何时开始，这样的推送也停歇了，犹如获悉了两个人分手的消息一般。也正是通过这次检索，她才发现，莳野自二〇〇七年以来没有出过一张唱片。

薛野在音乐上的困顿，之前从是永口中听说过，薛野发过来的分手邮件里也暗示了这一点。然而洋子不曾预料的是，他的沉寂竟然持续得如此之久。

她突然有些担心起来，在网上检索"薛野聪史"这个名字。这也是时隔三年的事。维基百科里没有更新的内容，但其中链接的一个古典音乐杂志网站中有一篇采访稿，内容是关于今年春季开始的一场巡回公演。

许久没有看到薛野的照片，发现他胖了一点，笑起来还是那么灿烂，眼睛里也充满了生气。瞬间，洋子的心中被一股怀念涨得满满的。

采访稿的开头，提到了他两年多的音乐空白期。对此，薛野仅是轻描淡写地说："我从三岁就开始练吉他，多多少少也有些厌倦，需要休整。"

从自身的记者从业经验以及对薛野的了解来看，洋子认为实际采访中薛野不可能说得如此扼要，很可能虚虚实实、真真假假地谈到了许多内容，只不过在审稿阶段被删减掉了。删去的内容中，有没有自己的部分？

从采访的内容来看，这次巡回公演是一个新的二人组合，薛野的搭档她并不认识，不过看得出来，他对这次公演非常重视。

薛野的音乐人生停顿了两年多，这件事让洋子心里多少有些忧虑，但也让她认识到薛野并不像自己想象的那样已经走远。

而且，他现在又开始前进了——当然，不止他，洋子自己也是一样。

既然彼此都开启了新的人生,将来,两个人或许会在某个地方以朋友的身份重逢吧。

洋子最后给贾莉拉订了四张莳野的唱片,两张是《美好世界》,另两张是自己与莳野相识的那晚在三得利大礼堂听到的《阿兰胡埃斯协奏曲》的现场录音。

考虑到当下伊拉克的现实状况,《美好世界》似乎多少有些讽刺。洋子买回来后,对于要不要送,有些犹豫。

唱片里附上了莳野本人写的乐曲解说,最后还有一段不起眼的小字。洋子屏住了呼吸。

谨以此曲献给敬爱的伊拉克友人贾莉拉以及她善良美丽的朋友!

3

人们总是认为,能改变的只有未来。殊不知,未来一直在改变过去。可以说是未来改变了过去,也可以说是过去自然而然地变成了未来,过去其实就是这么敏感、易变。

洋子又听了一遍和莳野初次见面那天他演奏的《阿兰胡埃斯协奏曲》,看着《美好世界》封皮上的献词,不由得回想起了他曾经说过的话。

莳野是以怎样的心情写下这句献词的?

从发行时间来看,应该是在分手后的一两个月内写的。他写了这句献词,就改变了自己的过去吗,将一件不堪回首的往事转变成了一缕值得怀念的甜美悲情吗?是啊,也没有谁规定不能这么操作。毕竟他的人生终归是要向前走的。

作为莳野的老朋友,自己本应心平气和地看待他这种"风雅的"做法。作为莳野音乐的粉丝,自己更应为他的进步感到欣慰。

要是现在两个人再度相逢,莳野估计还会像原来那样有说有笑地上来与自己握手吧。

自己凭什么责问他呢?当初远隔重洋的两个人,热情一上来就定下婚约,而最后他不过是回归理智把脚步停了下来而已。这才是合常理的,说不合常理的判断本身才是不合常理的。

那好,自己的事暂且搁到一边,他怎么能那般轻轻松松写上贾莉拉的名字呢?自己所了解的莳野,心思缜密,绝不可能如此轻佻啊。

这句献词或许暗藏着他内心不为人知的某种真情?

这个想法太过乐观,有令人再度受伤的忧虑,但洋子依然忍不住去思考。莳野在发完那封诀别邮件之后,还不断地再发来短信和邮件,他想说的到底是什么?

可惜在搞清楚这些问题之前,自己已经毅然决然地斩断了情丝,亲手终结了两个人之间的恋情。

如今回首再看,洋子觉得自己确实不够健康。退一步讲,当时即便与莳野见面,估计也会像担心的那样,自己根本无法稳定情绪和他冷静地沟通吧。她还记得在彻底删除苛野发过来的未读邮件时,她感受到了天昏地暗的晕眩,然而在坠落伤痛深渊的同时又感受到了一丝踏实,仿佛心中悬着的一份不安终于落了地。

彼时的苛野,既是洋子心中最深的爱,也是她心中最大的痛。

4

与理查德离婚后的第一个暑假,洋子带小肯回到了长崎的老家。小肯出生后,母亲到纽约帮忙带过一阵子,但小肯回日本,这是第一次。按照约定,暑假期间洋子与理查德各带两周。

二〇一〇年夏,天气尤其炎热,据日本气象部门事后发布的消息,说是三十年一遇的高温。洋子的母亲在网上买了一个木制的秋千,装在了自家的院子里。小肯特别想去荡秋千,可是气温实在太高,秋千坐上去几乎要烫伤皮肤,只好等到傍晚温度降下来之后。下午,小肯就在空调房里的竹席上睡觉。竹席睡起来很舒服,一起来脸上都是印子。因为时差的缘故,他白天睡得尤其香。

小肯与洋子生活的时间很长,除了"爸爸""妈妈",还会说一些简单的日语。之前他有个玩具娃娃,一按键就会说"Nice to meet you(很高兴见到你)",在他听来却成了日语的"hachi mitsu(蜂蜜)"。

但自从每周有一半时间由理查德抚养,再加上在保育院里与其他小朋友会话的机会增多之后,他的英语能力迅速超越了之前非常初步的日语能力。其中还有很多海伦言传身教的词语,已经大量进入他的大脑。

每次交接时，小肯总会哭闹着说"我要妈妈"。他在理查德那边究竟是如何度过的？理查德也从来都不愿细说。到长崎一周后，他又转成日语模式，不断地大声询问："姥姥，姥姥，秋千，还不能去吗？院子里的，秋千。"

"真可爱！看着他，就想到你小时候。通常，双语环境下的小孩说话都比较慢，小肯已经说得这么好了，而且不到两岁就走得这么平稳，发育得算快的了。"

"每次见理查德的时候，他也这么说，真是自家的小孩总是最好。我和他分道扬镳，对各自都好，只是在小肯的教育方针上，意见分歧较大。他已经寻思着让儿子学这学那了。"

在长崎过完七月后，三个人一起飞到了东京。母亲是为了去横滨见老朋友，洋子则带着小肯准备在东京多住两个晚上。

"你带着孩子在东京干什么？"下了飞机后，母亲问。洋子本来是考虑到小肯连续坐飞机，身体可能吃不消，才特地安排了三天的空当。结果他活蹦乱跳的，没有什么问题。于是母亲建议，要是洋子打算在东京见谁，她可以帮着带孩子。

洋子正在犹豫要不要去代代木的白寿礼堂听莳野的演出。自从看到他的采访报导以来，她一直在思考这个问题。

莳野的巡回公演原定于国内的八个城市依次举行，没想到观众反应非常好，最终又追加了四场，其中东京的公演是在八月二日。洋子在订从长崎到东京的飞机机票时，已经考虑到了这个时间问题。

网上的演出门票已经售罄，要去只能到现场排队买票。买不着自然也就听不了。

只是以一个音乐粉丝的身份，还是可以去听一听的。何况演出结束后还有他的现场签售会，自己未尝不能以一个老朋友的身份出现在他的面前，在他签名的一两分钟之内，随便聊上几句。或许，这样就可以改变过去了吧。洋子是这样想的。

她鼓起勇气，决定去现场排队买票，将小肯托付给了母亲。

母亲察觉到洋子似乎有什么心事，也没有多问，只是说："你去吧，我可高兴能和小外孙独处了。"

洋子本打算早点从酒店出发，然而为小肯准备各种杂事就花了很多时间。到最后，小肯察觉到洋子要丢下自己，一个人外出就大哭大闹起来，她费了很大的劲去安抚。结果，她到达会场时，现场售票早已开始。

这天早上的阳光相当灼热，等洋子急急忙忙赶到售票点时，流了一身汗。她上半身穿的是一件大领条纹T恤，下半身是一条齐膝的白色棉裙，比较休闲，不过出来之前精心化了妆。她的短发留了一阵，以后准备要留长一些。

售票窗口处没有一个人排队，洋子起初还有些担心，一问才知道只剩两个位置了。

"太好了，给我一张。"

终于买到一张票，上面印着"苟野聪史"几个字。她感到一阵心安，然而一想到马上就要再次见到苟野，内心又涌现出一丝苦楚。

买完票转过身来，洋子突然发现有一个孕妇站在身后。她知道还剩一张票,所以也没说什么,正打算从孕妇身边走过,对方忽然招呼了一声。

"是,洋子小姐吗?"

洋子心里一惊,抬头细细打量对方,不禁睁大了双眼。

对方自报了家门:"我是苕野,还记得我吗?原来在三得利大礼堂见过一面。那个时候我还是三谷,做苕野聪史的经纪人,两年前我们结婚了。"

洋子顿时不知道该说什么好,下意识地瞅了一眼对方的肚子。

"已经六个月了,到现在我才怀上。"

"原来是这样,恭喜,男孩还是女孩?"

"女孩。"

看着三谷的笑容,洋子回想起那晚在西班牙餐馆吃饭时的情形。两个人只在那晚见过一面,但她永远都不会忘记三谷的这张脸。

"您是买了今天演出的门票吗?"

"买了,正好回长崎老家的时候看到这次公演的预告。"

"听说您结婚后搬到纽约去了?"

"是的。"

"孩子呢?没一起吗?"

"在我妈那里。"

"您孩子肯定长得很好看吧,我一直很羡慕混血小孩!啊,说起来,洋子小姐本人也是混血的呢。——所以说,现在,大家都过得还不错。"

洋子从三谷的笑容里察觉到一股紧张、怯懦的气息,难道苕野把过去两个人的事都告诉她了?

"莳野正在彩排。"

"马上要开演了,也是该好好准备准备。"

"所以不让任何人打扰。"

"当然,我也不想去打扰他。"

"要是方便的话,一块儿去喝个茶吧?我们也这么久没见了。"

洋子有些犹豫,她实在是没这个心情。

"这如何是好,我接下来还……"

"无论如何,有些话一定要告诉您。"

"告诉我?"

三谷笑着点了点头,汗水将她身上穿的灰色连衣裙的领口都浸湿了。街道两边的绿化树上,蝉声不断。

洋子看了看手表,答应道:"那就简单聊一会儿吧。"

车站对面的商业街入口处有一家星巴克。可能是天气太热,今天这样一个工作日的下午,店里喝咖啡的人竟然特别多。

洋子与三谷同时在两个并排的收银台前各自点好单之后,找地方坐了下来。洋子点的是冰咖啡,三谷除了一杯冰拿铁外,另外又买了一些饼干、巧克力放在桌子中间,示意洋子一起品尝,还接了两杯水过来。洋子一边致谢,一边接过水放到咖啡的旁边,心里总觉得对方有些不对劲。

两个人相对坐定之后,沉默了一段时间。

怀着莳野孩子的孕妇,现在就坐在眼前。洋子曾无数次幻想过自己成为苟野孩子的母亲，然而他还是爱上了别的女人。现在，这个女人就坐在自己的对面。而今后不管苟野会不会再爱上自己，从年龄上来看，也再也没有实现那个愿望的可能了。

洋子有感于时光流转，岁月多磨，有些按捺不住地问道："你一定要告诉我的，是什么事啊？"

三谷不知该从哪里讲起，只用双手握着杯子。经洋子这么一催促，她突然露出快活的表情，目光清澈地注视着对方："我初高中上的都是私立的教会学校。"

洋子不知道对方意在何为，只好支支吾吾地应和。

"洋子小姐是基督徒吗？"

"不是。"

"说实话，我对基督教也不太了解，但上课的时候老师总是让我们读《圣经》。不知道你是否了解，《圣经》里面有玛尔大、玛利亚姐妹的故事。耶稣去她们家的时候，姐姐玛尔大非常热心地招待，而妹妹玛利亚仅仅是坐在一旁听耶稣的教诲而已。玛尔大看不下去了，就想让耶稣出面来叫妹妹帮忙。结果你猜耶稣怎么说，他非但没有帮着玛尔大说话，还反过来说妹妹做得对。"

"玛尔大！玛尔大！你为了许多事操心忙碌，其实你只需做一件事就行。玛利亚选择了最好的一件事，你不能将此从她手里夺去。"洋子一边咀嚼着耶稣的这段话，一边背诵了出来。

三谷感叹道："您太厉害了，您把《圣经》全部背下来了吗？"

"怎么可能，只是这一段很有意思罢了。"

"那还是很厉害，能这么流利地把这一段背出来了。这一段到底想说什么？洋子小姐不觉得奇怪吗？"

洋子还是搞不懂她的意图，心里很想她早点进入主题，不过对方既然不亮底牌，倒不如随便扯个理由脱身吧。

三谷的咖啡加了水，杯子的外壁在不断冒"汗"，将她的手都打湿了。

"这个好难啊。在神的面前，一个是积极地张罗，一个是陷入沉思……"

"我认为玛利亚绝对是有意为之。姐姐在忙前忙后，她不可能不知道。即便如此，她还是只想着守在耶稣身边。她简直就是在愚弄自己的姐姐。耶稣怎么就没能看穿她的这点小心思呢？"

洋子不讨厌三谷这份单纯。初次见面时，就对她的单纯抱有好感，眼下看她又轻易地陷入《圣经》的这段逸闻中，还煞有介事地当作发生在自己身上的事一般，毫无做作之感，洋子甚至觉得她单纯得可爱。

关于这段逸闻，洋子的脑海里联想到的是埃克哈特①大师的奇特解释。大师特别强调玛尔大的处女性，而这一特性在《圣经》的原文里并不存在。他在赞美处女纯洁性的同时，更进一步地称扬玛尔大作为一名女性接受耶稣，并"在父神的心中重生"。而现在，大师所言美好而神秘的愿景，通过眼前的孕妇，逐渐显现了出来。

那么，作为苅野妻子的三谷，自己能喜欢吗？洋子突然想到这个问题。自己不能由衷地祝福三谷怀孕，或许才是不太正常。现在，只

---

① 埃克哈特（Meister Johannes，约1260—1327），德国神学家、哲学家和神秘主义者。

有祝福她，才能抓到自己的幸福。这一点，她相当清楚。

"你说的也有道理。"

"洋子小姐怎么看，我想知道您的想法。"

"我的想法？"

"是的，能告诉我吗？"

"我的理解与你不太一样。我认为这是信仰的问题。耶稣不只是家里的一个客人，他是上帝的儿子。所以玛利亚选择守候在耶稣身边，是很好理解的，因为没有其他的选择。"

"那一直忙前忙后的玛尔大不是很可怜吗？"

"是的，很可怜。但是直到玛尔大责怪妹妹为止，耶稣对于她忙前忙后一事始终没有说什么啊。耶稣说不能从玛利亚那里夺走她需要的那一件事，其实也是想让玛尔大镇定下来吧。"

"话虽如此，玛尔大本意也是要待在耶稣的身边啊！但是总得有个人出来招待耶稣吧，所以她才殷勤地忙前忙后。我认为玛尔大也不是一定要妹妹帮忙，她主要还是想让耶稣知道自己的这份心意，难道不是吗？"

"即便如此，这还是信仰的问题。在某一个时候，突然间，可以与上帝说话了，能感觉到上帝就在身边了。这是一个决定性的瞬间，与日常的时间完全断绝了。在这种时候，只能潜心倾听上帝的教诲而别无其他选择。耶稣是在充分理解了玛尔大的基础上才说的那句话。而玛尔大一心想着为上帝服务，反而错过了与上帝交流的决定性的瞬间。"

"看来洋子小姐是'玛利亚派'啊。"

"什么意思?"

"到目前为止，包括我在内，大家都是玛尔大派。好，那假如耶稣不是神，只是一个平凡的人呢，总该有个人去照顾他吧?"

"耶稣如果只是个普通人，玛尔大就不该与客人抱怨妹妹的懒惰，而应该自己去跟她说：我太忙了，你过来帮下忙。"

洋子不想再与对方继续这种毫无结果的神学争论。她本不信教，但是在她的人生中，有好几次都为信仰所吸引，只是最终都没能迈出关键性的一步。因此，她很自然地强调这是一个信仰问题。

三谷仍旧不依不饶，于是洋子直截了当地问道："这就是你要跟我讲的话?"

听到这里，三谷心中顿时有些不快，于是将之前遮遮掩掩的话和盘托出："我想说的是，今天的演出，希望你不要参加，门票钱我补给你。"

洋子有些震惊，沉默了少许时间，略微摇了摇头："我不过就是一个音乐迷而已，连这都要得到你的许可?"

她仍然保持着笑容，一方面是不想把气氛搞得太僵，另一方面是被对方识破自己的心思并非音乐迷那么简单后做出的随机应变。在主观意识层面上，她绝对没有非分之想，然而在内心深处，也不能说对于与莳野的再次相见没有任何期待。

很显然，三谷已经知道洋子与莳野之间的过往，而这个关系时至今日，仍然值得她警惕。此时此刻，洋子终于明白自己的预感是正确的了。

"希望你不要去现场，他要是发现你在现场，就集中不了注意力，这对大家都不好。"

"没关系的，我的位置很靠后，再说已经很久没见面了，此外……"

"我知道的。"

"嗯？"

"不管你坐在哪里，只要你去，他绝对会发现的，我肯定。"

"……"

"你可能不知道，我跟他走到今天相当不容易。之前他有一年半的时间完全不能碰吉他，那段时间真的特别痛苦，之后通过魔鬼般的练习才终于可以再次登台。但他的状态还不稳定，不知道什么时候就会被打回原形。请你不要去打扰他，不要让他的努力付诸东流，也不要让我花费在他身上的努力付诸东流。你可能认为，你对莳野而言只是玛利亚一般的存在，但他需要的其实是一个玛尔大，需要全身心无微不至照顾他的人！光是情投意合，聊得开心，那是脱离现实的。为什么时至今日，你又想起来要来见他呢？"

看到对方激动愤然的样子，洋子忽地想起从前理查德评价自己的那句话——你的心就是这么冷酷。

理查德不正是希望自己能够像玛利亚那样，安安静静地守候在他的身边，认认真真地倾听他的心声吗？然而自己并没有成为他的玛利亚，同时，也没有成为玛尔大。

那么，对莳野而言呢？自己确实如三谷说的那样，是玛利亚吗？也正因为如此，他才一直沉沦振作不起来吗？但是，埃克哈特大师不是也说过，随着时光的推移，终有一天玛利亚为了获得玛尔大那样

"永恒的幸福",也将开始"侍奉上帝"的生活吗?

这一瞬很长,洋子发散思考了许多问题。最终的结论是,这所有的想法都不正确。莳野之于自己,绝不是信仰问题,自己只是深爱着莳野而已。反观三谷,她对莳野的爱才是信仰。这份爱的结果就是,眼下有一个生命正酝酿在她的体内。

洋子觉得说什么都不合适,只是沉默不语。

或许,自己确实不应该去听莳野的演出。与理查德离婚前后迅速高涨起来的对莳野的思念,此刻正慢慢转变为苦楚。

孰料,这令人尴尬的沉默却招致了一个意外的结果——

洋子好一会儿低着头没有说话,正想抬起头来时,三谷再度出击了:"你没有什么过错,但是自从与你建立关系以来,莳野就迷失了音乐。"

洋子大惊失色,直愣愣地盯着三谷。至今为止从没有过的疑念突然闪现,迅速给那晚的回忆染上了别样的色彩。

她的脑海里回想起三年前莳野发过来的诀别之辞:你没有什么过错,但是自从与你建立关系以来,我就迷失了音乐。——她花了三年的时间,才勉强忘却这段话。

然而眼下,说出这段话的不是莳野,而是坐在眼前的三谷。

三谷并没有注意到洋子的变化,继续说:"我不希望他再回到从前那样……"她仿佛突然察觉到了异样似的,停了下来,随后心中一惊,正打算用手去捂住嘴,又突然改变方向不自然地将手握在了胸前。

"是你吧!"

三谷为掩饰内心的慌乱,咬紧了嘴唇。

"那封邮件是你写的吧?!"

当然不排除苜野把那封邮件的内容告诉了妻子的可能性,然而,此刻洋子确信自己参透了三年来一直为谜团所笼罩的真相。真相的利箭在这一瞬间射向了她。

话说到这个份上,三谷已经没有办法掩饰下去了。在洋子眼神的震慑下,她几乎没有做任何抵抗,就用表情承认了一切。

看到对方的默认,洋子闭上了眼睛,似乎从现实世界被抽离了出去,细微的震颤从眉头走向美丽的额间。她忍不住轻轻摇了摇头。

三谷有些茫然地注视着眼前的洋子,然后道出了那晚事情的原委。比如在新宿站南出口看到洋子,自己发了那一封分手邮件,但之后的邮件都没有再帮苜野发,等等。她有如竹筒倒豆一般,毫无保留地说出了一切。这些事,一直像一块石头一样,压在她的心中太久了。

"在这件事上欺骗了你,是我的不对。然而我相信,如果当时我什么都不做,苜野现在肯定还是弹不了吉他。洋子小姐没有苜野也有很美好的人生,但是我如果失去他,就什么都没了!因此,不管用什么方法,我都必须留在他的身边,即使这个方法是不道德的。我的人生不需要正确的活法,只需要一个丈夫。所以我恳请你,不要来听今天的演出,不要再去打搅他的人生。现在,苜野是属于我,还有我们即将出生的孩子的!"

在三谷说完之前,洋子没有一句话。她默许了三谷的暴躁宛若一把不太锋利的刀，在自己的躯体上随意切割。她的心里充斥的与其说是难以抑制的憎恶，毋宁说是一种空虚。她在脑海里反复追问着"为什么"，这句追问里，没有半点讨要答案的意思，只是她现在只能这样做——像祈祷一般。

内心的怯懦反而令三谷获得了一股特权般的优越感。她的逻辑是，为了爱纵使有悖人理也在所不惜。这种爱情无罪论，让洋子嫌恶不已。然而，将心比心，洋子不敢保证自己能像她这样，为了莳野奉献到如此地步。或许，今天这个结局本身就是一个莫大的讽刺吧，因为当初自己不需要像三谷一样付出这么多，就得到了莳野的爱。

洋子再一次自问：这一切都是为什么？

她不是问三谷，而是在问不可捉摸的命运。

三谷说完之后，洋子好一段时间内不能开口，一直注视对方的视线萎蔫了似的落到了手边。她伸出手去，没有去抓化了冰的咖啡，而是水杯。三谷担心她会把水泼到自己身上，瞬间架起了防御姿势。

洋子注意到三谷的动作，只是稍稍倾了倾水杯，目光停留在因表面张力而略呈弧形的水面边缘，然后有些漠然地看着对方，低声问："那，你现在幸福吗？"

三谷斩钉截铁地回答："幸福，很幸福！"

洋子仔细地打量了一番她的表情，又将视线移到她的腹部，然后抬起头来，本来想问"莳野呢"，却又止住，只是轻轻地点了点头。

她打开手提包，把一小时前买的门票放到桌上，无声地推到了三谷的面前。

三谷一直等着洋子说些什么，看到她这个动作有些措手不及，赶紧慌慌张张地从自己的包里取出了钱包。

洋子止住了她，说："好好珍惜你的幸福。"这句话里全无挖苦之意，反而漾着真诚平静的祝福。她说完，一个人径直走出了咖啡店。

洋子比预计的时间提前回到了酒店，母亲和小肯还没有回来。独自一人回到房间，她再也支撑不住，双膝跪倒在了地毯上，而后一头趴在刚刚换好的床单上，终于毫无顾忌地大哭了起来。

5

莳野与武知的巡回公演追加演出的最后一场，在一片好评声中，于福岛县郡山市圆满结束。

随着演出的推进，莳野的状态越来越好，在与武知的协作上花的心思也更多了，不但要接纳他的演奏风格，还要不时地给他打气，演出之后互相总结。拉威尔钢琴协奏曲的柔板放在了整场演出前半场的末尾，莳野最大限度地衬托了武知，最后大家却一致认为莳野柔和的伴奏巧妙得当，很得要领。

巡回公演刚开始时，武知就注意到某个音乐爱好者在博客上将他们两个人的演出批得一无是处，让他心中多有不快。

莳野本不打算与这样的庸人计较，忍不住还是去看了一下那个博客，结果也是一肚子气。比起武知，那个人说莳野的坏话其实更多。诸如听说莳野复出，兴致勃勃地一听，却完全没有当年的神技，可悲可叹；一起登台的武知，演技平平，丝毫不能给人留下什么印象，不过今日的莳野怕也只能找到此类搭档，凡此种种，不一而足。

"亏得你还专门去关注网上的反应。我也去看了一下,真是气不打一处来。不过,说什么话的都有,你不要太在意,毕竟还是有很多人支持咱们的嘛!"莳野嘴上一笑置之,心里还是暗自担心,他害怕再回到弹不了吉他的可怕深渊中去。

一周之后,正当莳野快要忘却此事时,音乐公司的野田突然告诉他一个内幕:"在网上瞎写的那个人,其实是冈岛!"

野田很早就注意到了那个博客。因为博主是一个懂行的人,他一有时间总会以一种学习的姿态去阅读,并没有深究其中针对莳野的批判,但是读多了就发现,有些话似曾相识。再一细究,在莳野《美好世界》发售之初,有个神秘人物在亚马逊的产品页面上毫不客气地给了一星,并写下非常不友好的评论,两个人是相同的用户名。

天下之大,无奇不有。有一次野田走到冈岛办公桌边,竟发现他的电脑显示屏中赫然正是那个神秘博客的管理页面。

野田没有装傻,而是当场质问了。当然,不能因为冈岛是公司员工,就限制他在私人网页上发表对公司所属音乐人不利的言论。冈岛的虚伪之处在于,正是他原先假惺惺地告知了野田亚马逊上的恶评,并故作愤慨地与野田讨论过此事。

"冈岛,你这也太不厚道了吧!这是要报复我和莳野吗?"

据说冈岛当场面红耳赤,无言以对,在接下来的一天时间里,没有开口说过一句话,次日就辞职了。

莳野听了这席话,惊诧得不知道说什么好,及至听到冈岛最后的结局,禁不住长长地叹了一口气。他原先就听说冈岛一直对公司安排给自己的闲职不满,但他也没有什么办法。

博客上的评价，不能单纯地认为全是冈岛出于私心的气话，一种不祥的预感还是萦绕在莳野的心头。不过为了安慰武知，莳野还是将这件事的来龙去脉也告诉了他，老好人武知反而怜惜地说："唉，何必辞职呢？"不过他的心里总算是好受了一些。

莳野在登台前，总是要一个人安静地待三十分钟。与早前相比，他在后台休息室的时候，变得特别紧张，而对于自己的这份畏惧心理，他现在极为重视。

观众可以带入会场的，仅仅是一个席位的安静，纵然是一声细细的咳嗽，也会轻易地打破它。每一个观众都在克制，他们互相体谅，整场演出都保持着场内的安静。他们自动放弃了发声，将声音的行使权交给了两名演奏者。

每次看到那么多的观众翘首以待，莳野都非常感动。复出以来，他还没有举办过一次个人公演，也没有在任何的演奏会上单独登台，反而看开了，想着一切随缘罢了。这一心理的转变，很大一部分是受到勤恳实干的武知的影响。

最后一天公演的曲目涵盖的范围比较广，包括朱利安·布里姆[1]与约翰·威廉斯[2]合编的德彪西[3]《月光曲》（*Clair de lune*）、布劳威

---

[1] 朱利安·布里姆（JulianBream，1933— ），生于英国伦敦，世界闻名的吉他演奏家及鲁特琴演奏家。

[2] 约翰·克里斯托弗·威廉斯（John Christopher Williams，1941— ），生于澳大利亚墨尔本，当代著名的古典吉他演奏家、作曲家和编曲家。

[3] 阿希尔-克劳德·德彪西（Achille-Claude Debussy，1862—1918），法国人，19世纪末20世纪初欧洲音乐界颇具影响的作曲家、革新家，同时也是近代印象主义音乐的鼻祖。

尔①的《探戈三部曲》(Triptico)、皮亚佐拉②的《探戈组曲》(Tango Suite)等观众较为熟悉的曲目，以及《美好世界》里收录的托德·朗德格伦③的代表曲目《美梦永恒》(A Dream Goes On Forever)，其中尤以莳野编的莫扎特弦乐四重奏第17号《狩猎》(The Hunt)最为精彩。

这些曲子在吉他二重奏中都难得听到，莳野对其间的对位法很满意，但为了在实际的演奏中尽可能完美地呈现出来着实费了一番功夫。武知也遇到了不小的障碍。两个人在每场演出后屡屡修改乐谱，于公演的最后那天，终于定了稿。

最后一曲结束，会场内响起了雷鸣般的掌声。

历经漫长的沉默期后再次拿起吉他，莳野又花费了十个多月的时间努力练习。此刻，他可以确信自己已经度过了危机。演奏结束后的签名会上，好几个粉丝都异口同声地赞扬莳野演奏时表情放松，这对他来说，也算是久违的慰藉了。

离开会场后，莳野和武知两个人一路前往磐梯热海温泉的旅馆。他们与工作人员一起庆功，一直持续到半夜。

三谷因为身怀六甲，就提前回屋去了。莳野在旅馆的酒吧里与野田接着谈工作，一直持续到深夜一点左右，之后赶忙去泡温泉。馆内

---

① 胡安·莱奥维吉尔多·布劳威尔·梅兹奎达（Juan Leovigildo Brouwer Mezquida，1939—   ），古巴作曲家、吉他演奏家。
② 阿斯托尔·潘塔莱昂·皮亚佐拉（Ástor Pantaleón Piazzolla，1921—1992），阿根廷作曲家以及班多纽手风琴演奏家。
③ 托德·朗德格伦（Todd Rundgren，1948—   ），美国最出色的流行乐和摇滚乐的歌手、词曲作者、乐器演奏家、吉他手、音乐制作人和录音工程师之一。

的温泉截止到两点关门。

宽敞的浴池里，加上苛野在内只有两个人。对面就是郁郁葱葱的山体斜坡，在这山间的温泉乡里，他静静地躺在露天池内，享受着片刻的宁静。醉意慢慢地上来，脑子里一片空白，他什么都没有想，什么都不用想。

从温泉池里出来穿好衣服回房间的路上，昏暗的走廊一角放着两台按摩椅。苛野发现武知独自一人坐在那里。他买了两瓶矿泉水走到武知身旁，也坐了下来。

武知一惊，抬起头来。他的头发是干的，看样子从温泉池里出来已经有一段时间了。苛野递过矿泉水后，武知的嘴角上随即浮现出一丝笑容。

"多谢，正好口渴了。"

"按摩椅怎么样，舒服吗？"

"还可以，现在的按摩椅比以前的先进多了，从头到脚都可以按。你平时比较注意保养，都不怎么需要用这个吧？"

"局部的也会用，以前做过一次全身的，结果第二天站都站不起来了。这些东西真是不容小觑啊，就那么给你一按，人就动不了了。"

"按摩过度？"

"应该是吧。我当时反应很大。"

"人的身体还是很神奇的。"

"真是这样，所以这一年半的时间里我都在原地踏步。"

苛野坐了下来，皮革部分包裹住身体，他把椅背放了下来。对于刚泡完温泉燥热的身体来说,皮质按摩椅凉爽得恰到好处。

"我来个捶背!"

十分钟两百日元。馆内异常宁静,只听得到按摩椅运作的声音。一旁的武知坐起身来喝水。

"哇,很舒服嘛。"

"那个《幸福钱币》导演的千金,最近你没怎么见?"

莳野睁开双眼,盯着天花板,只将脑袋偏向武知,问道:"怎么突然问这个?"

"前一阵子,是永来听我的演出。那个时候我正好弹的是《幸福钱币》的主题曲,所以后来她和我聊天的时候,就说到导演的女儿了。好像是叫洋子吧?"

"是的,现在已经没有联系了。是永没说她现在的情况吗?"

"好像结婚了,住在纽约,生了个儿子叫肯。"

"都已经生孩子了啊。"

"好像是,是永说她也好久没有联络了。我记得原先每次见到你,你总是会提及那个洋子小姐。"

"有这回事?"

"你真是贵人多忘事。原来你可是盛赞有加啊,我们还一直怀疑是不是真有那么个完美的人。"

莳野自嘲地一笑,两眼呆呆地盯着对面已经歇业的游戏区域:"确实,像她那样的女性真的很少见。遗憾的是,现在我跟她已经没什么交集了。"

按摩结束后,莳野把椅背竖起来,拿起矿泉水也喝了起来。

武知似乎从是永那边听说了什么，然而看莳野不愿多提洋子的事，只好换了个话题："不管怎么样吧，咱们这次的巡回公演还是不错的，结束了还有点舍不得。"

"来日方长，以后我们再安排嘛。"

不知怎么的，武知却并没有马上接话。

"说实话，今天我一直在犹豫，要不要当着大家的面说。这次演出结束后，我就准备金盆洗手了。"

莳野转过身来问道："怎么回事？"

"我老家是山形那边做佛龛的。本来由兄长继承家业的，因为种种原因，兄长不干了，所以家里老早就希望我回去。"

"做佛龛的？头一次听你说啊。那也是一个精细活，又和宗教沾边，应该还可以吧？只是你都过四十的人了，现在还来得及吗？"

"我从小就一直在帮忙的。我喜欢吉他，但也喜欢做佛龛，打算今后就全身心地投入到家业那块吧。"

莳野的父母早已去世，处理父母留下来的房子时，关于供奉祖辈肖像的佛龛怎么处置，确实也让他费了不少心思。最后他还是没把佛龛丢掉，全堆到练习房的壁橱里去了。自那以后，就从来没打开来看过，一晃不知过了多少年。如今这个年代，搞音乐挺困难，不过做佛龛估计更艰苦。这些话，莳野并没有当着武知的面说，而是对他的决定表达了一定的理解。

"你可以先两边一起挑嘛，不要一下子就把音乐事业放弃了。"

"音乐培训班什么的，有可能还会做，反正也不会留指甲。之前一直下不了决心，这次公演结束，终于能决定了。"武知恋恋不舍地看着自己右手的指甲，"告别前，能与你一起登台，我已经很知足。今天在舞台上的时候，突然想起咱们在东京国际吉他大赛上第一次相见时的情景。"

"真的是，时间过得好快啊。"

"师父总夸你是天才少年。那个时候，你还只是一个中学生，就能把费尔南多·索尔全部的曲子都弹下来。"

"费尔南多·索尔的曲子全部加一块儿，也不过六十三首而已。"

"但你那个时候不过是个中学生啊，没有哪个中学生可以的。"

苛野笑着耸了耸肩："我是乡下出身。所谓山外有山，人外有人，在地方上受表扬，到了东京就不是那么回事了。何况还有西班牙、法国的那些吉他手，人家什么都会，我不知道的人家也会。所以，我的心里一直都放松不下来。我当年的练习，不光是要自我提高，里面还藏着一股自我强迫的成分。"

武知头一次听苛野说这些，一脸钦佩地注视着他："我没你想得那么多，所以也就不如你练得好，不得不佩服啊。"

"不过，等我去巴黎留学的时候，发现即便是巴黎音乐师范学院的学生，竟然也会毫无愧色地说自己没有弹过费尔南多·索尔全部的曲子，搞得我一脸茫然，甚至怀疑当初师父是不是骗了我。此外，就是吉他本身的问题了。我们不管怎么练习，练得怎么好，叫钢琴手来看，就是小儿科了。"

"同感，同感。话说当年第一次见到你的时候，大家都在利用登台前的宝贵时间认真地看乐谱，就你一个人竟然在看小说，卡彭铁尔[①]的《消失的足迹》(*Los pasos perdidos*)。"

"啊，你记性真好！"

"因为后来我也买了那本书，但是根本读不下去，对你就更加崇拜了。"

"确实是一本晦涩的小说。师父说吉他手不能光弹吉他，还需要去了解布劳威尔、维拉-罗伯斯等人生活的时代背景，所以我就跑到家附近最大的书店去找，发现了那本小说。布劳威尔不是古巴人嘛，所以就买了一本古巴籍作家的书。"

"师父就没这么教过我。不过那个时候看你那特立独行的样子，真没什么好印象。"

莳野苦笑道："我当时是故意那么招摇的。"

武知险些信以为真，不过马上就明白过来对方说的是玩笑话："后来听你在舞台上演奏，着实把我吓了一跳。之后你就在巴黎国际吉他大赛上获胜，变得越来越优秀……"

武知脸上还残留着一些笑意，表情却慢慢僵硬了。莳野本能地察觉到，这瞬间的停顿意味着什么。

"说实话，我长期以来都很讨厌你，或者说，无法忍受你的存在，甚至幻想哪一天你突然生病去世，赶快消失掉。一想到你，我就胸闷……嫉妒。看到你那么有才，而且大家都那么认可，我确实挺郁闷的，很难受。"

[①] 阿莱霍·卡彭铁尔（Alejo Carpentier，1904—1980），古巴著名的小说家、散文家、音乐理论家、文学评论家和新闻记者。

苛野掉转视线看了看裤腿，似乎上面有什么一样，然后不自然地笑着点了点头。像武知这样的"肺腑之言"，多年来他不知道碰到过多少回了。

"因此，上次台湾的吉他大赛，组委会方面邀请我代替你演出时，我的内心其实挺复杂的。那之前就听说你弹不了吉他了……说不上高兴吧，但心里确实舒畅了不少。我很卑鄙吧？"

"没事的，但你不必全说出来的。"

"只是没有想到你会邀请我一起举办巡回联合公演，我真的很高兴。一起练习磨合的每一天，我再次觉得你与众不同。我终于明白为什么你这么受吉他欢迎了。"

"受欢迎？"

"就是说，同样一把吉他，你弹的时候，和我弹的时候，吉他表现出来的东西是完全不一样的。"武知有些无可奈何地一笑，"所以，也就更加真切地知道，你在弹不了吉他的那段时间里该多痛苦了。"

苛野尽量保持着表面的平静，不时地浮想起之前的痛苦记忆，随即接道："年龄的问题也不容忽视啊，不管是你，还是我，都一样。做个不恰当的类比，约翰·威廉斯的《天空》（Sky），也是在他四十岁前后才完成的。大家尚且如此，何况你我呢。"

"是吗？我还蛮喜欢《天空》的。"

"我不行，不过我能够理解他为什么那样。我有一阵子也尝试着改用过斯摩曼吉他，想有所突破，走了一段弯路。多亏了那段空白期，对有些根本性的东西反而看得更清晰了，所以我想那种时间也是一个必要的过程。过几年，说不定你的心境也会变化的。"

武知微笑着附和："可能吧。"

之后，两个人一起进了电梯，各自回房。分别之际，他们还相互握了手。这次的握手，比翌日在东京站最后一次的握手，更加深刻地留在了苛野的记忆里。

6

这一天，来自比利时的一名泰勒明电子琴演奏家的演出会上，苛野作为演出嘉宾出场。地点在东京南青山的蓝音符爵士乐俱乐部。

一同出场的还有几个人，苛野负责在拉赫玛尼诺夫、拉威尔、维拉-罗伯斯等的练声曲里伴奏。演出的主角是格雷博音乐公司力推的帅哥演奏家，苛野抱着玩一玩的态度答应帮忙，结果也确实不错。

结束后大家一起去喝了一杯，回到家里已经是深夜。下个月就到预产期了，最近这段时间三谷睡得都很早。不知为什么，这一夜却还未入眠。她一个人坐在客厅的沙发上，目光无神，眼角还有泪痕。

看到妻子的异样，苛野赶紧把吉他搁到一边，上前询问。

三谷一言不发，双手颤抖地拿出一张明信片。苛野站着接了过来，看到上面的内容，吃惊地叫出了声。原来是武知的讣告。

两周前去世的，距离两个人最后的那次演出正好相隔一个月。

"我一看到这个消息，马上就给他家里打了慰问电话。是他母亲接的，说是事故。"

"事故？什么事故？"

"没有详说，只说是事故。"

莳野又看了一遍明信片的内容，为保险起见，还特意确认了一下寄件人。他盯着"过世"一词看了许久，仿佛这个词还有未知的另一层语意。葬礼办得很简单，只有亲人出席。莳野似乎终于理解了文字的内容，一言不发地点了点头，把明信片还给了三谷。

"打电话的时候，我问阿姨什么时候合适，想过去上一炷香。阿姨说现在情绪还没有调整过来，婉言谢绝了。我过去不太方便，你抽空过去看看吧。"

"不用了。"

听到莳野这般冷漠，三谷不由得一脸诧异："听口气，他母亲很伤心。你能过去一趟的话，她肯定……"

"我肯定会去一趟，不过现在不行。对方这么说，我们暂时还是不要去打搅。"说完，莳野拿起吉他去往二楼的练习室，在沙发上坐下后，像失了魂似的低着头。

武知的母亲应该觉得不是事故吧？他回想起在温泉旅馆里两个人最后的那次谈话。

当时自己应该多说几句，尤其在他表示要金盆洗手之后，自己除了表示理解，更应该出面挽留，鼓励他继续向前的。巡回公演时，自己的态度也不好。为什么一点儿都没有察觉到武知的异样呢？那时候，他会不会就有了那样的念头……

一切都是未知数，而武知已然不复存在。没有武知的世界，时间已经过去两周了。自己混乱的人生即将重新步入正轨，却又发生如此的不幸，莳野觉得仿佛是老天爷在报复自己。

武知想得比较多，有的隐情自己也未必知道。即便如此，他依然无法从自责中摆脱出来。最要命的是，眼下身边没有一个可以倾诉愁肠，互相慰藉的人。

这件事让莳野在精神上受到巨大打击，不过还不至于让他再次抛开吉他。或者说，正是因为这件事的警醒，他终于下定决心要举办独奏会，要一个人登上舞台了。武知一直强调吉他手之间天赋的差异，莳野庆幸自己在那段空白期内，没有发生武知那样的"事故"。

莳野振作起来了，然而武知的辞世却给三谷带来了不小的冲击。

她不知道莳野与武知两个人那晚在旅馆的对话，只单纯地认为武知的死就是字面上的"事故"，莳野也没有去化解这个误会。三谷心里总感到一股不安，仿佛头顶上不断有冷水滴下来似的，苦恼不已。

像武知那样正直、善良的人都早早地被老天爷叫回去了，自己这样的却能安安稳稳地活下来。像自己犯下的那些罪过，武知肯定一点儿都没有。结果，自己非但没有遭到报应，反而奇迹般地得偿夙愿，不仅获得了莳野的爱，甚至还怀上了他的孩子。

她觉得这个世界简直不可思议。

每个人的命运，无论幸还是不幸，人们总是会去问个为什么。有些人找不到答案，于是又陷入另一个疑问中：那么，我值得现在这样的生活吗？

结婚以来，莳野对三谷一直是关爱有加，深信不疑。有的时候，他会觉得自己的感恩之情表达得不够，花很多的时间和精力在三谷身上，希望能够照顾到她的各个方面。三谷原先做经纪人的时候，完全不知道他有这一面，相比之下反倒觉得过去的莳野更加自然。即使莳野与洋子热恋的那段时间，她身为经纪人不太受待见，但至少能看出那是出自他的真心。然而现在，苛野的心思她确实有些捉摸不透了，想到苛野或许根本就不爱自己，便不由得紧张起来。

医生诊断肚子里的孩子是个女孩，胎位很正，目前一切都很好。

为了迎接新生命，家里做了各项准备。随着预产期的临近，三谷的身边多出了许多母婴用品：浴巾、内衣、外衣、哺乳瓶、尿不湿、玩具、婴儿床、婴儿车、婴儿背带、婴儿床单等等，日常生活被逐渐染成了像奶油一样的乳白色、天真柔和的粉红色。

苛野这个整天生活在唱片堆里的人，还专门跑去买了婴幼儿用的音乐唱片，找人买了一套幼儿在地板上玩耍时防磕碰的垫子。

所有的一切，看似幸福，却全部建立于不可思议中。

苛野与三谷之前约定：生下来的若是男孩，就由苛野起名字；若是女孩就由三谷起。现在，这个重任自然地就落到了三谷的身上。她总是想不到一个合适的好名字，原本一份普通的、甜蜜的烦恼忽地与脑海中的罪恶感纠结在一起，转化成了一股不安的焦躁。

为了取名字，三谷特意买了三本书来研究，不光是女孩的名字，连男孩的名字也都看了一遍。然而，没有自家孩子的名字！没有，连可供参考的都没有！

所谓日有所思，夜有所梦。三谷最后还做了一个不太吉利的梦——

孩子已经出生，今天正好是送去保育院的第一天。大家都在胸口别了一条小红绸带，她抱着孩子先去办手续，而苛野站着和某个人聊天。

在报到处，她向工作人员报了孩子的名字——名字叫什么？记不清了——工作人员用手指循着名单找了一遍，却怎么也找不着。之后院长也过来了，众人环视之下，院长再次确认了一遍，仍然没有找到。

情急之下，她说了好几遍女儿的名字。可不知何时，女儿又回到了肚子里，女儿担心怯怕的神情甚者透过肚皮都能感受到。这完全是做父母的责任。工作人员最后一脸怪异地问道："真是太奇怪了。你不会是搞错了吧？你真的有资格给孩子取名字吗？"

——比起每日围绕在身边的各种象征幸福的母婴用品，三谷觉得这个奇特的梦更有现实感。依然没有任何人发觉那件事，不过她还是相信这就是报应。

孕妇生孩子的死亡案例虽然很少，但毕竟不是没有。倘若生孩子的时候不幸被老天爷招走，那自己死后也必将得不得安息。生前没有积善缘，死后罪孽也无法减轻，这样的人生真的没有问题吗？这样的自我，算得上是莳野人生里称职的配角吗？

妊娠期间，精神状态的波动加剧了三谷自责的念头。

她回忆起前段时间自己对洋子说的那句话——我的人生不需要正确的活法，只需要一个丈夫。现在再回首，显然，这有点言过其实了，日常生活中她并不是这么想的，当时不过是为了应付洋子的托词。

是的，对三谷来说，洋子就是这么一个拷问自我的存在，拷问她作为一个人是否合格。每次想到洋子，三谷就会自卑，好像胸前压了一块大石头。她与洋子真正坐下来交谈，仅仅是四年前的那一次而已。当时，对于她的不理解，洋子表现得相当宽容。

但是，关于洋子的记忆却如水晶碎片一般，深深地刺在三谷的心里，透明而冷酷。水晶的光芒折射到身上，她变得焦躁不安，不由自主地挥发出更多的恶，远超于她本身所应有的恶。

在门票销售点外看到洋子的背影时，她一眼就认出，于是毫不犹豫地向转过身来的洋子打了招呼。

洋子比苟野长两岁，应该是四十四岁了。与最后一次在新宿站南出口看到的相比，她依然那般楚楚动人，浑身散发出一种不可言喻的存在感。

随后她们去咖啡馆坐下来闲聊，三谷其实绷紧了全身的神经。不知道洋子的哪一句话激起了她心中的不安，她甚至觉得苟野又会被洋子抢走。

及至后来吐露真相，洋子露出悲怆的表情，她深刻感受到的竟然是洋子不愧是美女这一点。那么，洋子会大动肝火吗，还是会泣不成声？这种既恐惧又期待的心理，到底是怎么回事？

然而，最后洋子既不生气也不哭泣，丝毫没有乱掉阵脚。她仅仅是清澈的眼神里盛满哀伤地望着三谷，那几乎就是坐在耶稣跟前的玛利亚怜悯地仰视玛尔大时的眼神！

"你现在幸福吗？"

这一句话，不偏不倚地正好切中痛处。——不对，洋子当时是这样问的吗？眼下三谷甚至无法确定了，仿佛只是自己的心声潜入到了记忆中的洋子的体内。

武知死后，是永时隔两年半再次联系了莳野。

在涩谷的一家咖啡馆里，两个人谈了个把小时。相互之间能够如此毫无芥蒂地沟通，主要是因为谈话的内容事关武知留存在是永手上的演奏录音。

莳野表示会想办法将它发售出去，是永于是把录音给了他，她一直后悔没能尽早把它制成唱片。

莳野稍微提了一下与武知在温泉旅馆最后的那次谈话。是永听着听着，似乎也察觉到了武知的死因，泪水充溢了眼睛。不想再在这个问题上多打转，莳野逐渐将话题转移到了洋子身上。是永最近与洋子没有联系，不知晓她离婚的事，只是转达了小肯刚出生那段时间她幸福的情状，以及婚前深受PTSD之苦的事。

"她好像没有跟别人讲起这件事，一直是一个人默默承担。我也是在她结婚后才听说的。她说如果没有理查德的陪伴，估计恶化得更严重。她虽然很坚强，不过那段时间也够呛吧。"

莳野皱了皱眉头，问道："大概是什么时候的事？"

"从伊拉克回来之后。你那个时候正好换了所属公司，也没怎么联系她吧。总之，她那段时间一团糟，好像还有个伊拉克逃出来的女性难民住在她家里。"

莳野含糊地点了点头，将视线从是永身上挪开。是永没有注意到《美好世界》的献词，估计根本就没有听过吧。

"有什么问题？"

"没，没什么。"

那个时候，自己应该每天都和洋子在网上有交流。她难道一直在瞒着自己？这就是她来东京后态度急转直下的原因吗？所以，她才不能理解自己当时赶着要去见恩师最后一面的心情吗？

次日早上，莳野忽地想起，当时洋子发过一封突兀的邮件。他积极地要求见面，洋子却回复说"不要再问了，我已经撑不下去了"，并从此石沉大海，杳无音讯。

那时，她的身体状况是不是已经特别糟糕，因此才急着一个人回长崎老家去了？

即便如此，她也应该来找自己才对！为什么一言不发就走了？她是不想让自己担心，想让自己陪着师父吗？

不只是武知，连那么深爱着的洋子，自己也没能及时察觉到她的痛苦，想起来真是噬脐莫及。

过去的回忆，变了。莳野很想对洋子说一声"对不起"。

三谷将一切和盘托出之前，莳野已经相当迫近事实的真相了。想到当年洋子独自一人在巴黎承受一切痛苦，他的恻隐之情越发强烈。但是，她为什么不向自己求助？莳野不由得对两个人的感情本身产生了严重怀疑。如今再次捧起这段逐渐崩溃的记忆，除了感伤地问一句为什么，也别无他法。

与洋子分开之后，春去秋来，已经走过了三个年头。

这一天，莳野与三谷一块儿在家中吃完午饭，三谷提出有话要讲。她脸色憔悴,带着不自然的潮红,但很严肃。苻野下意识地猜测是不是肚子里的孩子出了什么问题,看到他的反应,三谷更坚定了决心。

"还记得当年师父突然病倒那天的事吗?那天正好下大雨,你把手机忘在出租车里了,我过去取回来的。那个时候……"

意外的剖白令苻野有些措手不及,从她断断续续的话语中,苻野闪过几个疑问,不过很快就搞清楚了事情的原委。那个时候,洋子的身体状态应该特别不理想,而三谷似乎并不知情。

洋子确实发过求助信号!她一直在独自隐忍,好不容易到达东京,精神上到了极限,本打算向自己倾诉愁肠,自己却愚蠢地拒人于千里之外!难道当时就一点儿也没觉得奇怪吗?此时再度回想擦肩而过之后两个人的往来邮件,苻野真是悲恨交加。

这真是太荒唐了,正是这荒唐酿成了无法挽回的过错。这一切都让他欲哭无泪。

洋子当初该有多么伤心啊?可是她没有责怪过自己,只是静静地接受了那本不公平的分离。此刻,他终于再也不怀疑洋子对自己的爱了。洋子,就是这样善良的人。

三谷无私奉献的动机也终于浮出了水面。不过一想到她因此而承受的内心煎熬,以及为了弥补而长期任劳任怨的举动,苻野又不免心生同情。过去的两年,自己在精神上、经济上全靠她的支持,日常生活的各种琐事更是都由她全权负责,这同样是无法否定的事实。

洋子的面孔隐约浮现在苻野的脑海里,但相比之下,与三谷在一起两年多的家庭的记忆更加鲜明可视。他比谁都要清楚三谷的为人,她当初伪造邮件时，内心也一定是不断斗争与纠结的。

按道理来说，他属于被骗的一方，真相大白的一瞬，他却丝毫不记恨妻子。换言之，他已经深深地爱上了妻子。直到这一刻，他才终于意识到了这一点，真是很有讽刺意味。

"为什么现在要把这些告诉我？"

三谷本打算将最近见过洋子的事也说出来，可是一张嘴说出来的却是：获悉武知的死讯后，有所感悟。

苅野一面表示了理解，一面又觉得哪里不太对劲："下个月你就要生了，在这个时间点即使坦白一切，我也不会抛弃你们母女。你心里就是这么想的吧？"

三谷惊得目瞪口呆，赶紧摇了摇头，但没能说出什么。

苅野低着头，沉默了许久之后，盯着三谷问："为什么不一直隐瞒下去？"

"……"

"你不说，一直忍着不是更好吗？"

听到丈夫的反问，三谷似乎看到了一线希望，说了一声"对不起"。与洋子再见面的事，还是不说了吧。她挂满哀求的脸上，隐藏着一丝心安理得的侥幸。

苅野盯着桌上摆的两个咖啡杯，又看了看房间角落里停放的婴儿车以及车内堆满的新衣服和玩具。

倘若没有三谷的谎言，眼前的这一切势必不会存在。那么，眼前的这些难道是罪恶的现实？本不该存在的两年半过后，等待自己的，也是不该存在的未来？是这样的吗？

师父曾说过"好好对三谷，她是个好女人"，莫非他已经从三谷的无私奉献中看到了今日这番告白的一丝征兆？

稍后，莳野开口了："好，我都知道了。现在最要紧的是孩子，你需要好好静养。"

三谷点了点头。这一天，她独自在卧室里哭了许久。

十月十四日，三谷生下一个五斤六两的女婴。经过两周的苦思冥想，她终于找到一个好名字——优希。

7

和小肯一起在日本过完暑假后，洋子的人生也迎来了一次转机。

经过几个月的考虑，她终于下定决心参加国际人权监督团体的录用考试。当年还是记者的时候，她就对这个总部位于纽约的非政府组织很感兴趣。考试顺利通过，她被分配到日内瓦分部的难民司，十月中旬开始上班。

她的工作内容是调查欧盟各成员国中难民的人权状况，然后将情况反映到联合国及各成员国政府，督促他们改善现状。国际人权监督团体自建立以来历时多年，不过难民司起步并不久。原则上，她在日内瓦上班，每隔两周回一次纽约以熟悉本部的相关事务。

受PTSD煎熬的时期，洋子一心只想着如何从伊拉克的记忆中摆脱出来，而如今身体状况渐渐恢复，对自己未竟的事业，雌伏已久的心再也按捺不住了。另外，如果继续维持以往的生活，虽有半个月的时间留在纽约,还是见不到儿子。她想,与其唉声叹气,还不如设法合理利用这一段时间。

不过,最终让她下定决心的,还是贾莉拉父母遇害的事以及贾莉拉在巴黎艰难的生活现状。不能仅仅帮助贾莉拉一个人,更重要的是去改善现行的制度。

与菲利普的交谈也给了她不少启发。时隔多年她再次去思考,自己与哪些人才有共同语言,而在今后的人生中,她希望尽量与那些有共鸣的人一同度过。这或许是摆脱生活倦怠最为行之有效的办法。

与理查德之间的价值观冲突,同样也坚定了洋子在这方面的想法。小肯将会如何看待自己这个母亲?她没有办法抹掉海伦对他的影响,不过仍然希望他在成长的过程中能了解到与海伦不一样的价值观。

因此,在小肯的监护权上,她提出由原定的半周一交换调整为两周一交换。对此,理查德起初不答应,说这违反之前的协议,不过一周后就通过律师回复同意有条件的接受。

他给的理由是:作为朋友,愿意帮助你自力更生。这话确实也不假,不过更深层次的理由恐怕是想利用洋子工作的不稳定性增加他自身的监护时间吧。

另外,在东京与三谷的一席话,也让她受到了不小的冲击。

她并不觉得自己是为了要与苛野复合才跑去会场的。然而三谷的警惕心,确实也让她意识到自己在无意识中仍然留存着一丝期待。

这些年来,洋子并没有意识到自己对苛野的留恋。对她而言,苛野的确是个特殊的存在,然而她认为最根本的还是因为她的人生缺乏对未来的展望，所以才囿于过去一直割舍不下。

三谷的所作所为固然为人所不齿，然而比起三谷这个人，她更恨人生的虚无。当记者的时候，她不知道采访过多少人，他们无不生活在更为苦难、更为不公正的环境中，而自己只是与他们生活在同一个世界里罢了。用这样的想法来总结感情生活其实是不合适的，和平世界里的任何体验，只要与战地相比，均不足挂齿。更何况，眼下她又要回到那个世界的怀抱了。不过，悲哀还是悲哀，依旧留在她的心尖难以轻松抹去。

洋子唯一比较在意的是，荷野究竟知不知道内情？三谷伪造邮件，还有她当时濒临崩溃的身体状况，这些事情，荷野到底知不知道？

倘若不知道，洋子希望能早日化解这个误会。然而事已至此，真的有这个必要吗？不去化解可能对大家都好吧。三谷鼓起的腹部，至今记忆犹新。孩子是无辜的。或许，她最好什么都不说，就让荷野静静地享受那个孩子带来的幸福吧！她没能获得父爱，又不能好好给儿子母爱，已属不幸，就更不应该再剥夺荷野的幸福。——洋子决定将此作为自己对荷野最后的一项义务。

去日内瓦之前，洋子赴洛杉矶见了一下父亲索里奇。小肯出生后，她领着去过一次，之后在纽约也见过几次。他对理查德的不满，虽然极力克制但还是非常容易察觉。

父女俩在圣莫尼卡的一家宾馆汇合，随后一起移步到附近的一家餐馆。上午，洋子沿着海边的游步道跑了个把小时，之后在宾馆的室外游泳池里游了一会儿泳。美国西海岸这边来得少，她躺在游泳池边的长凳上，看着蓝天下的椰子树，忽然生出一种错觉——如果婚后生活在这边，或许就不会搞成今天这副模样了吧。

索里奇还是原来的装扮，巴拿马帽配黑衬衫，与他的大胡子搭配得很有格调。气色看上去也不错，梳着大背头，只是头发全白了，耳后的一撮垂到了肩膀。

母亲最早被父亲吸引不是因为他的人格、才能，而是他的外貌，这一点洋子是知道的。乍一看，他的表情有点过于严肃，然而一旦稍做交流，他深沉的声音以及眼角慈祥的皱纹，立马就能给人留下良好的印象。洋子觉得他是越老越有魅力了，也不知这是因为作为家人共同生活的时间太少呢，还是她欣赏男人的眼光到底随了母亲呢。索里奇目光炯炯，纵使不让人立即联想到电影导演这个行当，也容易让人想象他从事的肯定是一个需要思考的职业。

见到洋子，他似乎突然就安心了下来，露出笑容，给了一个大大的拥抱。总是沉默寡言的他的这番举动，让她格外难以忘怀。

两个人选了餐馆室外敞亮的位置坐定，一边吃午饭一边聊天。洋子将离婚前后的经过、领着小肯回长崎省亲、即日赴日内瓦工作等一大堆事都讲了一遍。

索里奇静静地听着，时不时地点头应和，他最感兴趣的还是洋子在日内瓦的工作。

"有机会去中东和北非那边做难民的实地调查吗？"

"原则上没有。我主要是接收调查人员的报告，整理好提交到国际组织及各国政府。不过，我所处的部门比较小，要是有需要，也有可能要自己去实地调查。当记者的时候,我要去采访和报导各种各样的事件,以使社会上更多的人了解到,但这次的工作,主要集中于难民问题。我所要做的是切实地解决难民问题。从自身的经验来看,报导固然很重要,但毕竟也有局限性。贾莉拉的案件,对我来说就是一个很好的警醒。"

索里奇一边喝着红葡萄酒,一边听她说话:"你很善良,我身上,你母亲身上都没有你这种性格。看来还是环境造就了你。"

洋子苦笑了一下:"说实话,我离婚恰恰是因为相反的原因,理查德说我太冷酷了。做父母的都是这样,在他们的眼里,自己的孩子总是好的。"

"我担心的是,正是因为你太善良反而要承担人生的一些苦难。"

"没事的。"

索里奇的表情凝重了起来,将手中的酒杯一放,打量了洋子一番。他们所处的位置紧挨着车水马龙的大马路,邻桌人说的话基本听不清,私密性还是挺好的。

"事实就是事实。判明各种信息的真伪,在当今这个社会,是最有价值的工作。新闻报导的真伪以及导向,可以改变一个国家的命运、一个人的命运。你原先不是也写过一些批判性的报导吗?南斯拉夫当年的'种族净化',不仅仅是政治的原因,媒体也有不可推卸的责任。正因为如此,总有那么一小撮人不愿看到真相大白于天下,为了达到这个目的而不择手段。有你这样的女儿,我很骄傲,同时也会担心。"

"让您操心了,我没问题的。难民司不像一线部门,要去那些刚刚遭到空袭的地方做调查，做揭发。我在做人生选择的时候，还是考虑了人身安全的，并没有父亲想象的那样自暴自弃，相反还很保守。我毕竟有了儿子，凡事不会不计后果的。"

"我强调的不是你的意识问题。到底是什么引着你在今天来这里，不是昨天，也不是明天？到底是什么让你今天依然还活在这个世上？设想，要是现在有一个陌生人拿着枪在这里乱扫，那将会是一个什么场面？问题的关键不正是事实本身吗？《魂断威尼斯》里的主人公奥森巴哈自认为是在追求达秋，实际上，他是不得不去追求达秋。"

"这么说的话，那我横竖是没有办法逃脱命运了。"

洋子温和地反驳道。然而事实上，在巴格达侥幸逃过自杀性炸弹袭击后，她曾经也有过类似的想法。

"您拍的电影，总是在探讨人到底能不能摆脱命运。现在又如何呢？您依然对人的'自由意志'持悲观态度吗？"

索里奇没有吃完最后的一点牛排，用餐巾擦了一下嘴，然后稍做思考，端详着洋子的脸。整个动作，与洋子一模一样。洋子在长崎期间，母亲还不解地说过，父女俩几乎没一起生活过，怎么动作那么相像。

"所谓'自由意志'，是对未来的希望。每个人都有必要相信，自己肯定能够做些什么。但是你要知道，正因为如此，我们才会对过去生出悔恨——自己本可以做得更好！从这个意义上来看，宿命论也不失为心灵的安慰。"

洋子发现，父亲瞳仁的深处蓄积着一股引弓待发的力量。

"您说的我理解。按照这个思路，当前正好处在过去与将来这对矛盾的边际之上,对吗?"

索里奇的言外之意指向的是,历经民族纷争最终走向解体的南斯拉夫的历史,而洋子脑海里划过的却是小小的个人的记忆,虽然这段记忆不能冠以"悲剧"之名。

她想到了三谷吐露的真相。当时她与莳野的感情,并非无可挽回。现在回想起来,规避分手的办法其实有很多种,因此才叫人更加苦恼。当初,自己非常想与莳野联系,也清楚地意识到应该去联系,然而总是不愿去行动,最终也没有联系。她一直告诉自己,无论如何要尊重莳野的选择,因为他说过:"我想你应该可以体谅。"或者,当时应该再让他说些什么?她也不是没想过要再坚持,遗憾的是,当初的精神状态不允许她坚持,最后的结果还是只能乖乖地看医生、吃药。

而自从三谷坦白一切,获知所有的内情以来,本来可以做得更好这一想法,逐渐战胜了以往的平静与释然,她不再觉得那是一个不可抗拒的命运了。

"我把电影学校的工作辞了,现在时间多起来,正准备拍新的电影。"

"那太好了。"洋子的眼中充满期待,上次看父亲的电影,都不知道是多少年前的事情了。

"不过,眼下脚本进展得不太顺利。不是有个通俗的说法吗?古典悲剧是在说命运,近代悲剧是在说性格。"

"确实。"

"俄狄浦斯弑父娶母是他的命运使然,然而奥赛罗的过失源自他暴躁的性格，他哪怕再聪明一点点，稍微克制一下，也不至于一锤子把妻子苔丝狄蒙娜给杀了。当然，这里面的情况其实比较复杂……"

"那是肯定的。"

"最近我时常在想，现在，人类是不是又回到了命运的时代？或许我们所处的是'新的命运悲剧的时代'。我的电影一直偏小说化，而好莱坞那帮人对时代的变化很敏感，很早就去拍摄叙事诗一般的英雄故事了，像《黑客帝国》(*The Matrix*)那一类的电影，不计其数。"

洋子身子往后轻轻一靠，双臂交叉于胸前，也联想到了几个例子，点了点头："我原来与理查德也经常讨论这个话题。当今这个国际化的世界体系，正在持续控制每个人的不确定性，要求每个人都在预设的轨道上一分不差地运转。即使是区域纷争，也是被认定因为要发生所以才发生。那么，无论是善行还是恶行，一个人的力量，对社会整体而言，到底有怎样的作用？"

"你怎么认为的？"

"……我也搞不清楚，总是摇摆不定，有时候发现自己在不同的时间和场合说的话甚至是自相矛盾的。要是大家都不采取行动，那这个世界将不会有任何变化，但就像您说的，世界自身在不断地自动化，即使大家都不去思考、行动，其实也是可以的。就像汽车实现了全自动化，驾驶员的任何一个动作都将变得多余，或者说，成了系统的一个可识别的错误。因特网出现以来，相隔万里的两个人也能面对面地说话，谈心，但同时，居心不良的人也可以用它来做坏事。然而说到底，这种坏事不过是目的性极强的系统发生的一些可预见的小麻烦，不管它给谁造成了伤害，或者割断了谁与谁的关联，都无关系统本身的存废。幸福也好，不幸也罢，我们若想将原因归结到某一个人身上，都是不明智以及不可能的。即使这个人是自己本身。"

吃完午饭回宾馆前，洋子与索里奇一同在海滨大道上散步。

在纽约，无论是向前还是向上看，都是摩天大楼，天空逼仄且遥远。对比之下，海面上的天空宽广得近乎单纯，令洋子的心中也开阔了不少。

似睡非睡的白色的光点缀在棕榈树和无花果树的绿色之间，在脚边的草地上投下树影。洋子忽地意识到，那绝不是单纯的黑，那是许许多多的颜色融成的影。

索里奇脱下薄外套，搭在右肩，为了防止被海风吹走，他将帽子压得很深。宽敞的沙滩上到处是享受午后日光浴的游人，非常热闹。海水似乎比较冷了，除了冲浪者，大家最多只敢拿脚丫子在水里沾一沾。

洋子与索里奇并排站着，望着微波冲上浅滩又折回大海。

"父亲，刚才的话题应该是得出了结论。不过我还想问个问题，行吗？"

索里奇点了点头，他从洋子的声音中听出了某种决心。

"《达尔马提亚的朝阳》之后到《幸福钱币》开拍的九年时间里，您都在干什么？也就是您和母亲离婚，弃我而去之后的那段时间里。"

"你母亲什么都没有说吗？"

"什么都没说，但是她从来都没怪过您。"

索里奇注视着前方，皱了皱眉头："当时有人恐吓我。"

洋子惊诧地抬起头来，问道："为什么？是谁？"

回忆往事，索里奇百感交集，眼睛里充斥着不忍回忆的痛苦："……铁托很喜欢电影，他对《达尔马提亚的朝阳》推崇备至，但是对我的第二个脚本不满意。他想让我拍摄《内雷特瓦河战役》那样的游击队电影，想通过再次美化游击队来强调南斯拉夫建国的起源。二十世纪七十年代前后，工人自治后的分权导致各种民族主义运动，比如萨格勒布发生了动摇南斯拉夫一体性的'克罗地亚之春'[①]事件。我虽然始终坚信自己是南斯拉夫人，但是也知道在克罗地亚与塞尔维亚不断斗争的背景下，镇压民族主义从长远来看，只会导致恶性循环。我不愿看到自己的电影成为反民族主义运动的工具。"

"所以，是党恐吓您了吗？"

"倒也不是，只是随时都有被逮捕的危险。因此，我的第二部电影不得不在国外拍摄，于是就跑到布鲁塞尔去了。因为我和铁托产生了分歧，有个极右组织就把我视作民族主义者，给我提供了赞助。《达尔马提亚的朝阳》最后的画面中，主人公死后倒在地上，铁托认为这是对牺牲的游击队员史诗般的赞颂，而在民族主义者的眼里，这象征着克罗地亚人本身，他们从心底大受感动。但是，第二部电影开拍后不久，他们就发现我的电影并非他们期待的那样——这里面当然有制片人的责任，不知道制片人在筹资时是怎么跟他们解释的。最后

[①] "克罗地亚之春"，发生于1970年至1971年的一连串政治示威运动，克罗地亚人向南斯拉夫中央政府要求获得更多的经济改革权力。该事件被视作南斯拉夫民族与地方分权失败导致的一次政治动荡，促使南斯拉夫中央政府于1974年颁布新宪法，强化共和国权益。

事情变得相当棘手，除了思想、政治上的原因，还有金钱方面的原因。总之最后，一帮黑社会一样的人来恐吓我，骂我是叛徒。"

洋子长叹一口气，继续问道："然后呢？"

"我担心那帮人会找你们母女俩的麻烦。警察是靠不住的，搬了两次家之后，我与你母亲商量了一下出路，问她是否愿意和我过潜伏的日子。"

"她怎么说？"

索里奇低下头，摆弄了一下头上的帽子："她说不行，说不能让你的安全受到更大的威胁，她想让你在一个安稳的环境里成长。我也同意，所以就离婚了，在自己的履历上把你们母女俩完全抹掉了。事实证明这是对的，因为那以后我隐姓埋名，小心翼翼地过了将近四年。"

洋子咬住颤抖的嘴唇，微微地点了点头。索里奇抱住她的肩膀，继续说："你母亲一直在心里责备自己冷酷无情。她没有把这些告诉你，估计也是不想让你担心。"

"嗯……"

"你小的时候不会说英语，我有时偷偷地和你见面，也没有办法跟你沟通。本来打算等你长大以后，再说的。"

洋子依偎在父亲身上，单手揉了揉眼睛，将墨镜重新戴上。索里奇把她抱得更紧了，想要止住女儿身体的颤抖。

"您后悔了吗？"

"对我来说，最重要的是我深爱着你们母女俩这件事本身。听起来或许有些自相矛盾，不过正是因为深爱着，所以才把你们抛弃了。你看，现在你长大成才了，你母亲安享晚年，看来我当初的抉择没有错。"

洋子摇了摇头，长呼一口气，细声说："但是我没能在父亲身边长大。"

她微微一笑，墨镜下溢出了一滴泪。

"所以，只有在现在这个瞬间，我才能说自己当初做的没错。现在，改变了我的过去。"

时隔多年，洋子再次回想起与莳野初次相见的那晚，莳野说的那句话。那句话，仿佛正是为了父女俩的此时此刻才存在的。

索里奇点了点头，没有再往下说，只将所有的思绪都寄托在眼前的潮涌潮退中。

第九章　演奏会结束后

1

二〇一一年，对于莳野与洋子而言，是引力与斥力共存的一年。

三谷坦白一切后，莳野对妻子的心情变得矛盾复杂：高涨的冰冷的愤怒与无奈的寂寞的体谅，无情的决绝的蔑视与恻隐的缠绵的怜悯；对她的一言一行，既有难以拂拭的根本性的不信任，又有全面的比以往更深刻的理解；嫌恶到不止一次下决心要分开，然而两人已经彼此习惯并胶着在了一起……

师父与小奏对三谷无条件的信任让莳野多少有些不自在，然而若有人责怪三谷狡诈卑鄙，他肯定又要"冲冠一怒为红颜"。保护妻子的男儿气概，莳野自认还是有的。

女儿的降生让莳野暂时忘却了三谷在心目中的负面形象。忍受产痛的三谷的身上，喷涌出坚强与刚毅——这坚强与刚毅，是无论她当年犯下了多大的过错都不可否认的，不，或者应该说，正是因为犯下了过错才收获的。此刻，每个人都自然地回归到生物的本能，莳野虽没有清晰意识到却也难免要陷入其中。他握住妻子的手，凑近脸去，将感谢静静地传达。

看到新生命柔弱而健康的情状，莳野感慨万千。

如果父母不去抚养，幼小的生命随时都会破碎；而随着时间的推移，她又将构建起属于自己的生命体系。这一认知，给苛野的心灵悄然吹入一股新风。

随着女儿优希的到来，他的生活充斥着各种新鲜的声音：哭声、酣睡声、喃喃声、衣服的摩擦声、婴儿床的吱嘎声、摇篮曲、音乐玩具的响声，还有早苗哄孩子的声音……这些声音，都是苛野在之前的生活中未曾听过的。他想，要是现在弹一遍约翰·凯奇①的《4分33秒》，乐器的编组肯定与一年前大不相同。现在工作时，每次练习不多久，他就会突然想起优希，急急地跑过去看看。

优希入眠时的神态尤其可爱，但苛野最爱的还是她的小手。

这双小手，还没有接触人世间的任何东西。自己刚出生的时候，手也是这样的吗？一心要将儿子培养成吉他手的父亲，当时是以怎样的心情看待自己的手呢？四十年的风风雨雨，如今自己的双手变成了眼下这副模样。苛野一边想，一边活动手指，再次感到神奇：自己是为乐器而生的。

为了让三谷好好休息，晚上都由苛野给优希喂奶。三谷担心他睡不好，苛野自己倒是乐在其中。正值寒冬腊月时节，他用毛毯把女儿裹好，放在膝盖上，一只手里拿着奶瓶，一只手稍稍抬起女儿的后背轻轻靠在吉他的脚踏板上以稳定身形。刚开始，优希比较抗拒；等苛

---

① 约翰·米尔顿·凯奇（John Milton Cage Jr., 1912—1992），美国先锋派古典音乐作曲家、著名实验音乐作曲家、作家、视觉艺术家。

野掌握诀窍后,她变得乖顺,不会吐奶,还能顺利地打出嗝来。莳野觉得,给女儿喂奶与调试乐器有着相似之处。

优希抱在手里,软绵绵的,连脖子都伸不直,只有三千克左右。她的体重、体感、体温,让莳野无论如何都不能相信她的出生是源于一场错误。倘若当初是与洋子结合,那这个孩子今天就不会存在于这个世界了。

看着女儿熟睡的神情,莳野暗下决心,一定要让她相信她是父母真心相爱的结晶。一直怀抱自己的父亲,心里想着的其实并不是母亲,而是一名陌生的女性,她会作何感想?这绝对是不允许的。

三谷的父母专程从福冈赶过来,她的母亲还在家里住了一阵子,帮着做家务带孩子。

结婚之前,三谷的父亲对莳野不太满意,对他后来在事业上长久的困顿更是颇有微词。不过优希的诞生,明显给双方关系的融合带来了一线转机。三谷的母亲一直担心女儿性子急个性强,可能当不好艺术家的贤内助,这次趁着三谷在卧室里给优希哺乳,脸上泛出安详的笑容,对莳野说:你们真是生了个天使宝宝。

莳野心里明白,不该老揪着过去。既然结果是好的,何必再因为过程去否定眼前的幸福?

当年,自己绝不是因为与洋子分手,才找了一个替代品,是因为真真切切地爱上了三谷,才一起走到了今天。过去的已经过去,就让它以原本的模样保持在记忆中,眼下顺其自然就好。

三月十一日的东日本大地震后,莳野对家人的感情更加浓烈了。

那一天，他正在家里练吉他，三谷带着优希到附近的保育院办理四月份的入学手续。

地震晃动得非常厉害。偶尔弹了一次随手靠到架子上的弗里德里希吉他摔在地上，共鸣板摔裂了。所幸莳野反应快，一把抓住了平时经常用的弗列塔吉他，没有摔倒。

书架歪了，书籍掉了一地。他从书堆中踩出一条道，来到电话机旁，迅速给三谷打了一个电话。电话没通。他赶紧出门去保育院找，还好母女俩都平安无事。余震不断，保育院里人心惶惶，一直有人在疏导指挥逃难。

随后，莳野一家设法囤积饮用水、食物，同时时刻关注电视上关于海啸及核电站事故方面的报导。国外的朋友发来邮件，都在劝他火速离开东京。现在，要出逃吗？

四月初，他的个人演奏会时隔差不多四年将要在横滨举行，现在有关方面正在商议是否要取消这个计划。

两周后，三谷筋疲力尽了。她天天在网络上浏览放射性物质在东京的扩散情况及水源、食物的受污染状况，糟糕的现状让她越来越绝望。她很担心优希的健康。

应三谷父母的要求，母女俩去了福冈老家避难。莳野陪送过去，也在福冈滞留了两天。福冈没有余震，这一点就让人在心理上轻松不少。街上人来人往，与为了省电关闭所有霓虹灯的东京完全不同。东京太压抑了。

独自一人回到家后，莳野久违地沉浸到独处的静谧中，感受到了一丝寂寞。这就是现在的他。每天习惯性地打开电视，看新闻里反复出现的海啸、灾区以及随时更新的核电站事故方面的消息，他根本无法安心练习。为了掌握最新的情况，上网的时间也比以往多了，只是铺天盖地都是"纽带"一词①，看多了也让人疲倦。

最后，他还是决定举办演奏会。余震还在持续，三谷担心他在这个时间点开演奏会将遭人非议，但莳野将心比心，坚信正是非常时期才更需要音乐给人类带来的救赎。门票早已售空了，但是演出当天能来多少人呢？无法预测。考虑到万一发生余震等突发状况，他花了大量时间与主办方制订逃生预案。

与其他筹办演出的音乐人一样，值此敏感时期，无论是取消还是继续，难免都要遭人挞伐。莳野已经事先对外宣称，演出的全部收益都捐给灾区，但仍然有大量的批评之声。温和一点的说，国难当头要谨言慎行，举国都在警惕地震，这个时候搞演出简直没有常识；务实一点的说，本来电力供应就紧张，办演出不啻雪上加霜；尖锐一点的甚至说，演出收益捐给灾区的声明，实际是沽名钓誉。各种非难，远超预估。要是平时，他肯定会火冒三丈，然而在这种特殊时期，他自己也变得没有信心，此时坚持演出到底对还是不对？

孰料演出当天，盛况空前，现场售票点前排起了长队。

复出后的首场个人演出如此火爆，莳野心潮澎湃的同时却也五味

---

① 东日本大地震后，日本国内强调国民一体共同抗灾的意识，强调人之人之间的纽带关联，"纽带"一词成为日本这一时期的关键词。

杂陈。面对如此多的观众，他心中不免有些不安。一边是在灾难中不幸丧生的遇难者，一边是眼前这些存活下来的观众。一边是死者的绝对沉默，一边是幸存者带入会场的沉默。如何将这两股沉默归结到音乐中，成了他的一大课题。存活下来的人虽然没有失去生命，却也俨然成了喧嚣破碎后的难民。

武知死后，蒔野养成了锻炼的习惯，之前涨的体重又减了下来，脸部重新变得精悍，身体状况基本良好。不过这一天，他在登台前竟然呕吐了。这是从业以来的第一次。

日本的两家通讯社及美国有线电视新闻网的采访结束后，蒔野回到后台休息室，独自一人抱着吉他想起了武知。他在东日本大地震前离开了人世，这个不言自明的事实却在此时浮现于蒔野的脑海，久久不能退去。武知再也不会震惊，也不会悲伤，当然也不会思考，他只是静静地死去了。自己甚至无法将灾害的一切告知。——这些联想其实毫无意义，只是蒔野止不住脑海中的念头。此时此刻，武知的声音如此令人怀念，他的声音一直陪伴着蒔野直至登台。

正式登台一亮相，看到台下的人山人海，蒔野胸中一阵激动。他克制地微笑着，鞠了一躬。台下的掌声阐明了观众的期待。

整场演出，新旧保留曲目各占一半，一路演奏下来颇为圆满。开演前，他告诉自己，今天的意义在于演奏本身。及至后半场中途，他又将之前武知爱弹的拉威尔钢琴协奏曲柔板改成独奏曲，弹了一遍。到了追加曲目环节，第一首应观众要求弹了巴里奥斯的《大圣堂》，第二首是原先在巴黎特意为贾莉拉演奏过的维拉-罗伯斯《加沃特-悲叹曲》。后者自从与洋子分手之后再没弹过。整场演出，他特地什么都没有说，只是在听到观众一遍又一遍的掌声时，感慨自己坚持举办这个演奏会是对的。

演出结束后，蒔野独自在后台休息室里待了一阵子。他忽然意识到，若是要弹巴赫的曲子，眼下是最佳时机。

自从四年前自己的演奏生涯中断，他就一直在思考这个问题。东日本大地震之后，洋子往日说过的那句话——"不愧是三十年战争之后的音乐，教人不得不服"——再次闪现于他的脑海中。

当年在巴格达，洋子听着蒔野二十五六岁时录制的《无伴奏大提琴组曲全集》(*Suites For Solo Cello*)，联想到导致德国人口剧减的那场战争与巴赫音乐之间的必然性。她的这个想法，令蒔野鼓起了勇气去面对灾难过后持续袭来的虚脱感。

守护家人的念头没有半点变化，但是作为一名吉他手的蒔野，再次唤起了胸中与洋子有关的记忆，度过了灾后的一年时光。

二〇一〇年年末以来，洋子开始在日内瓦工作。起初的两个月，无论是对人权监督的工作还是对非政府组织的组织形式，她都不太习惯。加上每两周就要回一趟纽约，身体上吃不消，生活节奏也有些乱，并且还是寒冬腊月开始一项新的工作，她不免身心疲惫。

不过，热闹的摩天大楼与宁静的湖畔，这一组合正如她预想的那般，很有吸引力。待到逐渐适应下来后，洋子的心情也好了起来。与学生时代在瑞士的朋友时隔二十年重逢，重访母校，在湖边、老城区散步，这些自然而然地勾起了残存于脑海中的往昔的记忆。她尤其喜欢在卢梭诞生地纪念馆内的小图书馆里，静静地阅读那些古旧的稀有书籍。

她的具体工作是帮助解决来自科索沃的吉卜赛难民的遣返问题以及在法国的中东难民的住房问题。第二个问题与她自身多少也有些关联。突尼斯爆发"茉莉花革命"后,革命浪潮迅速波及北非和中东,洋子对此也极为关注。

原则上,洋子无须亲自去现场,只需要对呈送上来的报告进行整理,然后提出建议。联合国人权理事会的会议期间,她几乎每天都要出席,在各国代表面前做报告。报告不同于以往的新闻稿,而且数量巨大。

虽然比较辛苦,但她还是逐渐在新的生活中找寻到了充实感。随着工作上越来越自信,她回到纽约与儿子相处时,感觉格外幸福。

东日本大地震当天,她在日内瓦。得到消息后,她立即与日本分部的同僚及身在长崎的母亲、东京的朋友取得了联系。大家都很安全。

灾害过去两个月后,洋子的母亲开始频繁去往福岛从事志愿活动。洋子看到日本国内的报导颇有偏向,于是第一次开了一个匿名博客,选择英语、法语、德语中的一些报导,将它们翻译成日语公布在博客上。她很清楚这是侵犯知识产权的做法,不过特事特办,假如有人抗议过来,删除就是了。

所谓"三人成虎",虚假消息只会引发更大的混乱。洋子自认在新闻选择上已经很谨慎了,不过毕竟是引用了大量核泄漏方面的报导,最后还是引来了激烈的争论。

一个月后,她的博客火了,每篇文章有数千人转发,一时间很受瞩目。灾难发生后，出现了好几个力求报导真实情况的类似网站，其中以洋子的《东日本大地震之海外报导》的关注人数最多。

蒔野的安危也让她放心不下，她在网上检索了蒔野的消息。除了蒔野，她还担心他的孩子以及孩子的母亲，即三谷。她在心里暗自祈祷，希望蒔野夫妻能够合力保护好孩子，共同渡过这个难关。按三谷的脾气，她肯定会将蒔野与孩子的安全放在第一位吧？——这个想法，令洋子感到意外，又觉得自然。只是，三谷自身能够保证精神上的安定吗？她有些担心。

洋子是看到网上对蒔野执意举办个人演出的声讨时，获悉蒔野一切平安的。非常时期仍然"一意孤行"，肯定也是苦恼再三的结果，确实很像他的行事风格。洋子对此非常理解，也很有共鸣。

老东家 RFP 通讯社善意地报导了地震之后东京举办的演奏会。洋子在博客上介绍这则新闻时，也破例地附上了长评，声援了在日本国内遭到挞伐的音乐人，其中特别提到蒔野在横滨举办的个人演奏会。

木下音乐公司的经纪人发现后，将这篇文章转告了蒔野，蒔野看完深受鼓舞。

洋子的博客通常都是介绍地震灾害相关的新闻，这次却介绍了音乐人的活动，有些突兀，大家都在猜博主到底是谁。而蒔野只是欣慰于有人支持自己，做梦也没想过博主竟然是洋子。

当然，洋子也不知道蒔野看到了自己的博客。

2

蒔野的新版《无伴奏大提琴组曲全集》于二〇一二年二月初正式发行。洋子爱听的老版，在业内杂志的古典音乐特辑里仍然是必听曲目，不过在蒔野心里，灾后的新版更具特别的意义。

录音工作在伦敦阿比路录音室里，花了三天才完成。该录音室曾为披头士录制过专辑，后期制作能力尤其强大，可蒔野还是就很多细节提出了要求。录音地点是唱片公司选的，他本人对披头士算不上特别喜好，听闻这里录制古典乐也非常有名，能在这里作业，他很满意。没想到唱片发售开始后，唱片公司竟然将"于英国阿比路录音"作为宣传卖点，这让他感到了几分羞耻。

唱片的质量，蒔野还是有自信的，然而一想到要在国内外同时发售，又禁不住心里没底，所幸最后的反馈非常好。许多人听后表示"得到了救赎"，这种评价在平时是很难得的。接受采访时，记者既问了他之前的事业低谷，也问了出生不久的孩子，当然不可避免地还问及了东日本大地震对他自身的影响。关于最后一个问题，蒔野仅是谈了谈个人的心境。灾害已经过去一年，然而无论是灾区的振兴工作，还是核泄漏事件的善后工作，都没有结束。规模如此巨大的灾害，一两句话也说不清楚。

时下的音乐界，不管什么唱片，销路一般都不会太好。这次出乎蒔野预料的是，他的唱片不但被选入日本国内《唱片艺术》的特选唱片集，还拿到法国古典音乐方面最具权威的杂志 Diapason 颁发的金奖，受到了各方面的关注。此外，美国有线电视新闻网在地震一周年特辑里，播放了他在横滨演出及录制巴赫音乐时的影像，再加上野田策划的项目——通过在网上公开《美好世界》乐谱向全世界吉他爱好者公开授课，使他的知名度大大提升。最后，他的名字竟然进入《公告牌》①设立的古典音乐排行榜前十之列。

二〇一二年夏，莳野要赴古巴、巴西两地演出。在此之前，由于巴赫音乐的唱片反响绝佳，又临时追加了在纽约莫肯音乐厅的公演。莫肯音乐厅有三十年的历史，内设四百五十个席位，据说几年前经内部修葺，回音效果有了质的飞跃。

门票的销路也不错。当然，购票者不都是日本人，莳野并不知道的是，日本人中就包含了洋子。

在伦敦录制巴赫音乐期间，莳野其实见过一次洋子，只不过是在电视上。

在宾馆的房间里，他一边做出门吃晚饭的准备，一边打开电视看英国广播公司的新闻。联合国人权理事会正在审议叙利亚阿萨德政府镇压反政府游行一事，洋子用英语做了演讲。她的画面只出现了几秒钟，随后她在会场外的走廊上接受了一个简短的采访，与职称一同显示的是她的名字——Yoko Komine②。

---

① 《公告牌》（*Billboard Magazine*），创办于1894年，为美国报导娱乐文化和流行音乐的专业性权威杂志，其设立的《公告牌》排行榜成为西洋音乐界的评比依据。
② "小峰洋子"在日语中的罗马字拼写为"Komine Yoko"，按欧美习惯将姓与名颠倒后即成"Yoko Komine"。

蒔野顾不上扣完衬衣扣子，坐下来，屏住呼吸一直盯着屏幕里的洋子。她身着西装，头发高高地扎了起来，细长的脖子尤其引人注目，讲话轻声细语却条理清晰，眼神中也充满了激情。

一晃已经过去四年，洋子也有点显老了，不过风姿更加绰约。当年，自己与她几乎每天都透过电脑屏幕互相交流，这一幕幕仿佛昨日。蒔野生出了怀念。

从那个时候起，洋子的人生已经向前迈了好几步。她的存在，对于自己灾后的音乐人生，不知提供了多大的动力，而这所有的一切却无法传达给她。或许，洋子在世界的某地也听过自己的新版巴赫吧。然而，一旦联想到当年分手的细节，再看看如今事业成功的她，这个猜想不过是聊以自慰的奢望罢了。

分手以来，蒔野第一次在网上检索了洋子的信息，找到了她供职的非政府组织官网。难民司在日内瓦，看来她目前已经不在纽约了。从电视上显示的姓名来看，她用的依旧是娘家姓，不知她的丈夫——那个美国经济学家以及他们俩的孩子现在如何。蒔野只是听是永说洋子过得很幸福，他根本无从想象洋子其实已经离婚了。

瞥到了洋子的身影之后，录音前夜蒔野再也难以遏制心中想与她会面的念头。东日本大地震后，蒔野多次陷入死亡的忧虑中，不知道意想不到的天灾人祸什么时候会降临在自己的身上，所以他将自己的欲望深深埋藏，只是一个劲地埋头向前。然而此刻，为滚滚时光湮没的欲望却如潮涌一般袭来。

他的脑海里只有一件事，那就是再见一次洋子，再来一次畅谈。

3

苟野在纽约的演出，最终确定为二〇一二年五月的第二个星期六下午一点开始。门票于开演的一周前就已经售罄。

经与主办方商议后，演奏曲目前半段以莱奥·布劳威尔为中心，辅以维拉-罗伯斯、武满彻等二十世纪作曲家的作品，后半段从巴赫的《无伴奏大提琴组曲》里挑出三首演奏，追加曲目则视现场的状态从《美好世界》里即时抽取。

公演的具体细节定下来后，苟野意识到自己演出的地点位于洋子生活过的城市。如果洋子仍在纽约，自己会与她联系吗？在过去的几年里，他抱定了不主动联系对方的念头，此时留存的联系方式仍是当年洋子在RFP通讯社工作时的邮箱。不过，只要问问是永，应该就能知道她最新的联系方式了吧……

想见洋子的念头，给生活在三谷和优希身边的苟野带来了极大的罪恶感。尤其是对女儿的降生，他希望能一直持无条件的肯定的态度，如果这一点都不能做到，他觉得自己甚至不配做人。时间已经过去许久，为什么还是放不下？他试图开导自己，然而效果并不明显，及至最后，他甚至冲自己发起了火。

洋子现在活得很精彩，对此，苟野非常引以为豪，非常开心。同时也正因为如此，他觉得自己更不该再闯进她的生活中。

此时，他依然不知道洋子已经与三谷见过面，只是单纯地希望至少可以化解当年的误会，让洋子明白当时自己的一片深情。然而，即便洋子获知了一切，又如何呢？他还是逃不出现实的生活。他的人生已经相当充实，并对自己的生活产生了感情。

过去终将改变。那么，改变过去的同时，现在的一切有没有可能保持不变呢？三谷坦白时，他责怪她说："为什么现在要把这些告诉我？"——难道洋子不会以同样的口吻诘难自己吗？

这次赴纽约之后再去中南美洲，旅途很长，三谷与优希不能同往，木下音乐公司与格雷博音乐公司的工作人员也不随行，全程都是蒔野一个人。

蒔野要求主办方订一个可以练习的房间，最后宾馆安排在了曼哈顿区的中城一带。下飞机的当天，晚饭前他去切尔西附近稍微转了转。

听是永说过，洋子就住在切尔西这边。每逢牵着孩子的亚洲女性与自己擦肩而过，蒔野总会下意识地去确认对方是否是洋子。直到在红灯前停下脚步，他告诉自己不能这样了。自己不该再与洋子相见，他又一次在心里念叨了一遍。就算见面了，又将如何？他的心中开始恐惧。不管怎样，洋子现在不在纽约！

——抱着这种心情，蒔野登上了莫肯音乐厅的舞台。他所不知道的是，演出当天，洋子将坐在会场一楼靠后的位置。

蒔野的新版巴赫《无伴奏大提琴组曲全集》发售不久，洋子就买了回来。旧版是蒔野二十几岁时的作品，里面凝聚了那个时代蒔野天才艺术的精华,她是那么爱不释手以至很久之后才舍得打开新版本的封皮。新版是莳野在经历长期空白后再次发售的唱片,是莳野在经历东日本大地震不到一年后发售的唱片,是莳野全新出发的证明。洋子一边想着这些事实,一边鼓起勇气按下播放键,她突然意识到了自己的浅薄。

　　洋子听得非常陶醉,几乎忘了当年两个人是何等相爱,只是单纯地为莳野的音乐所吸引,为莳野的艺术天赋所折服。一股不可名状的感动澎湃于胸,强烈而深刻,这是为什么?除了"此曲只应天上有,人间能得几回闻",她再也想不到其他的赞美之词。如果可能,真想当面对莳野说一声:"祝贺你!"如果作品的生成中有三谷的一份功劳,也想对三谷道一声:"祝贺你!"

　　在日内瓦工作后不久,经朋友介绍,洋子认识了某知名酒店的大厨,对方很快就向她表白。他是瑞士人,岁数比洋子稍大,离过婚,以前在巴黎的米其林二星级酒店学厨,厨艺了得。洋子很快成了那家酒店的常客,每去一次,两人总是要聊很久。她还受邀参加了对方亲自下厨的家庭派对,此后还与他约过两次会。一来二去,洋子也有些动心。

　　最终还是因为工作太忙,这段关系没能继续发展。过去的五年里,她一直在莳野与理查德两个男人之间摇摆,到头来竟然以这种方式邂逅了一段新的恋情,虽然无疾而终,回味起来也令人有些意外。她觉得莳野离自己似乎远了一些。总体而言,与新同事相处渐臻融洽,除了见不到儿子的失落,洋子的单身生活过得挺不错——虽然有时难免孤单。

发现莳野在莫肯音乐厅公演的消息后,她翻开记事本确认了一遍,发现自己到时候正好在纽约,于是买了一张门票。

与那次在东京演奏会见到三谷时相比,今日的洋子已经找到了新的人生方向。或许,纽约的这次演出,她去听不过是为了给自己做一个了断吧。至于此行是"雪夜访戴",还是叙旧话别,她心里也还没有定论。

4

公演当天,朝阳和煦,上班族们慌慌张张地冲了出来,却在出门的那一刻被湛蓝的天空惊呆了。

头一晚睡得很香,这天莳野的精神状况很好,演出前的排练也相当顺利。会场工作人员第一次听他的演奏就被吸引住了,迅速从之前观望挑剔的姿态转到支持鼓励的态势。莳野自己也充满了干劲,只是没有在美国公演过的经验,不知观众的反应会如何,有一点担心。与工作人员交谈时,他又恢复了以往的幽默,讲起俏皮话:在酒店坐电梯,一个刚在健身房运动完大汗淋漓的男士走了出去,留下浓浓的汗味和自己,没想到在下一层上来一个美女,以为那味道是从自己身上发出来的,搞得好不尴尬。众人都忍俊不禁,他们没想到莳野竟是如此幽默风趣之人。莳野心中的紧张情绪也缓和了不少。

回到后台休息室后,他一边修理手指甲,一边看着公演的乐谱,就这样挨过了正式登台前的一段寂静。

洋子的住所距离蒔野的酒店非常近。这一天,她一边在家吃简单的早午餐,一边透过大大的窗户欣赏爽朗明快的天空。

明天就轮到她带小肯了。

房间里很安静,洋子化着妆,注视着化妆镜里的自己。想想最后一次见蒔野还是在五年前,这次去见不知穿什么样的衣服才合适?想了很久,最后她挑了一件蔻依的白色连衣裙,外面套了一件薄外套。她并不愿引起蒔野的注意,连座位选的都是一楼靠后的,但一想到结束后或许会见一面,就有些后悔出门前没有穿扮得更体面些。

到达会场时,观众几乎都已经入座了,从他们的谈笑声中可以窥见大家对此次公演的期待。偶尔有日语飘过来,不过洋子两旁坐的都是纽约本地人,听起来对蒔野似乎不太了解,只是很喜欢他的唱片,所以才慕名前来的。

很快到了正式开演的时间。场内的照明逐次减弱,舞台变得明亮,渐渐安静下来的会场内,偶尔响起一两声咳嗽,然后咳嗽也止住了。

舞台两侧的边门打开,洋子忽地心跳加速,场内顿时响起一阵掌声。转瞬之间,蒔野一袭黑装登上了舞台,他半俯着身子走到舞台中央,瞥了一眼观众,就在台上的椅子上坐了下来。洋子屏住呼吸,聚焦于手持吉他确认脚台的蒔野。蒔野不再是记忆中的蒔野,是近在咫尺的蒔野——突然而至的现实感,让她暂时有些难以置信。

演出曲目的第一部分从布劳威尔的三乐章名曲《黑人十日谈》(*El Decamero'n Negro*)开始,接着是维拉-罗伯斯、武满彻、罗德里戈的作品，最后又回到布劳威尔的奏鸣曲。

《黑人十日谈》的第一乐章《战士的竖琴》刚一开头，就是两个气势恢宏的纯八度，鸦雀无声的会场一下子沸腾起来。反复的旋律渐次铺开，空气变得浓厚，吉他的长音犹如奔驰的骏马，一路驶向会场的各个角落。无论是熟悉这个曲子的，还是不熟悉的，无不惊叹它磅礴的声势。

这还仅仅是小试牛刀，接下来的每一曲都富于变化，持续不断地呈现出各种灵动的音乐场景。若不是亲眼所见，很难让人相信那是同一把吉他所演奏出来的。

过去，莳野的音乐给人过于完美的印象，而如今，他似乎多了几分余裕，让音乐本身自由地驰骋，自己只是在一边静静守候，在关键点画龙点睛，引领着整个乐章到达新的高处。如此手法，很有新意，正是长期的困顿给他带来的一个变化。

观众的感受，通过每个乐章结束后渐次高涨的掌声即可窥知一二。

布劳威尔奏鸣曲跃动变幻的第三乐章刚一结束，就有部分兴奋的观众按捺不住内心的激动，站起身来喝彩。

事发突然，莳野反倒有些不自然了，从椅子上站起身来。突然，他呆住了，好几秒后终于意识过来，朝台下敬了一礼，就转身朝舞台的边门走去。

休息时间，洋子独自一人在大堂里要了一杯咖啡，一边喝，一边侧耳倾听大家情绪高昂的对话。显然，莳野也抓住了纽约的观众的心。她自然地想起了十几岁的时候，在巴黎普莱耶音乐厅听莳野演奏时的场景。当时，等着日本"天才少年"出洋相的那些所谓吉他爱好者，起初都是居高临下不可一世的样子，待到演出前半部分结束之后，与今日的观众相同，个个兴奋难耐，七嘴八舌。说起来，那时的自己也是既羡慕又嫉妒，这种心情现在想来真令人怀念啊。

洋子想把咖啡杯放回到碟子上，听到了双手微颤的声音，表面看去却没有丝毫异样。喜欢上苅野的音乐之后，她曾经评价苅野像"上帝兴之所致时抛出的纸飞机"，而很明显，眼下他又孤独地飞上了一片新的天地，昂然飒爽。洋子不仅感知到了他优美的飞行轨迹，更探知到了他于飞行过程中纤细的震颤，正因为如此，她越发被苅野的音乐深深折服了。

脑海中只有"精彩绝伦"这四个字。

过去的五年里，她一直小心谨慎地珍藏着脑海中与苅野有关的记忆，然而苅野早已跨入她无法企及的世界里去了。洋子意识到，自己不过是远远地注视着苅野的粉丝，不过是现场许多观众中的一员而已。这样一想，心中那难以解开的结也稍稍松开，一股难以名状的孤寂却悄然涌上心头。苅野，似乎没有注意到自己就在现场。

第二部分的巴赫，洋子也很想听，不过又担心苅野若是发现自己精力又要分散，本来皆大欢喜的一场公演就会前功尽弃。与其如此，还不如早早退去。三谷说过："你的存在本身，对苅野来说就是个障碍。"这句话不是没有道理。

那至少要道一声祝贺。洋子取出记事本，想要写下给苅野的留言，写到中途，她就忍不住撕了下来，在手里揉成了一团。

广播通知第二部分即将开演，洋子在大堂出口与会场入口之间看了好几次。今天的天气真好。她踌躇了许久,直到众人都走进了会场仍然没有结论,最后,双腿还是带着她不由自主地回到了会场。

　　洋子意识到自己的情绪已经有些混乱。
　　苛野重新登台,之前的黑衬衫换成了白色,非常衬他严肃的表情。来之前洋子就打算要做一个了断,现在更是清楚地感受到了自己与他的距离,照理说应该更容易下决心的。可是想想容易做来难,以为已经断绝的情愫却忽地在此时此刻抬起头来,洋子动摇了,不知如何是好。
　　第二部分的巴赫《无伴奏大提琴组曲》,苛野挑选的是最著名的第一号曲、最难的第五号曲,以及塞戈维亚以后经常选入吉他编曲的第三号曲。
　　演奏开始后,洋子再次目不转睛地注视着好似低头沉思的苛野。他手中的吉他仿佛被固定在了空中一点,纹丝不动。苛野的强项之一本就是噪音较少,经修缮一新的会场音响衬托,这次演奏的音色更加澄澈,甚至连细微之处都被处理得滴水不漏。
　　第一部分的演奏充分体现了布劳威尔所谓的"超级浪漫主义"理念。与之相比,第二部分的演奏更加注重各个部分的构建,尤其和声的部分,犹如一面打磨明亮的镜子一般澄澈通透。弥漫于音乐的生气中,暗含着一股客观理性的气息。整体来看,厚重与轻快结合,歌声与幻影共存。
　　洋子闭上眼睛,脑海里回想起五年前苛野在三得利大礼堂演奏的《阿兰胡埃斯协奏曲》。那个晚上,自己与苛野第一次聊天、谈笑;离别之际，透过出租车车窗依依不舍地看着彼此……那之后呢？是在巴黎的表白，与理查德的婚姻，在伊拉克亲眼目睹的恐怖分子，与蒔野的视频聊天，贾莉拉在巴黎机场打来的电话，独自一人躺在东京的酒店里望着窗外下起的大雨，儿子的出生，与三谷的再见，回长崎省亲时母亲的唠叨，在圣莫尼卡海边父亲的怀抱……种种回忆，不问先后，有如一张张不完整的幻灯片，在脑海中一一闪过。

这些都是蒔野与自己之间流逝的时光。

合紧的眼皮下充盈着泪水，洋子皱紧眉头，尽力忍住不想落泪。这一切都是为什么？及至此刻，她依然忍不住要问。为什么，自己终究还是没能与他走到一起……

这个疑问，恰恰是蒔野的演奏唤起的。蒔野在无数次尝试巴赫音乐的过程中，感受到一股不可名状却又令人生畏的疑问，并且对此产生了强烈的共鸣。比起二十几岁时充满自信的状态，今日的他更加深不可测。他的音乐发起的每一个疑问都充满了新意与敬畏，而每一个答案中，有肯定，有慰藉，更有规模宏大的神秘感。

洋子终于明白蒔野所处的境界了。作为一名音乐人，他上升到了哪里，想要表达什么，这一切都化作手中的音乐，回响于整个会场。想到此处，她不禁思绪万千。

在伊拉克时，洋子几乎每天都会听一听第三号曲的前奏，今日的演奏却令人感受到了全新的光芒。这光芒更加明亮，更加柔和，更加温暖！

终究还是不能与蒔野相见。她恨自己没能更早发觉覆水难收的道理。自己儿时对父亲的思念，小肯现在不得不承受的寂寞，这些，蒔野与三谷的孩子不应该承受。再者,莳野的完美演奏正是源于他目前的生活,自己更不该再去破坏了。——今天来的目的,不也正是为了好好做一个了断吗?——道理如此,情义难当。至少在整场演出结束之前,还是允许她放飞对莳野的深情吧。总共见过三次的爱人,一生最爱的爱人。

音乐不断向前,洋子只愿这一瞬能够永恒,直至海枯石烂,地老天荒。

与第一部分不同,第二部分的演出令人获得一份由衷的纤细的法悦。观众凝视着台上的莳野,带着几许苦涩,几许明媚。他们不再热烈鼓掌,有些人甚至喃喃自语,似乎噙着无法说出口的只属于自己的秘密。

演奏完最后的基格舞曲后,全场观众起身鼓掌。洋子也起身,使劲地鼓掌,努力将莳野此刻的英姿收入眼帘。

莳野百感交集地环顾全场之后,深鞠一躬,又从舞台侧门退回到后台。不久,他再次登场。追加演出部分,弹的是芬兰灵云乐队的《想象》(*Visions*)以及他本人的《美好世界》。这回他的表情轻松了不少,大饱耳福的观众也放松了下来,洋子邻座的一对夫妇甚至小声哼着歌词,几乎就要唱了出来。

响应观众要求,莳野接下来又弹奏了二次追加曲目。整场演出下来,他首次拿过话筒,用英语发表感想,说完感谢之后,还特意说:"这是我第一次来到这个音乐厅演出。回音效果特别好,我弹奏得非常舒服。附近有个中央公园,今天天气也好,待会儿打算去散散步。"

这个预告有些唐突,让众人不禁笑逐颜开,毫不吝惜地送上了掌声。洋子聚精会神地关注着他的表情。

莳野停顿片刻之后,将视线移到一楼靠后的座位。

"演出的最后,我要为大家奉上一首特别的曲子。(And now, at the end of the matinee, I will play one more melody—a very special melody—for you.)"

顿时,洋子脸上的微笑停了下来,她的脸颊止不住震颤,屏住了呼吸。莳野正看着这边!他微微点了点头,仿佛在说,"for you(为了大家)"其实是"for you(为了你)"。

他重新坐回到椅子上,拿着吉他,安静了数秒。索里奇那部知名电影的主题曲——《幸福钱币》流淌了出来。听到打头第一个瑟音的瞬间,洋子胸中压抑许久的感情,汇同眼中的泪水,尽情地释放了出来。

5

演出结束后,莳野一个人在中央公园散步,看着午后和煦的阳光映照在点点苍翠之上,胸中的昂扬随着演出的结束逐渐散去,公园内的静谧给他带来几许平和。

毕竟是初来乍到,偌大的中央公园几乎让人找不到方向,好在远处上东城耸立的高层建筑可以用来判定方位。

恰逢周末,许多家长带着孩子在公园内游玩。不少人在草坪上野餐,或躺着享受宜人的日光浴。

他在会场内发现洋子，正是在第一部分弹完最后一曲的那一刻。当时，为了回应突如其来的喝彩，莳野起身鞠了一躬，不经意间注意到一楼靠后的角落里洋子正端坐其中。刹那间，时光仿佛停止，他的身躯定在了当场。

再次返回舞台后，他最先确认的，就是洋子是否仍在之前的座位上。

新版的巴赫，莳野最想奉送给洋子，而今这份喜悦即将实现。随着喜悦奔涌而出的是各种回忆，五年前的那个晚上在巴黎给贾莉拉弹奏的美好场景重新回到脑海中。他在椅子上坐定，回想起当年的心境，他抱住吉他合上了双眼。仿佛闯入了一片广袤无边的寂静中，《无伴奏大提琴组曲》的一号曲前奏自然地流泻了出来……

远处飘来警车鸣笛的响声，又消失在了空中。

太阳渐渐西垂，莳野加快了脚步。他又断断续续地想起了《杜伊诺哀歌》中关于"幸福钱币"的片段。

> 天使！或许有一个场所，我们不知道，在彼处，/在不可言喻的飞毯上，一对恋人正展示/他们在此间从未达到的技能……永不失效的……飞毯上终于真正微笑的/恋人……

池水泛着深邃的绿色。莳野的心中有些焦虑不安，几次握紧了吉他包的把手。他一边走，一边环视四周。从水池边蜿蜒的步行道里走出来后,前方不远处的树荫下有一条长凳。

他停了下来。随意觑着粼粼水面打发时间的一名女士,在午后的阳光中,慢慢地朝这边看来。

莳野凝视着她,露出了笑容。

洋子也想笑着回应对方,然而光是忍住眼中的泪水,已经花费了她的全部精力。她拿起手提包站起身来,再次打量着对方。莳野已经迈步向她走来,莳野不断向她靠近,他的影像映入瞳孔,越来越清晰。洋子赤红了双眸,终于也微笑起来。

此刻,距离他们初次相逢时的笑颜,已经过去了整整五载春秋。

——完

主要参考文献

1 『イラク戦争は民主主義をもたらしたのか』(トビー・ドッジ著　みすず書房)

2 『帰還兵はなぜ自殺するのか』(デイヴィッド・フィンケル著　亜紀書房)

3 『ルポ終わらない戦争イラク戦争後の中東』(別府正一郎著　岩波書店)

4 『サブプライム問題の教訓　証券化と格付けの精神』(江川由紀雄著　商事法務)

5 『バッハ万華鏡―時代の激流に生きた教会音楽家』(川端純四郎著　日本基督教団出版局)

6 『「民族浄化」を裁く　旧ユーゴ戦犯法廷の現場から』(多谷千香子著　岩波新書)

7 『ユーゴスラヴィビア現代史』(柴宜弘著　岩波新書)

8 『バルカン史』(柴宜弘著　山川出版)

9 『終わらぬ「民族浄化」セルビア・モンテネグロ』(木村元彦

著　集英社新書）

10　「現代クロアチアの文化ナショナリズム」（齋藤厚著　『ロシア研究』No.34　日本国際問題研究所）

11　『詩への小路』（古井由吉著　書肆山田）

12　『長い時間をかけた人間の経験』（林京子著　講談社文芸文庫）

13　『音楽の基礎』（芥川也寸志著　岩波新書）

14　『個人の発見1050年―1200年』（C・モリス著　日本基督教団出版局）

引用文献

1 『ヴェニスに死す』(高橋義孝訳　新潮文庫)
2 『神曲』(平川祐弘訳　河出書房新社)
3 『ルネ・シャール全詩集』(吉本素子訳　青土社)
4 『ベートーヴェンの日記』(メイナード・ソロモン編　岩波書店)
5 『ヘルマンとドロテーア』(ゲーテ著　岩波文庫)
6 『エックハルト説教集』(エックハルト著　田島照久編訳　岩波文庫)
7 『新共同訳　聖書』(日本聖書協会)
8 『アポロ13』(ユニバーサル・ピクチャーズ・ジャパン)

后　记

　　拙作问世，承蒙诸位学者前辈鼎力相助，在此深表感谢。

　　尤以吉他演奏家福田进一助力为巨，自文章构思至搁笔成章，屡蒙教诲，受益匪浅。此外，吉他演奏家铃木大介、大萩康司亦慨然相赠金玉良言，颇有助益。

　　难民支援协会、长崎证言会及让-马克·莫琼、罗伯特·坎贝尔、非营利的国际人权组织——Human Rights Watch驻日本代表土井香苗等，亦不吝赐教，始得他山之石。

　　最后，伊拉克之相关取材，有赖新闻行业前辈后藤健二先生提携，得亲炙多时，可谓人生之幸运。文中关于贾莉拉的叙述，多征引自独立出版社发表的一篇报告中的"巴黎的伊拉克女性"一节。

　　然世事难料，未及拙作行世，后藤先生竟先故去，殊为遗憾。谨以此书敬祈冥福。

——平野启一郎

1. 同名电影即将上映,最新剧情抢先知!
2. 观看独家活动视频,更多幕后花絮抢先看!
3. 写书评,参与互动,有机会获得作者亲笔签名!